호밀밭의 파수꾼

호밀밭의 파수꾼

J.D.샐린저 지음 | 봉현선 옮김

차례

I

내 이야기를 듣고자 하는가.

내가 어디서 태어났는지, 어떻게 자랐는지, 부모의 직업은 무엇이었는지 하는 따위의 이야기를 원하는가.

그러나 나는 데이비드 카퍼필드 식의 그런 시시한 이야기 따위는 늘어놓고 싶지 않다. 왜냐하면 나 스스로가 그러한 이야기는 질색인데다, 부모님 모두가 아주 예민한 성격이기 때문이다. 부모님은 내가 당신들의 신상에 관해 늘어놓은 것을 안다면 아마 기절하고 말 것이다. 특히 아버지는 성격이 아주 급하고 과격하며 신경질적이다. 어머니 역시 그에 못지 않지만.

더구나 나는 자서전 따위에는 전혀 흥미가 없다. 나는 다만 지난해 크리스마스 무렵 건강상 이곳으로 내려온 후부터 최근까지 겪었던 엄청난 일에 대해 이야기를 하고자 할 뿐이다. 이 이야기는 이미 D. B.에게 한 바 있다. D. B.는 다름아닌 내 형을 말한다.

형은 지금 헐리우드에 있다. 헐리우드는 이곳에서 그리 멀지 않다. 형은 주말마다 나를 찾아 이곳으로 오곤 한다. 아마 다음 달 내가 집에 돌아갈 때에는 차로 데려다 줄지도 모르겠다. 형은 재규어를 갖고 있는데, 그것은 영국제 소형차로 시속 2백 마일까지 달릴 수 있다. 형은 꽤 부자로 그것을 사천 달러를 주고 샀다고 한다.

예전에 형은 행세깨나 하는 작가였다. 《숨겨둔 금붕어》라는 단편집을 내기도 했다. 나는 그 단편집에서 〈숨겨둔 금붕어〉라는 작품을 가장 좋아한다. 그러나 독자들에게는 그다지 주목을 받지 못했다.

〈숨겨둔 금붕어〉는 자신의 돈으로 샀다 하여 아무에게도 금붕어를 보여주지 않는 한 꼬마에 대한 이야기다. 그 내용에 꽤나 감동받았던 기억이 지금도 난다. 그런 감동적인 글을 썼던 형이 지금은 돈에 눈이 어두워 헐리우드에 팔려 갔다.

내가 이 세상에서 혐오하는 것이 한 가지 있다면, 그것은 바로 영화다. 그러므로 누구라도 내 앞에서는 영화에 관한 이야기를 하지 않았으면 좋겠다.

어디서부터 이야기를 시작할까.

아, 펜시 프렙을 그만두었을 때부터 시작하면 될 것 같다!

펜시 프렙이란 펜실베니아 주 에저스 타운에 있는 고등학교이다. 누구나 한 번쯤 들어 본 적이 있는 학교이리라. 아니면 광고로라도 보았겠지. 잘생긴 청년이 말을 타고 장애물을 뛰어넘는 사진의 광고를. 펜시 프렙은 원래 광고를 많이 내기로 유명한 학교이다.

광고를 보았다면 아마 펜시 프렙에서는 항상 포울(4명이 한 조가 되어 말을 타고 공치기하는 경기) 경기를 하고 있는 줄 알 것이다. 그러나 나는 그곳에 있는 동안 말이라고는 단 한 마리도 보지 못했다.

또 그 청년의 사진 밑에는 언제나 '본교는 1888년 창립 이래 우수한 인재를 길러내는 데 노력해 왔습니다.'라는 글이 적혀 있다. 그것도 새빨간 거짓말이다.

펜시 프렙에서 우수한 인재를 길러내다니, 내가 보기는 절대 그렇지 않다. 혹시 펜시 프렙 졸업생 중 우수한 학생이 한두 명 있을지는 모르겠다. 그러나 그들은 분명 펜시 프렙에 들어오기 전부터 우수했을 것이다.

그날 펜시 프렙 학생들은 색슨 홀 학생들과 축구 시합을 했다. 그 시합은 펜시 근방에서도 아주 유명했다. 한 해를 마무리짓는 시합이기 때문이었다.

선수들은 펜시가 지면 자살해야 한다는 비장한 각오로 시합에 참가했다.

그날 오후 3시경, 나는 톰슨 언덕 꼭대기까지 기어올라 갔다. 그리곤 독립 전쟁 당시부터 걸려 있었다는 대포 옆에 서 있었다. 그곳에서는 경기장 전체가 내려다 보였다.

펜시 프렙 측은 처음부터 저돌적으로 공격했다. 반면에 색슨 홀 측은 기가 죽은 채 공격다운 공격 한번 하지 못했다. 원정

팀이기에 그렇거니와 애초에 실력도 펜시 프렙 측에 미치지 못했다.

관객들의 응원 소리는 톰슨 언덕 꼭대기까지 들려 왔다. 관람석은 펜시 프렙 응원단으로 메워져 있었다. 그도 그럴 것이 나만 빼고 전교생이 경기장으로 갔으니 말이다. 그러나 여학생은 별로 없었다. 학교 측에서 4학년 외에는 여학생이 경기장에 오는 것을 금했기 때문이었다.

남학생들은 경기보다도 여학생들이 잘 보이는 자리를 차지하기 위해 애썼다. 그리하여 여학생들이 팔을 긁는 모습이라든지 코를 푼다든지 킬킬거리는 모습들을 지켜보았다. 그 중에는 셀머 터어머라는 교장의 딸도 있었다. 셀머는 시합에 꽤 자주 나타났지만 그다지 미인은 아니었다. 특히 코가 너무 컸다. 그런데도 묘한 매력이 있어서 나는 한동안 그녀에게 푹 빠져 있었다.

언제인가 에저스 타운에서 돌아오는 버스 안에서 나는 그녀와 함께 이야기를 나눈 적이 있었다. 그녀는 왠지 연민을 자아내게 했다. 피가 배일정도로 물어뜯은 손톱에 지나치게 큰 브래지어를 했기 때문이 아니었다.

자신의 아버지가 교장이라는 것을 의식하지 않았기 때문이었다. 어쩌면 자신의 아버지가 지독한 얼간이라는 것을 알고 있었는지도 모르겠다.

내가 톰슨 언덕 꼭대기에서 경기를 관람한 까닭은 펜싱 팀을 이끌고 뉴욕에서 막 돌아온 길이기 때문이었다. 펜싱 팀의 주장으로서 말이다.

그날 아침, 우리는 맥버니 팀과 시합을 하기 위해 뉴욕으로 갔었다. 그러나 우리는 시합을 하지 못했다. 펜싱 장비를 몽땅 지하철에 두고 내렸기 때문이었다.

잘못은 전적으로 내게 있었지만 그래도 조금 억울했다. 그때 나는 하차할 역을 지나치지 않기 위해 줄곧 지도를 쳐다보고 있었다. 그러다 보니 미처 펜싱 장비를 챙기지 못했던 것이다. 결국 우리는 두어 시간 만에 펜시 프렙으로 돌아오고 말았다. 돌아오는 도중에도 펜싱 선수들은 내내 나를 원망하고 따돌렸다. 그런데 나는 그들이 원망스럽기보다는 우습게 느껴졌다.

내가 톰슨 언덕에서 내려가지 않은 또 다른 까닭은 역사를 가르치는 스펜서 선생에게 작별하러 가는 길이기 때문이었다. 그때 스펜서 선생은 유행성 감기에 걸려 있었다.

나는 크리스마스 휴가가 시작되기 전까지는 스펜서 선생을 볼 수 없으리라 생각했다. 그런데 그가 갑자기 집에 가기 전에 보고 싶다는 편지를 보내 왔다. 내가 펜시로 되돌아가지 않을 것을 미리 알고 있었던 것 같다.

참, 그 이야기를 빼먹을 뻔했다.

사실 그때 나는 펜시에서 쫓겨났다. 학업에 의욕도 없었거니와 네 과목이나 낙제를 했기 때문이었다. 그러나 학교에서는 바로 퇴학으로 처리하지 않고 크리스마스 휴가가 지나도 내가 되돌아오지 않는 것으로 하기로 했다. 즉, 자퇴로 처리하기로 한 것이었다.

선생들은 나를 볼 때마다 학업에 전념할 것을 타이르곤 했다.

내가 얼마나 학과 공부를 소홀히 했냐면, 우리 부모가 터어머 교장의 호출을 받고 올 정도였다. 그래도 나는 달라지지 않았다. 그리하여 결국 펜시 프렙에서 쫓겨나고 말았지만 말이다.

펜시 프렙은 학생을 잘 내쫓는 것으로도 유명했다. 학교의 명예를 위해서라면 정말 가차없었다. 그러나 어쨌든 퇴학 결정은 내 인생에 도움을 주었으니, 그런 의미라면 펜시 프렙도 좋은 학교일 수 있겠다.

그때가 아마 12월이었으리라. 날씨가 마녀 젖꼭지처럼 차가웠다. 더구나 언덕 꼭대기에 있자니 나는 정말 얼어 죽을 것 같았다.

안팎으로 뒤집어 입을 수 있는 외투만 하나 달랑 걸치고 있었을 뿐 장갑도 없었고 목도리도 없었다. 바로 전 주에 누군가 내 낙타털 코트를 훔쳐갔는데, 그 코트에 털가죽 장갑도 들어 있었던 것이다.

펜시 프렙에는 질 나쁜 놈들이 우글거렸다. 부잣집 아이들도 많았지만 그들의 주머니를 노리는 좀도둑도 많았다.

아무튼 나는 꽁꽁 얼어가며 그 대포 옆에 서서 시합을 구경했다. 그렇다고 시합에 열중한 것도 아니었다. 그저 멀거니 볼 뿐이었다.

솔직히 나는 펜시를 떠난다는 사실을 확실하게 인식하고 싶었다. 결코 아무것도 의식하지 못한 채 떠나기는 싫었다. 괴로운 이별이건 못내 바라던 이별이건 떠난다는 사실만은 확실하게 인식하고 싶었던 것이다. 그런 의미에서 본다면 나는 확실히 행운아였다. 내가 그곳을 떠난다는 사실을 확실하게 인식시키는 한 사건이 떠오른 것이었다.

10월경, 나는 로버트 티처너와 포올 캠프벨과 함께 학교에서 럭비를 한 적이 있었다. 그때 우리는 저녁 식사 시간이 다 되도록 공을 찼다. 주위는 점점 어두워 갔다. 그때 생물을 가르치는 잠배시 선생이 창문 밖으로 얼굴을 내밀었다. 그는 우리를 발견하고 기숙사로 돌아가라고 소리쳤다. 우리는 공차기를 멈출 수 밖에 없었다. 그리고 각자의 방으로 흩어져 갔다.

우리는 그렇게 순간순간 이별을 하고 살아간다. 그것을 안다면 우리는 언제라도 쉽게 떠날 수 있을 것이다. 그때의 장면이 머릿속에 그려지는 순간, 나는 더 이상 시합에 미련을 두지 않고 등을 돌렸다. 그리곤 스펜서 선생 댁을 향해 뛰어갔다.

스펜서 선생은 학교 구내가 아닌 앤터니웨인 가에 살았다.

정문까지는 한 번도 쉬지 않고 달려갔다. 정문에 도착해서는 잠시 멈춰서서 숨을 돌렸다. 숨이 막힐 것 같았다. 담배를 많이 피운 탓에 폐가 좋지 않았던 것이다. 이제는 그것도 다 옛날 이야기지만…… 더구나 그때 나는 한 해 동안 무려 6인치 반이나 자랐던 탓에 빼라든가 근육 등이 여물지 못했다. 지금도 폐병에 걸려 이곳에 내려와 있지만 말이다.

정문 앞에서 잠깐 숨을 돌린 후, 나는 다시 204번 국도를 향해 뛰기 시작했다. 날씨는 정말 지독하게도 추웠다. 그런데 달려가면서도 나는 내가 왜 그토록 열심히 뛰는지 이해할 수가 없었다. 그저 달리고 싶다는 충동을 느낄 뿐이었다.

마침내 스펜서 선생 댁에 도착하여 나는 발을 동동 구르며 초인종을 눌렀다. 찬바람에 그대로 노출되었던 귀가 아리고 손가락 끝은 잘려 나갈 것 같았다.

'문 좀 열어 주세요!'

입이 꽁꽁 얼어 차마 소리는 못 지르고 속으로만 외쳤다. 그때 마침 사모님이 나왔다. 스펜서 선생 댁에는 식모가 없었기 때문에 문은 언제나 사모님이 열어 주었다. 간혹 스펜서 선생이 직접 열어 줄 때도 있었지만.

"홀든 아니니!"

사모님이 꽁꽁 언 나를 보고 소리쳤다.

"얼른 들어가자. 설마 그대로 얼어붙은 건 아니겠지?"

사모님은 무척 반가워하며 내 손을 잡았다. 아마 내게 호감을 갖고 있었던 모양이었다.

"안녕하세요. 사모님."

나는 집 안으로 들어서면서 언 입으로 겨우 인사를 했다.

"선생님도 안녕하시죠?"

"얼른 들어가자. 외투 벗겨 줄까?"

사모님은 내 인사를 잘못 듣고 외투를 벗겼다. 가는귀가 먹었던 것이다.

사모님이 외투를 현관 옷걸이에 거는 동안 나는 손으로 머리카락을 쓰다듬고 있었다. 머리가 짧아 빗질할 필요가 없었지만 무의식적으로 그랬던 것이다.

"그 동안 어떻게 지내셨어요?"

이번에는 잘 들리도록 조금 큰 소리로 물었다.

"별일 없었단다."

사모님은 옷을 걸고는 돌아서며 대답했다.

"넌 어떻게 지냈니?"

사모님은 내가 퇴학당한 사실을 알고 있는 눈치였다. 스펜서 선생이 이야기한 모양이었다.

"저도 별 일 없었어요. 그런데 선생님은 좀 어떠세요? 독감은 다 나으셨어요?"

"낫긴!"

사모님은 목소리를 높여 말했다.

"하기야 선생님은 다 나은 것처럼 말하신다마는. 어서 들어가 봐라. 방에 계시니까."

2

스펜서 선생 내외는 일흔 살 이상 되었을 것이다. 그러나 그들은 여전히 삶에 기쁨을 느끼는 모양이었다.

나는 스펜서 선생에 대해 많은 생각을 했다. 그러나 아무리 생각해 보아도 도대체 무슨 재미로 사는지 알 수 없었다. 허리는 굽을 대로 굽어 구부정한 상태였으며 제대로 움직이지도 못했다. 강의 때 분필이라도 떨어뜨리면 앞에 앉은 학생이 주워 주어야 했다. 그러나 언뜻 보아도 나름대로 삶에 기쁨을 느끼며 지낸다는 것을 알 수 있었다.

어느 일요일, 나는 몇몇 아이들과 함께 스펜서 선생 댁에서 하트 초콜릿을 대접받은 적이 있었다. 그때 스펜서 선생은 내게 낡은 담요 한 장을 보여 주었다. 예전에 사모님과 함께 한 인디언으로부터 산 것이라고 했다. 그것이 얼마나 즐거운 일이었는지는 스펜서 선생의 표정에 고스란히 나타나 있었다. 그때 나는 처음으로 아무리 늙은 사람이라도 작은 일에 기뻐할 수 있다는 사실을 알았다.

스펜서 선생의 방문은 열려 있었다. 그러나 나는 노크를 하고 기다렸다. 예의를 차리기 위해서였다. 스펜서 선생은 큼직한 가죽 의자에 앉아 있었고, 무릎 위에는 인디언에게 샀다는 그 담요가 덮여 있었다.

"누구냐?"

노크 소리를 듣고 스펜서 선생이 돌아보며 물었다.

"코울필드냐? 어서 오너라."

스펜서 선생은 항상 소리치듯 말했다. 수업 중이 아닌 평상시에도 그랬다. 그래서 가끔 신경이 거슬렸다.

나는 방 안에 들어서면서 공연히 왔다는 생각을 했다.

스펜서 선생은 월간지인 「어틀랜틱 먼들리」를 읽고 있었다. 사방에는 가루약과 알약 등이 흩어져 있어 빅스의 코감기약 같은 냄새를 풍겼다. 나는 당장 불쾌해졌다. 환자를 좋아하지 않는 성격 탓이었다. 더구나 스펜서 선생은 초라하고 낡은 목욕용 가운을 걸치고 있었는데, 그것으로 인해 더욱 비위가 상했다.

안 그래도 나는 늙은 사람들이 아무 데서나 파자마나 목욕용 가운을 입고 있는 것을 아주 질색해했다. 늙은이들의 앙상한 갈비뼈와 종아리가 보기 싫기 때문이다. 특히 털도 없이 민들거리는 것이 너무나 역겹다. 그런데 그 옷은 스펜서 선생에게 너무 잘 어울려 혹시 태어날 때부터 입고 있었던 것이 아닐까 생각될 정도였다.

"저 왔습니다."

나는 감정을 숨긴 채 겨우 인사를 했다.

"보내 주신 편지는 잘 받았습니다."

학교를 그만두게 되면 크리스마스 휴가 전에 한번 들리라는 편지를 두고 한 말이었다.

"일부러 편지를 보내시지 않았어도 뵙고 가려고 생각했습니다만."

"거기 앉거라."

스펜서 선생이 턱으로 침대를 가리키며 말했다. 나는 시키는 대로 했다.

"감기는 좀 어떠신지요?"

"좀 괜찮아지면 의사한테 보여야겠어."

스펜서 선생은 말끝에 낄낄 웃어댔다. 자신의 말이 재미있다고 생각한 모양이었다. 나는 조금 어리둥절한 채 가만히 있었다.

"왜 시합을 보러 가지 않았니? 오늘 큰 시합이 있는 걸로 알고 있는데."

갑자기 스펜서 선생이 몸을 바로하며 물었다.

"갔었습니다. 펜싱 팀과 함께 뉴욕에서 돌아오는 길에요."

나는 엉덩이를 움직여 자세를 바로하며 말했다. 침대가 바위처럼 딱딱해서 조금 불편했다.

"그래, 자넨 기어코 학교를 그만둘 셈인가?"

스펜서 선생은 엄한 목소리로 물었다.

"그러려고 합니다만."

나는 또렷하게 대답했다.

스펜서 선생은 늘 하던 대로 고개를 끄덕였다. 아마 그만큼 고개를 잘 끄덕이는 사람도 없으리라. 항상 생각을 하고 있기 때문인지, 아니면 늙었기 때문인지는 모르겠지만.

"교장 선생님은 뭐라고 하시더냐? 여러 가지 얘기가 있었으리라 생각되는데."

"네, 많은 말씀을 하셨습니다. 거의 한두 시간 정도는 하셨으니까요."

"뭐라고 하셨는데?"

"인생은 경기라고 하셨습니다. 따라서 우리는 그 규칙을 잘 지켜야 한다고요."

"맞아, 인생은 경기야. 누구든 지켜야 하는 규칙이 있는 경기."

"저도 잘 알고 있습니다."

경기? 참으로 대단한 경기로군. 다들 웃기고 있네. 그래, 돈 많고 능력 있는 사람 입장에서 본다면 아주 멋진 경기겠지. 그러나 그렇지 못한 사람에게는 절대 그렇지 않지, 빌어먹을!

"교장 선생님이 자네 부모님한테 편지는 보내셨는가?"

스펜서 선생은 내 마음을 전혀 짐작하지 못하고 물었다.

"월요일에 쓰시겠다고 하셨습니다."

나는 태연하게 대답했다.

"자넨? 부모님께 연락은 했나?"

"아뇨, 아직 못 했습니다. 어차피 수요일 밤에는 집에 갈 테니 가서 말씀드려도 됩니다."

"몹시 실망하실 텐데."

"아마 그러실 겁니다. 벌써 네 번째 학교니 말입니다."

말끝에 나는 머리를 흔들었다. 버릇이었다. 나는 또 '빌어먹을'이라고 말하는 버릇도 있었다. 그 말을 자주 사용하는 이유는 먼저 형편 없는 내 어휘력에 있었다. 또 나이에 비해 유치한 행동을 하는 내 자신에 대한 비아냥이기도 했다. 그때 나는 열여섯 살이었지만 열세 살처럼 구는 때가 많았다. 지금 생각해도 참으로 우스운 일이 아닐 수 없다. 키는 이미 6피트 2인치까지 자란 데다 흰머리까지 났는데 열세 살 짓이라니.

사실 내 머리 오른쪽은 온통 흰머리카락투성이다. 어릴 때부터 그랬다. 그런 내가 철부지 짓이나 일삼으니 옆에서 보고 있는 사람으로서는 저절로 잔소리가 나오는 모양이었다. 특히 아버지는 다른 사람들보다 잔소리가 심했다. 당신 역시 항상 옳은 행동만 하지 않는다는 것을 아버지는 전혀 모르는 것 같았다. 얼마나 당신 나이답지 않은 행동을 하는지 말이다. 그러나 내가 꼭 철부지 짓만 하는 것은 아니었다. 때로는 영감같이 굴 때도 있었다. 몰라주어서 그렇지.

스펜서 선생은 다시 고개를 끄덕였다. 그리곤 콧구멍을 파기 시작했다. 얼핏 보기에는 코를 쥐고 있는 것처럼 보였지만 자세히 보면 엄지손가락이 콧구멍 안에 들어가 있었다.

스펜서 선생은 방 안에 나밖에 없으니 무슨 짓을 해도 상관없다고 생각한 모양이었다. 그것은 사실이었다. 나는 스펜서 선생이 무슨 짓을 하든 전혀 관심이 없었다. 조금 불쾌하기는 했지만.

"2, 3주 전에 자네 부모님을 뵌 적이 있네. 교장 선생님을 만나러 오시는 길이라고 하시더군. 참 훌륭하신 분들 같던데."

스펜서 선생은 여전히 콧구멍을 파며 말했다.

"네, 아주 훌륭하신 분들입니다."

훌륭하다는 것, 그것보다 혐오스러운 말이 또 있을까. 나는 그 말을 들을 때마다 구역질이 난다. 그러나 스펜서 선생은 그 말끝에 아주 요긴한 설교거리라도 찾아낸 듯 갑자기 자신감 있는 표정을 지었다.

스펜서 선생은 의자에서 몸을 일으켰다. 그리곤 바로 내게로 돌아섰다. 순간 나는 긴장하지 않을 수 없었다. 또 얼마나 고리타분한 소리를 들어야 할까 싶어서였다. 그러나 내 예상은 여지없이 빗나가고 말았다. 스펜서 선생은 무릎 위에 놓인 「어틀랜틱 먼들리」지를 침대에 던지려고 했을 뿐이었다.

「먼들리」지는 엉뚱한 곳에 떨어졌다. 침대와 의자는 불과 2인치밖에 떨어지지 않았지만 그것 하나 제대로 맞추지 못한 것이다. 나는 자리에서 일어서서 「먼들리」지를 집어 침대에 올려 놓았다. 그 순간 갑자기 그 방에서 뛰쳐나가고 싶다는 충동이 일었다. 아무래도 지겨운 설교가 시작될 것 같았기 때문이었다. 설교를 듣는 것 자체는 그다지 어렵지 않지만 빅스의 감기약 냄새와 스펜서 선생의 목욕용 가운을 함께 견뎌야 한다고 생각하니 도저히 참을 수가 없었다.

그러나 내가 방을 나가는 것보다 스펜서 선생이 먼저 선수를 쳤다. 나는 어쩔 수 없이 계속 그곳에 머물 수밖에 없었다.

"대체 어쩔 셈인가?"

설교는 그렇게 시작되었다.

"이번 학기에는 몇 과목이나 신청했었나?"

"다섯 과목입니다."

"다섯 과목? 몇 과목이나 낙제를 했는데?"

"네 과목입니다."

나는 엉덩이를 약간 움직이며 어색하게 대답했다.

"그래도 영어는 통과했습니다. 후튼 스쿨에 다닐 때 베어울프와 로드 랜달에 대해 배워서 따로 공부할 필요가 없었기 때문입니다. 가끔 작문 공부만 하면 됐거든요."

스펜서 선생은 상대방의 말을 듣지 않는 버릇이 있었다. 오직 자기 말만 하면 되는 사람이었다. 그러니 당연히 내 말도 듣지 않을 수밖에.

"나도 자네에게 낙제 점수를 주었지. 하지만 그건 자네가 너무 역사에 대해 모르기 때문이었어."

"알고 있습니다. 선생님께서도 어쩔 수 없으셨을 겁니다."

"그래, 자넨 정말 역사에 대해 아무것도 모르나?"

스펜서 선생은 같은 말을 되풀이하게 했다. 그래서 진저리가 났다. 이미 묻고 대답한 말을 왜 자꾸 시킨단 말인가. 스펜서 선생은 그 말을 세 번이나 시켰다.

"전혀 아무것도 모른단 말이지? 그럼 학기 중에 한 번도 교과서를 펼쳐본 적이 없단 말인데, 맞는가?"

"한두 번 대충 훑어는 봤습니다만."

나는 그래도 스펜서 선생의 감정을 상하게 하고 싶지 않았다.

"대충 훑어 봤다고?"

선생은 기분이 상했는지 미간을 찌푸렸다.

"자네 답안지가 저 선반 위에 있네. 좀 가져와 보게."

스펜서 선생은 한쪽 벽에 걸려 있는 선반을 가리켰다.

나는 짜증이 났지만 내색하지 않고 시키는 대로 했다. 달리 방법도 없었다. 아무튼 나는 작별 인사를 하러 갔다가 전혀 예상치 못한 일을 당한 것이었다. 그때 내가 얼마나 후회했는지!

스펜서 선생은 마치 더러운 물건을 만지듯 내 답안지를 잡았다.

"자넨 시험 문제 중에서 이집트 인에 대해 서술하는 것을 골랐더군. 우리가 이집트 인에 대해서 11월 4일부터 12월 2일까지 공부했던가?"

스펜서 선생은 나와 답안지를 번갈아 보며 물었다. 나는 아무런 대꾸도 하지 않았다.

"어디 자네가 어떻게 썼는지 한번 들어볼 텐가?"

"아, 아닙니다."

나는 당황하여 얼른 대답했다. 그러나 스펜서 선생은 못 들은 척하곤 답안지를 읽기 시작했다. 스펜서 선생이 무슨 일을 하고자 하면 아무리 말려도 소용없었다.

이집트 인은 아프리카 북쪽에 살고 있는 고대 코카서스 족이다. 아프리카는 알고 있다시피 동반구 최대의 대륙이다.

나는 멀거니 앉아 한 노인네가 꾸민 치사한 음모를 지켜볼 수

밖에 없었다.

오늘날, 이집트 인은 여러 가지 이유에서 관심의 대상이 되고 있다. 특히 수십 세기가 지나도 썩지 않게 한 시체 처리 기술은 현대의 과학으로도 쉽게 풀지 못하고 있다. 그것은 곧 20세기 현대 과학이 도전해야 할 문제이다.

스펜서 선생은 읽기를 그만두고 답안지를 내려놓았다. 나는 갑자기 스펜서 선생에게 짜증이 났다.

"자네 답안지는 여기서 끝났네."

스펜서 선생은 빈정거리며 말했다.

"그런데 말일세, 자넨 답안지 끝에 뭔가 남겨 놓았더군."

"그렇습니다."

나는 얼른 말했다. 그것까지 읽게 하고 싶지 않았기 때문이었다. 그러나 역시 소용없는 일이었다. 이미 흥분할 대로 흥분한 선생을 말릴 수 있는 방법은 아무것도 없었다.

친애하는 스펜서 선생님!

이집트 인에 대해 알고 있는 것은 이것뿐입니다. 선생님의 강의는 무척 인상적이었지만 그다지 흥미롭지는 않았습니다. 그러니 낙제 점수를 주셔도 괜찮습니다. 어차피 영어 외에는 모두 낙제를 할 것이니 말입니다.

홀든 코올필드

스펜서 선생은 답안지를 내려놓고 나를 쳐다보았다.

치기어려 쓴 답안지를 그렇게 큰 소리로 읽다니, 도저히 용서할 수가 없었다. 내가 스펜서 선생이었다면 나는 결코 그렇게 치사한 짓은 하지 않았을 것이다. 결코 절대로! 나는 스펜서 선생이 나를 낙제시키더라도 갈등하지 않도록 하기 위해 그 글을 쓴 것이었다. 그런데 선생은 그것으로 나를 망신시키다니!

"자네, 이런 답안지에 낙제 점수를 주었다고 원망하진 않겠지?"

한참 만에 스펜서 선생이 물었다.

"천만에요, 그럴 리가 있겠습니까."

나는 아까부터 이 '자네'라는 호칭이 몹시 거슬렸다.

스펜서 선생은 답안지를 침대에 던졌다. 그러나 그것 역시 「먼들리」지와 마찬가지로 실패하고 말았다. 나는 그것을 집어 「먼들리」지 위에 올려놓았다. 속으로야 어쨌든 겉으로는 아무런 내색도 하지 않은 채.

"자네가 내 입장이라면 어떻게 했겠는가? 솔직하게 한번 말해보게."

스펜서 선생은 집요하게 물고 늘어졌다. 낙제시킨 것이 무척 가슴 아픈 모양이었다. 그래서 나는 허튼 소리를 늘어놓기 시작했다. 내가 선생님의 입장이라도 똑같이 했을 것이라는 등 교사라는 직업이 얼마나 고달픈 것인지 대부분의 사람들이 잘 모른다는 등…….

그런데 우습게도, 그렇게 지껄이는 동안에 나는 줄곧 다른 생각을 하고 있었다는 것이다. 뉴욕의 우리 집 근처에 있는 중앙 공원에 대한 생각이었다. 그곳 남쪽에는 연못이 있었다. 내가 돌아갈 즈음이면 연못이 얼까. 만일 언다면 오리들은 다 어디로 갈까. 혹시 동물원에서 실어가지는 않을까…….

입으로는 허튼 소리를 지껄이면서도 머리로는 다른 생각을 할 수 있다니, 그런 점에서 본다면 나도 상당히 낙천적이라고 할 수 있겠다.

그때 스펜서 선생이 내 말을 잘랐다.

"이번 일을 자넨 어떻게 생각하나? 난 그게 몹시 궁금하네."

"이번 일이라뇨? 제가 펜시에서 쫓겨나는 일 말입니까?"

말을 하면서 나는 스펜서 선생이 그 앙상한 가슴을 가려 주었으면 하고 생각했다. 늙은이의 몸은 그다지 아름다울 것이 없지 않은가.

"내 생각이 틀리지 않는다면, 자넨 후튼 스쿨이나 엘크톤 힐즈에서도 분명히 문제를 일으켰을 거네만."

스펜서 선생은 빈정대지 않았지만 어쩐지 조금 불쾌하게 들렸다.

"엘크톤 힐즈에서는 별 문제가 없었습니다. 문제가 없었다는 것은 쫓겨날 일을 하지 않았다는 뜻입니다. 그냥 제가 그만둔 거죠."

"왜 그만두었나?"

"말씀드리자면 좀 깁니다. 복잡한 사연이 있었습니다."

솔직히 말해서 나는 스펜서 선생을 상대로 지난 일을 이야기하고 싶지 않았다. 이야기한다 해도 그는 분명히 이해하지 못할 것이었다. 더구나 그와는 아무런 관계도 없는 일이었다.

엘크톤 힐즈를 그만둔 이유는 그곳에 너무 많은 얼간이들이 있다는 것이었다. 오직 그뿐이었다. 얼간이란 그곳의 하아스 교장 선생 같은 인간을 말하는 것이다. 그는 내가 이제까지 만난 인간 중에 최악이었다. 터어머 교장보다도 열 배는 더 얼간이였다.

이를테면 그는 일요일에 차를 타고 학교에 오는 학부형들과 일일이 악수한다. 그때 하아스 교장이 떠는 아부라니, 차마 눈 뜨고는 봐 줄 수가 없었다. 특히 우리 반 한 아이의 부모에게 떠는 아부는 혼자 보기 아까울 정도였다.

그러나 조금 초라해 보이는 학부형에게는 절대 그러지 않았다. 조금 뚱뚱하다거나 체구보다 큰 옷을 입었다거나 너절한 구두를 신은 사람 말이다. 그런 사람에게는 억지 웃음을 지으며 약간 손을 흔들어 보일 뿐이었다. 그런 것을 어찌 참고 보아 줄 수가 있겠는가. 구역질이 나고 머리가 어지러운데.

"펜시를 떠나는 것에 대한 후회는 없나?"

스펜서 선생이 나지막한 말투로 물었다.

"몇 가지 후회스러운 점이 있습니다. 하지만 아직은 떠난다는 사실이 실감나지 않습니다. 그저 수요일에 집에 간다는 생각에 기쁠 뿐입니다 저는 얼간이니까요."

"앞으로의 일이 걱정되지도 않는단 말인가?"

"그럴 리 있겠습니까."

대답을 하는 동시에 나는 장래에 대해 생각해 보았다. 그러나 그다지 심각하게 느껴지지는 않았다.

"후회할 걸세. 그땐 이미 늦을 테지만."

스펜서 선생은 심각하게 말했다.

나는 스펜서 선생의 그 말투가 싫었다. 어쩐지 죽음의 냄새가 나는 말투라는 생각이 들었다.

"아마 그럴 겁니다."

나는 그 말투에 기가 죽어 겨우 그렇게 대답했다.

"내가 자네 머릿속에 분별력을 심어 줄 수 있다면 좋겠군. 난 자넬 돕고 싶네. 자네 힘이 되고 싶단 말일세."

스펜서 선생의 진정은 나도 알았다. 그러나 우리는 서로 입장과 생각이 너무 틀렸다. 그것이 문제였다.

"선생님의 마음은 잘 알고 있습니다. 정말 감사합니다."

나는 진심으로 말했다. 그리곤 얼른 자리에서 일어섰다. 더 있다가는 아무래도 숨이 막혀 죽을 것만 같았다.

"이만 실례하겠습니다. 집에 가져갈 물건들을 체육관에 두고 와서 가 봐야 합니다."

작별 인사를 하자 스펜서 선생은 다시 고개를 끄덕였다. 아주 서운한 표정이었다. 나는 갑자기 미안한 생각이 들었다. 그러나 더 이상은 어쩔 도리가 없었다. 침대 위에 무엇을 던질 때마다 실패를 거듭하며, 누더기 같은 목욕용 가운을 걸친 채 가슴을 훤히 드러내고 있는 스펜서 선생을 더이상 어떻게 참으란 말인가. 더구나 빅스의 감기약 냄새는 왜 그렇게 지독한지…….

"선생님, 제 걱정은 하지 않으셔도 됩니다."

그래도 냉정하게 돌아서서 나올 수가 없어 나는 다시금 인사를 했다.

"정말 괜찮습니다. 전 다만 하나의 과정을 거치고 있는 중입니다. 누구라도 살아가는 동안 여러 과정을 거치지 않습니까."

"글쎄."

"아닙니다. 다들 그렇습니다. 그러니 제 걱정은 마십시오."

나는 잠깐 스펜서 선생의 어깨에 손을 얹어 놓았다.

"초콜릿 한 잔 들고 가지."

스펜서 선생은 아쉬운 듯 말했다.

"저도 그렇게 하고 싶습니다만 아무래도 가 봐야겠습니다. 선생님, 정말 고맙습니다."

마지막으로 우리는 악수를 했다.

"편지 드리겠습니다. 그럼 선생님, 감기 조심하십시오."

나는 아쉬움을 접고 돌아섰다.

"그럼 잘 가게."

스펜서 선생이 내 뒤통수에 대고 다시 한 번 인사말을 했다. 그 뒤에 뭐라고 더 한 것 같은데, 이미 방문을 닫고 거실로 나온 터라 자세히 들을 수는 없었다. 다만 '행운을 빈다'고 하지 않았을까 짐작할 뿐이었다. 그러나 나는 그렇게 말하지 않았기를 간절하게 바랐다. 생각해 보라, 행운을 빈다니, 그 얼마나 끔찍한 말인가.

3

아마 나처럼 지독한 거짓말쟁이는 없을 것이다. 나는 정말 지독하다.

가령 잡지를 사러 가다가 누군가 어디 가냐고 물으면 나는 오페라를 보러 가는 길이라고 대답한다. 따라서 집에 가져갈 물건을 찾으러 체육관에 간다고 스펜서 선생에게 한 말도 새빨간 거짓말이었다. 당시 나는 펜시의 새 기숙사인 오센버거 기념관에서 살고 있었다. 그곳은 3, 4학년들만 거주하는 곳으로 나는 일 년 선배인 4학년생과 같은 방을 쓰고 있었다.

오센버거란 펜시의 한 졸업생 이름을 따서 지은 것이었다. 그는 펜시를 졸업한 후 장의업으로 많은 돈을 벌었다고 한다. 한 사람당 무조건 5달러에 매장해 주는 장의사를 전국적으로 조직한 것이었다. 그러나 시체를 어떻게 처리하는지는 아무도 몰랐다. 어쩌면 자루에 넣어 강물에 던지는지도 몰랐다. 아무튼 그는 펜시에 거액을 기부했고, 그 공로로 기숙사에 그의 이름이 붙여

졌다.

그는 해마다 처음으로 벌어지는 축구 시합에 모습을 나타냈다. 아주 커다란 캐딜락을 타고서. 그러면 우리는 관람석에 앉아 있다가 모두 일어나 기관차 박수(처음에는 천천히 치다가 점점 빨리 치는 박수)를 쳐 주었다. 그런데 더 가관인 것은 다음 날 아침, 예배당에서 그가 하는 설교였다. 그것도 무려 10시간 이상이나.

그는 자신이 얼마나 올바른 사람인가를 나타내기 위해 너절한 말들을 늘어놓았다. 가령 어려운 일이 닥쳤을 때 무릎 꿇고 기도하는 것을 전혀 부끄럽게 생각하지 않는다는 따위의 말 말이다. 또 예수를 친구처럼 생각하고 늘 잊지 않는다는 따위의 말도 했다.

그는 우리에게도 하느님께 기도할 것을 권했다. 그의 말에 의하면 기도는 하느님과 이야기하는 것이라고 한다. 자신은 늘 그렇게 하고 있다고 했다. 심지어 운전할 때조차도. 그 대목에서 나는 질려 버렸다. 저런 엉터리 같은 작자가 차에 기어를 넣으며 대체 무슨 생각을 할까. '좀 더 많은 사람이 죽어 사업이 번창하도록 해 주십시오.'라고 하지 않을까.

그래도 들을 만한 소리가 있었다면 아마 그 중간 부분이었을 것이다.

그가 자신이 얼마나 훌륭한 인간인지, 얼마나 멋있는 인간인지 한참 설명하고 난 후였다. 바로 내 앞 줄 중간에 앉아 있던 에드거 마샬이라는 아이가 느닷없이 방귀를 뀌었다. 예배 도중 얼마나 불경스러운 일이란 말인가. 그런데도 아무도 웃지 않았다.

오센버거는 못 들은 척하고, 터어머 교장은 울그락불그락 인상만 썼다.

다음 날 저녁, 교장은 우리를 자습실에 처넣고 자습을 시켰다. 그리곤 얼마 후 그곳에 나타나 일장 연설을 했다. 예배당에서 소동을 일으킨 학생은 펜시에 남아 있을 자격이 없다고 말이다.

나는 교장이 연설을 하는 동안 마샬에게 한 방 더 뀌라고 말했다. 그러나 그는 그럴 기분이 아니라고 했다.

아무튼 펜시는 그런 곳이었다.

오센버거란 인간이야 어쨌든 일단 기숙사로 돌아오니 기분은 무척 좋았다. 다들 시합에 나가 아무도 없는데다 방이 따뜻했기 때문이었다.

나는 외투를 벗고 넥타이를 풀었다. 그리곤 그 날 아침에 뉴욕에서 산 사냥 모자를 썼다. 빨간 색에 커다란 챙이 달린 것이었다.

나는 그것을 지하철에서 내리자마자 발견했다. 지하철 역사 앞 운동구점 진열장에 걸려 있던 것이었다. 가격은 불과 1달러였다. 펜싱 장비를 몽땅 잃어버린 터였지만 주저 없이 그것을 샀다.

나는 챙을 뒤로 돌려서 모자를 썼다. 그리곤 읽던 책을 들곤 의자에 앉았다. 방에는 의자가 두 개 있었는데 모두 팔걸이가 낡은 것이었다. 그 중 하나는 내가 쓰고 나머지는 방 동료인 워드스트라드레이터가 썼다.

내가 읽고 있던 책은 이삭 디니센(덴마크 출신의 아프리카 작가)이 지은 《아프리카에서 보낸 통신》으로 잘못 빌린 것이었다. 도서관 사서가 다른 책을 내주었다는 것을 나는 방에 돌아와서야 알았다. 유럽은 저속할 것이라는 선입견에도 불구하고 책은 읽을 만했다. 아니, 오히려 아주 좋다고 할 수 있었다.

나는 무식한 편에 속했지만 책은 꽤 많이 읽은 편이었다. 가장 좋아하는 작가는 물론 형인 D. B.였지만 링 라드너도 형 못지않게 좋아했다. 펜시로 가기 바로 전, 형은 내 생일 선물로 링 라드너의 책을 한 권 사 주었다. 아주 재미있는 희곡 몇 편과 단편이 실린 책이었다.

단편의 내용은 과속하는 버릇이 있는 한 귀여운 여자와 교통경찰의 사랑에 관한 것이었다. 그런데 그 교통경찰은 유부남으로서 여자와 결혼할 수 없는 처지였다. 그리고 여자는 죽었다. 그런데 그 죽음의 직접적인 원인은 과속이었다. 참으로 따분한 책이라 아니 할 수 없다.

내가 좋아하는 책은 결코 그런 종류가 아니다. 심각하게 나가다가 갑자기 웃음을 터뜨릴 수 있는 그런 것이다.

나는 고전도 많이 읽었다. 예를 들어 하디의 《귀향》 같은 것 말이다. 또 전기물이나 미스터리물도 읽었는데 그런 것에는 그다지 감동받지 못했다. 감동받는다는 것은 책을 다 읽고 난 후에 작가가 아주 친한 친구처럼 느껴진다는 것이다. 그래서 전화라도 걸고 싶어져야 하는 것이다. 이삭 디니센처럼 말이다. 그러나 대개의 경우 그런 감동은 거의 느끼지 못했다. 링 라드너 역시 마찬가지였다.

서머셋 몸의 《인간의 굴레》 역시 그런 감동을 주는 책이라고 할 수 있다. 나는 그것을 지난 여름에 읽었다. 그런데 서머셋 몸에게는 전혀 전화 걸고 싶은 마음이 들지 않았다. 오히려 토머스 하디에게 전화를 걸고 싶었다. 나는 유스타시어 바이(《귀향》의 여주인공) 같은 여자를 좋아한다.

나는 모자를 쓰고 앉아 《아프리카에서 보내 온 통신》을 읽기 시작했다. 이미 한 번 읽은 것이었지만 군데군데 좋은 내용이 있어서 다시 펼쳐든 것이었다.

세 페이지 가량 읽었을 때였다. 누군가 샤워실의 커튼을 젖히고 나오는 소리가 들렸다. 나는 얼굴을 돌리지 않고도 그가 누구인지 당장 알았다. 바로 옆 방의 로버트 애클리였다.

기숙사에는 두 방 사이에 샤워실이 있었는데, 로버트 애클리는 그곳을 통해 하루에 여든다섯 번씩이나 드나들었다. 기숙사 전체에서 경기장에 안간 사람은 아마 나말고는 애클리뿐이리라. 로버트 애클리는 괴상하기 이를데 없는 녀석으로 어디든 가는 일이 거의 없었다.

4년 동안 펜시에 있었지만 누구든 그를 '애클리'라고 불렀다. 같은 방의 허브 게일도 그를 '보브(로버트의 애칭)' 혹은 '애크(애클리의 애칭)'라고 부르지 않았다. 아마 나중에 그의 아내마저도 그를 '애클리'라고만 부르지 않을까 싶다.

로버트 애클리는 어깨가 동그스름하고 키가 장대같이 컸다. 아마 6피트 4인치는 될 거다. 그런데 이빨이 얼마나 더러운지 보기만 해도 역겨웠다. 마치 이끼가 낀 듯했다. 하기는 그의 옆방에서 지내는 동안 나는 그가 이 닦는 것을 한 번도 보지 못했으니까. 그러니 식당에서 짓이긴 감자에 콩이나 다른 것을 한입 가득히 물고 있는 것을 보면 구역질이 날 수밖에. 더구나 그는 지독한 여드름쟁이에 성질 또한 더러웠다.

애클리는 내 의자 뒤에 있는 샤워실 문턱에 서서 스트라드레이터가 있는지 살펴보고 있었다. 스트라드레이터가 있는 한 그는 절대 들어오지 않았다. 그는 스트라드레이터를 무서워했다.

"야아!"

스트라드레이터가 없다는 것을 확인하고 애클리는 크게 소리쳤다. 듣기 거북할 정도로 갈라지는 목소리였다.

"왔어요?"

나는 여전히 책에 얼굴을 박은 채 대답했다. 상대하기 싫어서였다.

애클리는 천천히 방을 거닐기 시작했다. 책상이나 옷장에서 이것저것 만지기도 했다.

"펜싱은 어떻게 됐니?"

얼마 후 애클리가 물었다. 어떻게든 내 관심을 끌기 위한 수작이었다. 그래도 나는 얼굴을 들지 않았다.

"이겼어?"

"이긴 사람은 아무도 없어요."

나는 여전히 책을 보며 대꾸했다.

"뭐라고?"

그는 같은 말을 또 하게 했다.

"이긴 사람이 없다고요."

나는 곁눈질로 그가 내 옷장에서 무엇을 뒤지고 있나 살펴보았다.

애클리는 내가 뉴욕에서 자주 같이 다니던 샐리 헤이즈라는 여학생 사진을 보고 있었다. 그는 그 사진을 오천 번 이상 보았으리라. 그런데 약오르는 것은 사진을 본 후 꼭 다른 곳에 갖다 놓는다는 것이었다. 일부러 그러는 것이었다.

"이긴 사람이 없다고?"

"펜싱 칼이랑 도복이랑 몽땅 지하철에 두고 내렸으니까요."

나는 여전히 고개를 들지 않은 채 말했다.

"세상에, 그럴 수가! 그걸 몽땅 잃어버렸단 말야?"

"지하철을 잘못 탄데다 줄곧 벽에 걸린 지도만 보다가 그렇게 됐어요."

그때 애클리가 옆으로 다가와 불빛을 가로막고 섰다.

"형, 형이 들어온 후부터 난 같은 문장을 스무 번이나 되풀이해서 읽고 있어요."

애클리가 눈치가 있다면 내 말뜻을 알아차렸을 것이다. 그러나 그는 아예 모르는 듯했다.

"그래서 학교에서 네게 변상시킨데?"

오히려 그렇게 엉뚱한 말만 하였다.

"모르겠어요. 될 대로 되라죠. 그런데 좀 앉을래요? 잘 안 보여서요. 빌어먹을!"

내가 욕을 하자 그는 못마땅한 얼굴을 했다. 그는 열여덟 살이고 나는 열여섯 살이었으니 당연한 일이었다. 애클리는 잔뜩 부은 얼굴로 버티고 섰다.

"대체 뭘 읽고 있는데?"

"책이오."

내가 퉁명스레 대꾸하자 그는 책을 젖히며 제목을 보았다.

"재미있어? 여기 이 문장은 아주 형편없는 것 같은데."

그는 내가 막 읽었던 문장을 가리키며 말했다.

나는 그에게 더 심하게 욕해 주고 싶었으나 그렇게 하지 않았다. 그에게는 어떠한 욕도 통하지 않는다는 것을 잘 알고 있었기 때문이었다.

애클리는 다시 방 안을 서성이며 내 물건과 스트라드레이터의 물건을 함부로 만져댔다.

마침내 나는 책을 내려놓았다. 애클리가 있는 한 책읽기는 다 틀렸다는 것을 알았기 때문이었다. 의자에 깊숙이 몸을 묻은 채 나는 애클리가 하는 양을 지켜보았다. 뉴욕까지 갔다와서 그런지 몹시 피곤했다.

나는 피곤함을 쫓기 위해 장난을 치기 시작했다. 피곤하거나 지루할 때면 곧잘 하는 장난이었다. 우선 모자를 돌려 챙을 앞으로 오게 했다. 그리곤 앞으로 잡아당겨 눈을 가리게 했다.

"이것으로 난 장님이 됐군."

아무것도 안 보이는 상태에서 중얼거렸다.

"엄마, 모든 게 점점 암담해져 가요."

다시 쉰 목소리로 말하는데,

"바보 같은 놈!"

애클리가 끼어들었다. 그러나 나는 상관하지 않았다.

"엄마, 손 좀 잡아 줘요."

나는 장님처럼 팔을 뻗어 이리저리 더듬기 시작했다.

"그만둬!"

애클리가 다시 소리쳤다.

"엄마, 왜 손을 안 잡아 주는 거야? 엄마, 나 좀 잡아 줘요."

나는 애클리를 상관하지 않고 같은 말을 되풀이했다.

때때로 그런 식의 장난은 짜증스러움을 덜어 주었다. 게다가 그날은 애클리가 어찌할 바를 몰라하는 것을 보니 한층 유쾌했다. 아마 내게 가학적인 기질이 있지 않나 싶다.

잠시 후 나는 장난을 그만두고 의자에 기분좋게 기댔다.

"이건 누구 거니?"

애클리는 스트라드레이터의 무릎덮개를 집어 들고는 물었다. 그렇게 애클리는 무엇이든 집어 드는 버릇이 있었다.

"스트라드레이터 형 거."

내가 대답하자 그는 당장 그것을 침대 위에 던져 버렸다. 옷장에 있던 것을 침대에 옮겨 놓은 것이었다.

얼마 후 애클리는 뒤지는 것에 싫증이 났는지 스트라드레이터 의자의 팔걸이에 걸터앉았다. 그는 그렇게 항상 팔걸이에 앉았다.

"그 모잔 어디서 샀니?"

"뉴욕에서요."

"얼만데?"

"1달러."

"너 훔쳐 왔구나!"

애클리는 성냥개비 끝으로 손톱의 때를 긁어내며 말했다. 그것도 그의 버릇 중 하나였다. 이빨은 이끼가 낄 정도로 더럽고, 귓속은 귀지로 꽉차있었지만 손톱만을 늘 그렇게 깨끗하게 손질했다. 아마 손톱만 깨끗하면 깔끔한 사람으로 보인다고 생각하는 모양이었다.

"내 고향에선 노루 사냥할 때 그런 모자를 써."

애클리는 다시 한 번 모자를 보곤 말했다.

"제기랄!"

나는 모자를 벗어 들었다. 그리곤 한쪽 눈을 감곤 손가락으로 총을 만들어 그를 겨누었다.

"이건 사람 사냥 모자예요. 이걸 쓰고 사람을 사냥한단 말예요."

"집에선 네가 퇴학당한 거 알고 있니?"

"아니오."

"그런데 스트라드레이터 이 자식은 대체 어딜 간 거지?"

"경기장에요. 여자 친구와 데이트하러 간 거죠."

나는 하품을 하며 말했다. 방 안이 너무 더워 졸음이 왔던 것이다. 펜시는 항상 그렇게 너무 춥지 않으면 너무 더웠다.

"녀석, 제법인데!"

애클리는 스트라드레이터를 두고 말했다.

"가위 좀 잠깐 빌려 줄래?"

"안 돼요. 벌써 짐 다 싸서 장농 위에 올려 놨어요."

"꺼낼 수 없어? 난 이놈의 손톱 거스러미가 있으면 답답해서 못 살겠어."

애클리는 내가 짐을 싸 놓았건 어쨌건 상관하지 않았다. 빌어먹을, 나는 할 수 없이 가방을 내려 가위를 꺼내 주었다.

가위를 꺼내다가 나는 죽는 줄 알았다. 옷장을 여는 순간 스트라드레이터의 테니스 라켓이 바로 머리 위로 떨어진 것이었다. 얼마나 아픈지 나는 한동안 쩔쩔맸다. 꼭 머리가 쪼개지는 듯했다. 그런데 애클리는 그런 내 모습에 배를 잡고 웃어댔다. 웃음은 내가 가위를 꺼내는 동안에도 멈추지 않았다.

"형은 어려운 유머를 잘도 이해하네요. 날 매니저로 삼는다면 방송국으로 보내 줄게요."

나는 가위를 건네주며 비꼬아 말했다. 그러나 애클리는 내 말뜻을 전혀 이해하지 못했다.

그는 가위로 손톱을 자르기 시작했다.

"탁자 위에 놓으세요. 밤에 맨발로 걷다가 더러운 손톱을 밟고 싶지 않으니까."

나는 노골적으로 싫은 내색을 했다. 그러나 그는 아랑곳하지 않고 여전히 마룻바닥 위에 손톱을 떨어뜨렸다.

"그런데 스트라드레이터가 만나는 여자가 누구니?"

애클리는 스트라드레이터를 두려워하면서도 그가 만나는 사람에 대해서는 늘 신경을 썼다.

"몰라요. 그런데 왜요?"

"그냥. 쳇, 그 자식은 정말 지겨워. 내가 가장 싫어하는 스타일이라니까."

"스트라드레이터 형은 애클리 형을 좋아하는데요? 언젠가 '그 앤 왕자야'하고 말하던걸요."

"쳇, 그 잘난 척하는 자식이!"

애클리는 내 말에 대뜸 코방귀를 뀌었다.

"난 아무리 생각해도 그 자식을 참을 수가 없어. 넌 그 자식이……."

"탁자 위에 놓으랬죠!"

나는 바닥에 떨어지는 손톱을 보며 소리쳤다.

"항상 우쭐해서 잘난 척하는 꼴이라니! 아무리 그래도 난 그 자식이 잘났다고 생각하진 않지만 말야. 그런데도 그 자식은 자기가 제일……."

"제발! 그 더러운 손톱 좀 떨어뜨리지 말란 말예요!"

다시 한 번 소리치자 애클리는 겨우 탁자 위에 손톱을 놓기 시작했다. 그는 그렇게 소리쳐야 무슨 일이든 했다.

"형이 스트라드레이터 형을 못마땅하게 여기는 이유는 이를 닦으라고 말했기 때문이죠? 하지만 그건 형을 모욕한 게 아녜요. 아무리 큰 소리로 말했다고 해도 말예요. 그 형은 다만 가끔씩이라도 이를 닦으면 보기에도 좋고 건강에도 좋기 때문에 그렇게 말한 거예요."

"그 얘긴 그만둬. 내가 뭐 전혀 이를 안 닦는 줄 아니?"
"전혀 안 닦잖아요. 쭉 살펴보니 그렇던데 뭘."
나는 애클리가 불쌍했다.
"스트라드레이터 형은 그렇게 나쁜 사람이 아녜요. 오히려 괜찮은 측에 속하죠."
"그 자식은 개자식이야. 잘난 척하는 개자식."
"좀 잘난 척이야 하죠. 하지만 대체로 관대한 편이죠. 예를 들어 스트라드레이터 형이 맨 넥타이가 마음에 든다고 해 보세요. 예를 들어서 말예요. 아마 그 형은 분명히 넥타이를 풀어 형한테 줄 거예요. 틀림없이 말예요."
"제기랄, 나도 그 자식만큼 돈이 있다면 그럴 수 있어."
"아니, 형은 절대 못 해요."
나는 머리를 흔들었다.
"돈만 있다고 그런 일을 아무나 할 수 있나, 빌어먹을!"
"너 아까부터 자꾸 욕하는데 까불지 마! 내가 네 아버지뻘 된다는 걸 몰라!"
"아버지뻘? 좋아하시네!"
나는 대뜸 얼굴을 붉히며 소리쳤다. 애클리는 그렇게 상대방을 화나게 하는 재주가 있었다.
"형 같은 사람은 절대 우리 가족이 될 수 없지!"
"아무튼 앞으로 내 앞에서 함부로 욕하면 가만 안 둬!"
애클리도 지지 않고 소리쳤다.
그때 갑자기 방문이 열렸다. 스트라드레이터가 온 것이었다.

그는 항상 그렇게 바쁘게 움직였다. 또 모든 일을 무척 중대한 일인 것처럼 처리했다.

그는 내 앞으로 오더니 양쪽 뺨을 가볍게 쳤다. 물론 호의로 하는 짓이었지만 나로서는 기분 좋을 리 없었다.

"너 오늘 저녁에 어디 갈 데 있니?"

"글쎄요, 아직은 잘 모르겠는데…… 밖에 눈 와요?"

그의 외투에 쌓인 눈을 보고 물었다.

"응, 눈 와. 너 나갈 데 없으면 나 자켓 좀 빌려 주라."

"시합은 어떻게 됐어요?"

"이제 겨우 전반전 끝났어. 그래서 잠깐 나온 거야."

그는 공연히 서두르며 말했다.

"그 자켓, 오늘 밤에 입을 거야, 안 입을 거야? 내 회색 플란넬엔 뭐가 잔뜩 묻어서 그래."

"입진 않지만 그래도 빌려 주긴 싫어요. 어깨가 늘어나면 어떡해요."

스트라드레이터는 나와 키는 비슷했지만 몸무게는 두 배나 많이 나갔다. 따라서 어깨도 아주 넓었다.

"늘어나지 않게 조심할게."

그는 옷장 쪽으로 가며 말했다.

"어, 애클리 왔나?"

스트라드레이터는 애클리를 발견하곤 제법 반갑게 인사했다. 좀 멋대로인 점이 없지 않았지만 그래도 친절한 편이었다.

"응, 그래."

애클리는 마지못해 대답을 하곤 한참 뭐라 중얼거렸다.

"그럼 잘 있어.

애클리는 우물우물 인사를 하곤 자기 방으로 돌아갔다.

"잘 가요."

그의 등뒤에 대고 나도 얼른 인사를 했다. 스트라드레이터는 옷을 벗기 시작했다. 코트에서부터 속옷까지 완전히 벗었다.

"면도부터 해야겠어."

그는 턱을 쓰다듬으며 말했다. 벌써 수염이 많이 자라 있었다.

"데이트하러 가나 보죠?"

"응, 지금 별관에서 기다리고 있어."

그는 세면 도구와 수건을 겨드랑이에 끼고 나가며 대답했다.

스트라드레이터는 늘 상반신을 벗고 다녔는데, 그것은 자신의 몸에 대한 자부심 때문이었다. 그는 자신의 몸이 상당히 멋있다고 생각했다. 그런데 그것은 나도 인정하는 바였다.

4

나는 특별히 할 일이 없었다. 그리하여 세면장으로 가서 면도를 하고 있는 스트라드레이터에게 이런저런 얘기를 했다. 세면장에는 우리밖에 없었다. 아직 다들 경기장에서 돌아오지 않았다.

뜨거운 목욕물로 세면장 창문은 김이 서려 있었다.

세면대는 모두 열 개 가량 되었는데 스트라드레이터는 그 중 가운데 서서 면도를 했다. 나는 그 옆의 세면대에 올라앉아 수도꼭지를 틀었다 잠갔다 했다.

스트라드레이터는 면도를 하면서 휘파람으로 '인도의 노래'를 불렀다. 그의 휘파람 소리는 굉징히 컸다. 그러나 가락은 전혀 맞지 않았다. 그래도 그는 꼭 그 어려운 '인도의 노래'나 '십번 가의 학살'만 불렀다.

스트라드레이터 역시 지저분하기는 애클리와 마찬가지였다. 다른 점이 있다면 그는 눈에 띄지 않게 지저분하다는 것이었다.

그의 면도칼을 보면 내가 한 말이 무슨 말인지 이해할 수 있을 것이다. 그의 면도칼은 항상 녹이 슬어 있는 데다가 비누거품이나 머리카락 등이 덩어리로 붙어 있었다. 그러나 그는 절대 털어내지 않았다. 그러니 그가 아무리 겉으로 훌륭하다 해도 그의 속내를 알고 한 나는 그가 결코 멋져 보이지 않았다.

스트라드레이터가 유난히 겉모양에 신경을 쓰는 데는 다 이유가 있었다. 스스로에게 도취된 탓이었다. 그는 자신이 서반구에서 가장 잘생겼다고 믿고 있었다. 그것은 사실이었다. 그 점은 나도 인정하지 않을 수 없다. 누구라도 사진에서 그를 보게 되면 누구냐고 물을 정도이니까. 그는 특히 사진을 찍으면 더 멋져 보였다. 따라서 그보다 훨씬 잘생겼다고 자부하는 사람들도 사진 속에서는 그의 상대가 되지 않았다.

나는 스트라드레이터를 지켜보는 동안에도 여전히 그 사냥 모자를 쓰고 있었다. 모자가 마음에 쏙 들었던 것이다.

"이봐, 부탁이 하나 있는데 들어 줄래?"

면도를 하다 말고 그가 물었다.

"뭔데요?"

나는 탐탁지 않은 표정으로 되물었다.

그는 항상 이런저런 부탁을 나에게 해 왔었다. 자신이 미남자이며 우수한 인간이라고 생각하는 만큼 아무에게나 어떤 부탁을 해도 된다고 생각하는 모양이었다. 자신이 자신에게 반한 것처럼 상대방도 자신에게 반한 줄 아는 모양이었다.

"너 오늘 밤에 외출 계획 있니?"

"글쎄요. 아직은 없는데요."

"사실은 월요일에 영어 작문을 내야 하는데 대신 좀 써 주지 않을래? 월요일까지 내지 않으면 벌을 받아야 하거든."

"난 퇴학당했어요. 그런 내게 작문 숙제를 해 달라니, 우습지 않아요?"

"그건 알고 있어. 하지만 월요일까지 내지 않으면 벌을 선단 말야. 우리 이제라도 좀 더 친하게 지내자. 어때, 해 줄거지?"

나는 얼른 대답하지 않았다. 잠시라도 불안감을 느끼게 하기 위해서였다.

"어떤 내용에 대한 건데요?"

"아무거라도 상관없어. 뭐든 쓰기만 하면 되는 거야. 방이나 집에 관한 내용도 괜찮아. 예전에 살았던 곳도 괜찮고. 문법에 어긋나지 않는 문장이면 내용은 아무래도 상관없어."

그는 하품을 하면서 말했다. 나는 은근히 화가 치밀어 올랐다. 부탁을 하는 주제에 하품을 하다니, 스트라드레이터란 인간은 도무지 어려운 것이 없는 자식이었다.

"그런데 너무 잘 쓰진 마라. 하아첼 자식이 네가 영어를 잘 한다는 걸 알고 있거든. 그러니까 쉼표까지 정확하게 찍지는 말란 말야."

그 말은 나를 더욱 화나게 했다. 그러니까 자신의 작문 실력이 형편 없는 것은 단지 쉼표 찍는 것에 서툴기 때문이라는 말이 아닌가. 다른 문제점은 전혀 없고 말이다. 그런 점에서도 그는 분명 애클리와 닮은 데가 있었다.

언제인가 애클리와 나란히 앉아 농구 시합을 구경한 적이 있었다. 그때 우리편에는 하우이 코일이라는 굉장한 선수가 있었다. 그는 경기장 한가운데 서서 깨끗한 슛을 쏠 수 있는 몇 안 되는 선수 중의 하나였다.

애클리는 시합이 진행되는 내내 "코일은 농구하기에 체격 조건이 아주 좋아."하고 지껄였던 것이다. 그러니까 자신도 체격 조건만 좋으면 얼마든지 그런 슛을 쏠 수 있다는 말 아니겠는가.

세면대에 앉아 있기도 싫증이 나서 나는 세면장에서 탭댄스를 추기 시작했다. 특별한 이유는 없었다. 단지 너무 심심해서 그랬다. 마침 세면장 바닥이 돌로 되어 있어 탭댄스를 추기에는 안성맞춤이었다. 나는 언젠가 본 영화의 주인공 흉내를 내면서 춤을 추었다. 뮤지컬에서 본 것이었다. 영화는 싫어했지만 흉내내는 것은 좋아했다.

스트라드레이터는 면도를 하면서 거울을 통해 나를 지켜보았다.

"나는 빌어먹을 지사의 아들이다!"

나는 관객이 있다는 것에 신이 나 소리쳤다.

"내 아버지는 내가 탭댄서가 되는 걸 원치 않아! 대신 옥스퍼드에 가라고 하지! 그러나 탭댄스는 이미 내 몸의 일부가 되었는걸!"

나는 숨을 헐떡이며 소리쳤다.

스트라드레이터가 면도를 하다 말고 웃었다. 그도 어느 정도는 유머 감각이 있었던 것이다.

"지그펠드 폴리즈의 전야제에 주연 배우가 무대에 설 수 없었어! 술에 곯아떨어졌거든! 그래서 누가 대역했는 줄 알아! 바로 나야. 그 늙고 빌어먹을 지사의 아들인 나 말야!"

"너 그 모자 어디서 났니?"

스트라드레이터는 그제서야 모자를 보곤 물었다. 나는 마침 숨이 너무 가빠 발을 멈추고 모자를 벗었다.

"오늘 아침에 뉴욕에서 샀어요. 1달러 주고."

"아주 멋진데!"

스트라드레이터는 고개를 끄덕이며 말했다. 그것은 아첨하는 말이었다. 바로 뒤에 덧붙인 말이 그 사실을 증명해 주었다.

"아까 말한 작문 숙제 해 주는 거지?"

하고 그는 물었던 것이다.

"시간이 있으면 써 줄게요. 시간이 없을지도 모르지만."

다시 그의 옆에 가 앉으며 대답했다.

"그런데 데이트 상대가 누구예요? 피츠 제럴드?"

"아니, 그런 돼지하곤 벌써 손 끊었어."

"그래요? 그럼 내게 양보해 주지. 그 여잔 내 타입이란 말예요."

"그럼 너 가져. 하지만 너보다 연상이란 거 명심해."

스트라드레이터는 아무렇지도 않게 말했다.

그때 나는 그의 목을 졸라 버리고 싶은 충동을 느꼈다. 하프넬슨 식(상대방의 목을 눌러 죽이는 레슬링 기법)으로 말이다. 나는 당장 세면대에서 뛰어내려 그에게 달려들었다. 면도를 하다

느닷없이 당한 터라 그는 잠깐 비틀거렸다.

"그만둬!"

스트라드레이터가 소리쳤다. 그러나 나는 장난이 아니었다.

"대체 왜 이러는 거야! 이러다 모가지 부러지겠어!"

그가 거세게 반항할수록 나는 더욱 거세게 팔을 조였다. 나는 꽤 훌륭하게 하프 넬슨을 걸고 있었던 것이다.

"어디 풀 수 있으면 풀어 봐요!"

나는 힘을 주며 소리쳤다.

스트라드레이터는 면도기를 내려 놓았다. 그리곤 갑자기 두 팔을 치켜들면서 힘을 주었다. 나는 당장 그를 놓치고 말았다. 과연 그는 장사였다.

"이젠 그만둬."

스트라드레이터는 다시 면도를 하며 말했다.

그는 두 번씩 면도하는 버릇이 있었다. 남들에게 멋지게 보이기 위해서였다. 어차피 사람들은 그가 더러운 면도칼로 면도를 했는지 깨끗한 면도칼로 면도를 했는지는 알 수 없을 것이다.

"그럼 오늘 상대는 누구죠? 필리스 스미스?"

나는 다시 그의 옆 세면대에 올라 앉으며 물었다.

"아니, 원래는 그럴 참이었는데 일이 잘못됐어. 그래서 오늘은 버드 도와 한 방을 쓰는 애와 같이 지내기로 했어. 참, 그애가 널 알고 있더라."

"누군데요?"

"글쎄, 지인 갤러헌가?"

빌어먹을, 나는 그의 말을 듣는 순간 거의 기절할 지경이었다.

"제인 갤러허겠죠!"

나는 몹시 흥분하여 세면대에 올라서며 소리쳤다. 그러다 앞으로 고꾸라질 뻔하였다.

"제인은 나도 잘 알아요. 재작년 여름까지 우리 옆집에 살고 있었거든요. 굉장히 큰 도버먼을 기르고 있었어요. 그 놈의 개가 우리집 문턱을 열마나 드나들었는지……."

"홀든, 꼭 거기 그렇게 서 있어야겠니? 네가 불을 가려 어둡단 말야."

스트라드레이터가 짜증스런 목소리로 말했다.

그러나 나는 흥분했기 때문에 스트라드레이터의 짜증스런 목소리 따위는 상관하지 않았다.

"제인은 지금 어디 있죠? 별관에 있나?"

"그래."

"그런데 왜 내 얘긴 했죠? 볼티모어에 가려는 건가? 지난번에 만났을 때 갈지 모른다고 하던데, 쉬프리에도 간다고 했는데……."

나는 정말 흥분하고 있었다.

"난 모르는 얘기야. 어쨌거나 좀 비켜. 넌 지금 내 수건 위에 앉아 있단말야."

"제인 갤러허!"

나는 조그맣게 그녀의 이름을 불러 보았다. 가슴이 몹시 두근거렸다.

"놀라운 일이군!"

스트라드레이터는 머리에 모발 영양제를 바르며 빈정거렸다. 그것도 내 것을 바르면서.

"제인은 춤을 아주 잘 춰요. 발레 같은 거 말예요. 한창 더운 여름에도 두 시간씩 연습을 했거든요. 그러다 다리가 굵어질까 봐 무척 고심을 했지만요. 난 그녀랑 자주 체커 놀이를 했어요."

"그 계집애와 뭘 했다고?"

"체커 놀이요."

"체커를 했다고!"

"네에. 제인은 자신의 왕을 절대 움직이지 않았어요. 왕은 모두 뒷줄에 늘어 놓은 채 말예요."

내가 신이 나서 떠들어도 스트라드레이터는 아무 말도 하지 않았다. 그런 따위의 말에 관심가질 그가 아니었다.

"제인의 어머니는 우리와 같은 골프 클럽에 속해 있었어요. 난 가끔 용돈을 벌기 위해 캐디 노릇을 했는데 그녀 어머니 캐디 노릇을 한 적도 있어요. 그녀의 어머닌 9번 홀을 도는데 170분 가량 걸리더군요."

나는 거의 혼자 지껄이고 있었다. 스트라드레이터는 머리카락을 멋지게 손질하느라 여념이 없었던 것이다.

"내려가서 인사라도 할까요?"

"맘대로 해."

스트라드레이터는 머리를 다시 가르며 건성으로 대꾸했다. 그는 머리 한 번 빗는 데 보통 한 시간 정도 걸렸다.

"좀 있다가 가지 뭐."

나는 도로 주저앉으며 말했다.

"제인의 부모님은 이혼했어요. 그리고 그녀 어머닌 어떤 놈팽이와 재혼했죠. 다리가 털투성이인 어떤 남자하고 말예요. 지금도 기억나요. 그 남잔 늘 반바지만 입고 있었어요. 제인의 말로는 극작간가 뭔가 그렇다는데 내가 보기에는 그냥 건달 같았어요. 밤낮 술만 마시고 라디오만 듣고 있었거든요. 그리고 거의 알몸으로 집 안을 돌아다녔어요."

"그래?"

스트라드레이터는 마지막 말에 관심을 보였다. 술주정뱅이가 제인 앞에서 알몸으로 돌아다닌다는 바로 그 말에. 그는 천하의 색골이었던 것이다.

"제인은 어려서 고생을 많이 했어요."

이런 따위의 말은 그의 관심 대상이 아니었다.

"내려가서 인사하고 올게요."

"갔다 오라니까. 자꾸 같은 말 시키지 말고."

스트라드레이터가 말했다.

나는 먼저 창가로 갔다. 그러나 아무것도 보이지 않았다. 세면장 안이 너무 더워 유리창에 김이 서린 탓이었다.

"그런데 아무래도 마음이 내키지 않네요. 난 그녀가 쉬프리에 간 줄 알고 있었는데."

나는 세면장 안을 돌아다니며 말했다.

"시합은 좋아하던가요?"

"그랬을 걸, 아마. 잘은 모르겠지만."

"나와 체커했다는 말은 안 하던가요?"

"몰라. 난 그냥 만났을 뿐이야."

그는 막 머리 손질을 끝내고 그 더러운 세면도구를 치우고 있었다.

"그럼, 그냥 안부나 전해 줘요."

"그러지 뭐."

그는 순순히 대답했다. 그러나 나는 믿지 않았다. 스트라드레이터 같은 인간이 남의 안부를 전할 리는 하늘이 두 쪽이 나도 없었다.

그가 방으로 돌아간 후에도 나는 잠시 세면장에 남아 있었다. 그곳에서 잠시 제인에 대해 생각해 보았다.

얼마 후 방으로 돌아가니 스트라드레이터는 거울을 보며 넥타이를 매고 있었다. 아마 인생의 절반은 거울 앞에서 보내는 것 같았다.

나는 의자에 앉아 그의 동정을 살폈다.

"그런데 내가 퇴학당했다느니 그런 말은 하지 말아요."

"그러지."

그것은 스트라드레이터의 장점이었다. 애클리에게처럼 일일이 설명할 필요가 없다는 것, 그것은 아마도 무슨 일에도 관심이 없는 그의 성격 때문이리라. 애클리와 같이 정말 아무 데나 코를 내미는 인간에 비하면 정말 큰 장점이었다.

스트라드레이터는 내 자켓을 입었다.

"조심해서 입어요. 두 번밖에 입지 않은 거니까."

"걱정 마. 그런데 내 담밴 어딨지?"

"책상 위에 있잖아요. 머플러 밑에."

스트라드레이터는 항상 자신이 물건을 놓은 자리도 잘 몰랐다. 그는 담배를 집어 자켓 주머니에 쑤셔 넣었다. 내 자켓 주머니에.

나는 기분 전환을 하기 위해 모자를 돌려 챙을 앞에 오도록 했다. 갑자기 초조해졌기 때문이었다.

"데이트는 어디서 할 거죠?"

"글쎄, 뉴욕에서 할까? 시간만 있다면 말야. 하지만 그녀가 9시 반까진 돌아가야 한댔어."

"그녀가 그렇게 말한 건 아마 형이 얼마나 매력적인지 몰랐기 때문일 거예요. 알고 있었다면 내일 아침 9시 반까지 외출 허락을 받았을 텐데."

나는 그의 말투가 거슬려 비아냥댔다. 그러나 그는 전혀 눈치 채지 못하였다.

"그래, 맞아!"

맞장구까지 치다니, 아마 그에게 비아냥을 이해시키자면 시간깨나 걸릴 것이었다.

"이건 진담인데, 작문 숙제 꼭 좀 부탁한다."

그는 코트를 걸치고 나가며 다시 한 번 부탁했다.

"근사하게 쓰지 말고 대충 쓰란 말야."

"지금도 체커 놀이할 때 왕을 뒷줄에 늘어놓는가 좀 물어봐 줘요."

나는 숙제에 대한 대답 대신 그렇게 말했다.

"알았어!"

스트라드레이터는 시원스레 대답했지만 분명히 그것도 물어보지 않을것이다.

"그럼 갔다 올게."

그는 기분 좋게 나갔다.

스트라드레이터가 나간 후에도 나는 한 시간 반 가량 그곳에 앉아 있었다. 나는 오직 제인만을 생각하고 있었다. 나는 초조해서 미칠 것만 같았다. 스트라드레이터가 색골인 줄 알기에 더욱 그랬다.

그때 갑자기 애클리가 나타났다. 언제나 그렇듯 샤워실 커튼을 젖히고. 내 개 같은 인생에서 그때같이 그가 반가웠던 적은 없었다.

애클리는 저녁 식사 시간 전까지 있었다. 자신이 미워하는 모든 인간들을 하나하나 씹으면서, 턱에 난 여드름을 쥐어짜면서, 그는 손수건도 없이 여드름을 짰다. 손수건이나 있는지 모르겠지만.

5

토요일 밤의 펜시의 메뉴는 언제나 스테이크였다.

그래도 학생들은 스테이크를 먹을 수 있다는 사실 만으로 즐거워했다. 학교로서도 토요일 밤 메뉴에 특별히 신경쓰지 않을 수 없는 이유는 일요일이 되면 학부모들이 찾아오기 때문이었다. 아마 대부분의 학부모들은 자녀들을 만나자마자 가장 먼저 "어젯밤엔 뭘 먹었니?" 하고 물어 보리라. 그러면 학생들은 멍청하게 "스테이크." 하고 대답할 것이고.

터어머 교장은 분명히 그것을 계산했을 것이다. 대단한 술책이 아닐 수 없다. 대단한 술책. 그래, 누구라도 그 스테이크를 본다면 그렇게 말할 것이다. 명색이 스테이크지 얼마나 작은지 코딱지만하다고나 할까? 게다가 얼마나 질긴지 잘 썰어지지도 않았다.

스테이크가 나오는 날에는 덜 으깨진 감자도 함께 나왔다. 그리고 후식으로는 갈색 베티라는 푸딩이 나왔다. 그러나 그것을 먹는 사람은 아무도 없었다. 하급생 꼬마들이나 애클리 같은 인간이나 먹을까.

그래도 그날 식당에서 나왔을 때 나는 참 즐거웠다. 눈이 펑펑 내리고 있었고 이미 많은 눈이 쌓여 있었다. 정말 굉장한 광경이었다. 우리는 눈싸움을 하며 사방으로 뛰어다녔다. 다들 동심으로 돌아가 마음껏 즐거워했다.

데이트 약속 같은 것은 없었다. 대신 레슬링 선수인 맬 브로서드라는 친구와 함께 버스를 타고 에저스 타운에 가기로 했다. 그곳에서 햄버거도 사먹고 영화도 보기로 했다. 우리 둘다 토요일 오후를 무료하게 보내고 싶지 않았던 것이다.

나는 맬에게 애클리를 데려 가자고 제안했다. 애클리는 분명 아무 데도 가지 않고 방구석에 틀어박혀 여드름이나 짜고 있을 것이 뻔했기 때문이었다. 맬은 마음대로 하라고 했다. 그러나 썩 내키지는 않는 눈치였다. 그 역시 애클리를 좋아하지 않았던 것이다.

우리는 나갈 준비를 하기 위해 방으로 갔다.

나는 덧신을 신으면서 애클리에서 영화 보러 가자고 소리쳤다. 그러나 아무 반응이 없었다. 분명히 샤워실 커튼을 통해 내 목소리가 들렸을 텐데 말이다. 원래 한 박자 늦게 반응하는 형광등 같은 인간이지만.

그리 오래 가지 않아 커튼이 젖혀졌다.

애클리는 문지방에 서서 나 말고 또 누가 가냐고 물었다. 그는 언제나 누구와 함께 가는지 확인하곤 대답했다. 난파 당해 구조

선이 왔을 경우에도 누가 노를 젓냐고 확인하곤 탈 인간이었다.

나는 맬이 같이 간다고 대답했다.

"그 친구라면 괜찮겠군. 잠깐만 기다려."

그는 자신이 꽤나 은혜를 베푼다는 듯이 말했다.

애클리는 준비하는 데 다섯 시간 정도 걸리는 것 같았다. 그 동안 나는 창가에 서서 맨 손으로 눈을 받아 꾹꾹 뭉쳤다. 눈뭉치를 만들기에 더없이 좋은 눈이었다.

나는 길 건너편에 주차된 차에 눈덩이를 던지려고 했다. 그러나 금방 마음을 바꿨다. 차가 너무 깨끗했기 때문이었다. 목표물을 바꿔 소화전에 던지려고 했지만 그것도 역시 너무 깨끗했다. 눈뭉치 던지기를 포기하고 나는 창문을 닫았다. 그리곤 눈뭉치를 꽉 움켜잡고는 버스를 타러 갈 때까지 놓지 않았다.

운전수는 문을 열고는 내게 눈뭉치를 던져 버리라고 소리쳤다. 나는 누구를 맞히려는 것이 아니라고 설명했다. 그러나 그는 믿지 않았다. 빌어먹을, 어른들이란 그렇게 다른 사람을 절대로 믿지 않는다니까.

맬과 애클리는 이미 영화를 보았다고 했다. 우리는 할 수 없이 햄버거를 사 먹고 핀볼 게임을 했다. 그리곤 버스를 타고 다시 펜시로 돌아왔다.

사실 나는 영화를 보지 않았어도 크게 실망하지 않았다. 케리 그란트가 나오는 희극이었지만 그래도 괜찮았다. 전에도 그들과 함께 영화를 본 적이 있었는데, 그들은 우습지도 않은 대목에서 하이에나처럼 마구 웃어댔다. 그러니까 사실 그들과 함께 영화

보는 것이 썩 유쾌하지는 않았다.

기숙사에 돌아오니 9시 15분 전이었다.

맬은 오자마자 브릿지할 상대를 찾았다. 그는 브릿지라면 사족을 못 썼다.

애클리는 기분 전환한다며 내 방에 주저앉았다. 그런데 이번에는 스트라드레이터의 의자 팔걸이에 앉지 않고 내 침대에 드러눕는 것이었다. 내 배게에 얼굴을 파묻고.

그는 아주 지루한 목소리로 이런저런 이야기를 했다. 이야기하는 동안에도 내내 여드름을 짰다. 그러지 말라고 아무리 암시를 주어도 소용없었다.

그는 지난 여름에 육체 관계를 가진 어느 여자에 대해 늘어놓았다. 그런데 그 이야기는 벌써 백 번도 더들은 것 같은데, 들을 때마다 내용이 달라졌다. 어떤 때에는 자기 사촌인 비크의 차에서 했다고 했고, 어떤 때에는 어느 둑 밑에서 했다고 했다.

그러나 그것은 몽땅 거짓이었다. 세상에 그런 인간이 숫총각이 아니라면 어느 누가 숫총각이겠는가. 또 세상에 어느 여자가 그런 인간에게 손길이라도 한 번 주겠는가.

결국 나는 스트라드레이터의 작문 숙제를 해야 한다고 말했다. 그래서 정신을 집중시킬 수가 없으니 좀 나가 달라고 말이다.

드디어 애클리가 나가고 나는 파자마와 목욕용 가운을 걸쳤다. 그리곤 사냥모자를 쓰고 작문을 시작했다.

스트라드레이터가 부탁했지만 나는 집이나 방에 대한 글은 쓰지 않기로 했다. 나로서는 집이나 방에 그리 큰 흥미가 없었다.

대신 동생 앨리의 손가락 없는 야구 장갑에 대해 쓰기로 했다. 그것은 작문하기에 적절한 소재였다.

앨리는 왼손잡이 야수의 장갑을 갖고 있었다. 그것이 묘사에 적당한 이유는 앨리의 특이한 행동 때문이라고 할 수 있다. 그는 손을 집어넣는 곳이나 손가락이 나오는 곳이나 아무 데나 시를 써 놓았다. 그것도 녹색 잉크로 써 놓았다. 그러면 그 시는 자리를 지키고 있을 때는 물론 수비를 설 때도 읽을거리가 된다는 것이었다.

그러나 지금 앨리는 죽고 없다. 백혈병에 걸렸던 것이다. 우리가 메인 주에서 살던 1946년 7월 18일에 죽었다.

앨리는 나보다 두 살 아래였지만 머리가 오십 배는 더 좋았다. 그의 선생들은 늘 어머니에게 편지 보내기를, 앨리와 같은 학생이 자기 반에 있다는 사실이 영광이라고 했다. 그것은 절대 입에 발린 소리가 아니었다. 그는 정말 무서울 정도로 머리가 좋았다. 단지 머리만 좋은 것이 아니었다. 인간성도 우리 집에서 가장 좋았다. 나는 그가 화내는 것을 한 번도 본 적이 없었다. 빨간 머리들이 다혈질이라고 하지만 그는 불같이 빨간 머리임에도 절대 그렇지 않았다.

나는 열 살 때부터 골프를 치기 시작했다. 열두 살 여름 어느 날 나는 골프를 치고 있었는데, 티에 얹힌 공을 치려다 문득 뒤를 돌아보고 싶다는 생각이 들었다. 바로 뒤에 앨리가 있을 것 같은 예감이 들었던 것이다. 과연 앨리는 울타리 밖에서 자전거를 타고 있었다. 골프장 주위는 울타리로 죽 둘러쳐져 있었는데 그는 한 150야드쯤 떨어진 곳에서 나를 지켜보고 있었다. 그렇게 멀리 있었는데도 그 빨간 머리로 인해 눈에 확 띈 것이었다.

아무튼 앨리는 좋은 아이였다.

앨리가 죽던 날, 나는 불과 열세 살이었다. 그때 나는 차고의 유리를 마구 때려 부수었다. 그 해 여름에 산 스테이션 왜웨이 차 유리까지 때려 부수려고 했지만 그때는 이미 손이 엉망이 된 상태였다. 그 뒤 사람들은 내게 정신분석이니 뭐니 받게 해야 한다고 온통 난리들이었다. 그러나 나를 야단치는 사람은 없었다.

지금은 내가 생각해도 어리석은 일이었지만 당시에는 그러지 않고는 견딜 재간이 없었다. 아니, 솔직하게 말해 나는 내가 무슨 짓을 하는 줄도 모르고 그랬던 것이다.

지금도 그때 다친 손이 아플 때가 있다. 특히 비가 온다거나 주먹을 꽉 쥘 때 그렇다. 그러나 그것은 아무래도 상관없다. 나는 어차피 외과 의사나 바이올리니스트가 되지는 않을 테니.

작문 내용은 대충 그런 것이었다. 마침 앨리의 야구 장갑도 내 짐가방 안에 있었다. 나는 그것을 꺼내 거기에 쓰인 시도 베꼈다. 물론 앨리의 이름은 다른 이름으로 바꾸었다. 사실 나는 앨리를 소재로 스트라드레이터의 숙제를 해 주고 싶지는 않았다. 그러나 달리 소재가 없었다. 또 앨리의 야구 장갑처럼 좋은 소재도 없었다.

작문하는 데 거의 한 시간이나 걸렸다. 스트라드레이터의 타자기를 썼기 때문이었다. 타자기가 어찌나 낡았는지 자꾸만 말썽을 부렸다. 내 것은 이미 아래층에 있는 친구에게 빌려 주었기 때문에 어쩔 수가 없었다.

10시 반쯤 작문을 마치고 나는 잠깐 창가에 섰다. 그다지 피곤하지 않아 잠자리에 들고 싶은 생각이 없었다. 눈은 그친 뒤였다. 그러나 도로나 지붕은 이미 하얗게 덮인 상태였다. 어디서인가 발동이 걸리지 않는 자동차 소리가 들려 왔다. 또 애클리의 코고는 소리도 들려 왔다. 녀석의 코고는 소리는 한 마디로 유명했다.

애클리는 참 여러 가지로 주접을 떨었다. 비공 장해에다 여드름, 더러운 이에 입냄새, 때 낀 손톱 등 미친놈, 한 마디로 불쌍하다.

6

유난히 기억하기 어려운 곳이 있다. 지금 내가 말하는 것은 스트라드레이터가 제인과 데이트를 마치고 돌아왔을 때를 말하는 것이다. 그날 그가 돌아왔을 때 나는 무엇을 하고 있었던가, 전혀 기억이 나지 않는다. 아마도 여전히 창 밖을 내다보고 있었으리라.

사실 나는 몹시 걱정을 하고 있었다. 한번 걱정하기 시작하면 가만히 있지 못하는 것이 내 성격이었다. 화장실에라도 가야 하고 세수라도 해야 한다. 그러나 그때에는 화장실에도 가지 못하고 세수도 하지 못했다. 너무 걱정이 되었기 때문에 꼼짝할 수가 없었던 것이다.

아마 스트라드레이터라는 인간에 대해 조금이라도 알고 있다면 누구라도 걱정하지 않을 수 없을 것이다. 그는 정말 나쁜 인간이다. 나쁜 짓을 예사로 하니 말이다.

복도는 리놀륨으로 되어 있어 그의 발자국 소리가 똑똑히 들렸다. 그러나 그가 방에 들러왔을 때 내가 어디에 앉아 있었는지는 정말 기억나지 않는다. 창가에 서 있었던가, 아니면 의자에 앉아 있었던가?

그는 날씨가 너무 춥다고 투덜대며 들어섰다.

"다들 어디 갔어? 이건 꼭 시체 안치소에 들어온 기분이군."

그는 내게 들으라는 듯 말했다.

나는 대꾸하지 않았다. 토요일 오후인데 뻔하지 않은가. 외출했거나 자고 있거나 주말을 보내기 위해 집에 가 있거나 하지 않겠는가. 그런데도 그런 바보 같은 질문을 하다니, 그래서 나는 굳이 대꾸할 필요를 느끼지 못했다.

스트라드레이터는 옷을 벗으면서도 제인에 대해 한 마디도 하지 않았다. 나 역시 아무것도 묻지 않았다. 다만 그가 움직이는 것을 가만히 지켜 볼 뿐이었다.

자켓을 벗어 옷걸이에 걸면서 그는 고맙다고 짧게 인사했다. 그런 다음에는 넥타이를 풀면서 작문 숙제는 다 해 놓았냐고 물었다. 나는 침대에 있다고 말해 주었다. 그러자 그는 와이셔츠 단추를 풀면서 침대로 다가가 작문을 집어 들었다. 그리곤 맨 살이 드러난 가슴팍을 쓰다듬으며 읽기 시작했다.

"맙소사, 이건 야구 장갑에 관한 거 아냐!"

작문을 읽다 말고 갑자기 스트라드레이터가 소리쳤다.

"왜 안 돼요?"

나는 일부러 퉁명스레 물었다.

"당연히 안 되지. 내가 방이나 집에 대해 써 달랬잖아."

"그게 아니죠. 그냥 쉬운 걸로 써 달라고 했죠. 방이나 집이나 야구 장갑 이야기나 마찬가지잖아요."

"항상 이렇게 엉망이라니까!"

그는 정말 화를 내고 있었다.

"그러니까 퇴학이나 당하지! 무슨 일이든 제대로 하는 게 없잖아!"

"그렇다면 이리 줘요!"

나는 당장 그에게 다가가 작문을 빼앗았다. 그리곤 조각조각 찢어 버렸다.

"너 왜 그래!"

그가 소리쳤다.

나는 대꾸하지 않았다. 그냥 아무 말 없이 종이 조각을 휴지통에 넣었다. 그런 다음 침대에 가서 벌렁 누워 버렸다. 그 뒤 우리는 한참 동안 아무 말도 하지 않았다. 그는 옷을 벗은 채 팬티 바람으로 있었고 나는 침대에서 뒹굴며 담배에 불을 붙였다. 원래 기숙사에서는 금연이었다. 그러나 모두들 자거나 외출한 터에 무슨 상관 있으랴 싶었다.

그러나 그날 밤 내가 담배를 피운 이유는 다른 데 있었다. 바로 스트라드레이터의 화를 돋우기 위해서였다. 그는 누구라도 규칙을 어기면 가만있지 않았다. 따라서 자신도 방 안에서는 절대로 담배 따위를 피우지 않았다.

"그 여자 친구가 9시 반까지 외출을 허락받았다면 너무 늦게 돌아간 거 아녜요?"

내가 지나가는 말로 슬쩍 물어 보았다.

"이십 분 정도 늦었겠지."

그는 침대에 걸터앉아 발톱을 자르며 말했다.

"하지만 토요일 저녁에 9시 반까지만 허락받고 나온 얼간이가 어디 있어?"

"뉴욕에 갔다 왔어요?"

나는 그가 죽이고 싶을 정도로 미웠지만 아무렇지도 않은 표정으로 물었다.

"너 미쳤니? 그 계집애가 9시 반까지 돌아가야 하는데 어떻게 뉴욕엘 갔다 오니?"

"안됐네요."

"그런데 이봐."

그가 갑자기 정색을 하고 불렀다.

"담배 피우고 싶으면 세면장으로 가야지. 너야 어차피 여기서 나갈 테니 상관 없겠지만 난 졸업 때까지 붙어 있어야 하잖아."

그는 잔뜩 인상을 쓰고 말했지만 나는 상관하지 않았다. 오히려 더 열심히 연기를 뿜어댔다. 거기에서 그치지 않고 옆으로 돌아누워 그가 발톱 자르는 것을 구경하기까지 했다.

"내 안부 전했어요?"

"당연하지."

그는 대답처럼 당연하게 말했지만 나는 속지 않았다.

"뭐라고 그래요? 지금도 왕을 모조리 뒷줄에 늘어놓는대요?"

"그건 안 물어 봤어. 넌 우리가 체커나 하며 놀았는 줄 아니?"

그는 한심하다는 듯 되물었다. 나는 아무런 대답도 하지 않았다. 그의 얼굴이 너무 밉살스럽게 보였기 때문이었다.

"뉴욕에 안 갔다면 어디 갔었는데요?"

빌어먹을, 그렇게 물으려니 말소리가 조금 떨려 나왔다. 초조하고 흥분했기 때문이었다. 스트라드레이터는 발톱을 다 자르고 나서 팬티 바람으로 일어났다. 그리곤 내게 다가와 갑자기 권투를 하기 시작했다. 그러나 나는 전혀 장난칠 기분이 아니었다.

"그만둬요!"

"왜, 재미있잖아."

"뉴욕에 안 갔다면 대체 어디 갔었어요?"

"아무 데도 안 갔어. 그냥 차 안에 앉아 있었어."

그는 주먹으로 내 어깨를 치며 대답했다.

"그만해요. 그런데 누구 차요?"

"에드 밴키."

에드 밴키란 펜시의 농구 코치였다. 스트라드레이터는 농구부의 센터를 맡고 있었으므로 코치의 신임을 독차지하고 있었다. 스트라드레이터가 차가 필요하다면 언제든지 빌려 줄 정도였다. 원래 학생이 선생의 차를 빌리는 것은 학칙상 금지되어 있지만 운동부에서는 통하지 않았다. 어느 운동부나 학생과 선생이 똘똘 뭉쳐 있어서 서로 감싸주기 때문이었다.

스트라드레이터는 입에서 칫솔을 문 채 내 어깨에 계속 주먹질을 해댔다.

"차 안에서 했단 말예요?"

목소리가 다시 떨려 나왔다.

"무슨 그따위 말이 있어? 확, 비누로 입을 닦아낼라."

"했냔 말예요?"

"그건 직업상 비밀이다."

그가 의미심장하게 웃으며 말했다.

모든 것이 생생하지는 않지만 한 가지는 분명히 기억난다. 나는 세면장에 가는 척하며 침대에서 일어났다. 그와 동시에 있는 힘을 다해 그의 입에 물려 있는 칫솔을 내리쳤다. 그러나 주먹이 빗나가고 말았다. 과녁을 잘못 맞춘 것이었다. 내 주먹은 겨우 그의 옆 머리를 스쳤을 뿐이었다. 그것은 내게 노린 바가 아니었다. 약간이야 아팠겠지만 나는 그의 목구멍이 찢어지길 바랐던 것이다. 더구나 오른손을 사용하여 효과가 더욱 없었다. 앞에서 말했던 부상 때문에 주먹을 힘껏 쥘 수가 없기 때문이었다.

아무튼 그 다음에 생각나는 것은 내가 바닥에 뒹굴고 있었다는 것이다. 그는 얼굴이 벌겋게 달아올라 내 가슴 위에 올라 앉아 있었다.

나는 꼼짝할 수가 없었다. 그의 몸무게가 1톤 가까이 되니 어찌할 도리가 없었다. 더구나 손목까지 붙잡힌 상태였다.

"대체 왜 그래?"

스트라드레이터는 같은 말을 되풀이해 물었다.

"이 더러운 무릎 좀 내려 놓을래요?"

나는 몸을 뒤채며 소리쳤다. 그러나 그는 더욱 힘을 가해 압박했다.

"비키라니까! 이 더러운 잡종 자식!"

나중에는 욕까지 하며 몸부림쳤지만 그는 꿈쩍도 하지 않았다. 나는 그에게 개자식이니 뭐니 하며 울부짖었다. 무슨 욕을 어떻게 했는지 다 기억하지도 못한다. 다만,

"너라는 자식은 어떤 여자와 해도 좋다고 생각하는 모양이지?"라고 했던 말은 분명하게 기억난다.

그런데도 여자들이 문제 삼지 않는 이유는 그가 천하에 둘도 없는 얼간이이기 때문이라고 했다. 그는 얼간이라는 말을 아주 싫어했다. 그 말만 들으면 화를 냈다.

"아가리 닥쳐!"

그는 얼굴을 붉히며 소리쳤다.

"그 계집애 이름이 '제인'인지 '지인'인지도 모르는 이 천치 같은 인간아!"

"아가리 닥치라니까! 경고하는데 다시 한 번 지껄이면 머리통을 날려 버린다!"

"이 더러운 무릎이나 좀 치우시지!"

"놓아주면 아가리 닥칠래?"

그는 손목을 더욱 움켜쥐며 물었다. 나는 대답하지 않았다.

"놓아주면 아가리 닥치겠냐고?"

스트라드레이터가 다시 물었다.

"그럴게요."

어쩔 수 없이 나는 항복하고 말았다.

"천치 같은 자식!"

그래도 나는 분에 못 이겨 일어서면서 한마디했다. 그의 무릎에 짓눌렸던 가슴이 무척 아팠다.

"홀든, 다시 한 번 경고하는데 이게 마지막이다. 다시 한 번 아가리 놀렸다간 가만두지 않아!"

스트라드레이터는 험악한 얼굴로 삿대질을 했다.

"왜 내가 입을 다물어야 하죠? 하긴 형 같은 천치들은 남하고 얘기하길 싫어하니까. 그러니까 천치지."

그때 그의 주먹이 내 얼굴을 후려쳤다.

잠시 후 정신을 차리고 보니 나는 마룻바닥에 쓰러져 있었다. 아마 그대로 뻗었던 것 같았다. 그러나 완전히 뻗지는 않았다. 사람이란 원래 그렇게 간단하게 뻗을 정도로 나약하지는 않다. 영화에서는 그러기도 하지만.

아무튼 나는 코피를 흘리며 쓰러져 있었다. 그 위로 스트라드레이터가 버티고 서 있었다. 겨드랑이에는 여전히 세면 도구를 끼고 있었다.

"내가 경고했지, 아가리 닥치라고."

그는 조금 겁먹은 목소리로 말했다. 하기는 그렇게 코피가 쏟아지고 있었으니 겁먹을 만도 했다. 마루에 넘어질 때 머리라도 깨진 것이 아닌가싶은 모양이었다.

"네 놈이 매를 번 거야."

그렇게 말하면서도 여전히 근심어린 표정이었다.

나는 애써 일어나려고 하지 않았다. 그냥 그대로 누워 있었다. 그리곤 스트라드레이터에게 얼간이 자식이라고 소리쳤다.

"얼굴이나 씻고 와."

"그 천치 같은 얼굴이나 씻고 오시지!"

나는 얼른 되받아쳤다. 정말이지 화가 나서 견딜 수가 없었다.

스트라드레이터는 고개를 젓더니 그대로 나갔다. 세면장으로 가는 것이었다. 나는 그의 등 뒤에 대고 슈미트 부인과 한번 해보라고 소리쳤다. 슈미트 부인이란 기숙사의 수위 부인인데 나이가 예순다섯 살쯤 되었을 것이다.

나는 마룻바닥에 누워서 그가 세면장으로 가는 소리를 들었다. 곧 문이 닫히는 소리가 들렸고 그 다음에는 복도를 따라 가는 발자국 소리가 들렸다. 나는 그제서야 일어났다. 사냥 모자는 침대 밑에서 뒹굴고 있었다. 나는 모자를 쓰고 거울 앞에 서 보았다. 그런 얼굴은 처음이었다. 턱이고 볼이고 피투성이였다. 파자마에까지 피가 튀어 있었다. 조금 겁이 났지만 재미있기도 했다. 어쩐지 억세고 끈질기게 보였기 때문이었다.

그때까지 나는 꼭 두 번 싸워 보았다. 두 번 다 완벽하게 지고 말았지만. 나는 평화주의자였던 것이다.

문득 애클리가 그 모든 소동을 들었을 것이라는 생각을 했다. 어쩌면 샤워실의 커튼 뒤에서 지켜보았는지 모를 일이었다. 나는 얼른 샤워실의 커튼을 젖히고 그의 방으로 갔다. 그의 방에 가는 일은 거의 없었지만 그날만큼은 예외였다. 애클리가 워낙 음란한 손장난을 해댔기 때문에 그 방에서는 항상 불쾌한 냄새가 났다.

7

가느다란 불빛이 샤워실의 커튼을 통해 새어 나왔다. 덕분에 나는 침대에 누워 있는 그를 볼 수가 있었다. 그는 분명히 눈을 뜨고 있었다.

“형, 아직 안 자죠?”

“안 자.”

애클리가 대답했다.

나는 그에게로 다가갔다. 방이 너무 어두워 바닥에 널려 있는 구두에 걸려 하마터면 넘어질 뻔하였다. 애클리는 침대에서 일어나 앉아 팔을 기대였다. 얼굴에는 흰 것이 잔뜩 발라져 있었다. 여드름 약인 모양이었다.

“안 자고 뭘 하고 있는 거예요?”

“뭘 하다니, 그렇게 떠들어대는데 어떻게 자? 대체 왜 그렇게 싸웠어?”

“전등 스위치가 어디 있죠?”

나는 스위치를 찾아 불을 켰다. 애클리는 눈이 부신지 대뜸 손으로 불빛을 가렸다.

"도대체 어떻게 된 거야!"

애클리가 내 얼굴을 보고 놀라 물었다.

"스트라드레이터 형과 조금 다퉜어요."

나는 마룻바닥에 주저앉으며 대답했다. 그 방에는 의자도 없었다.

"커내스터(두 벌의 카드로 하는 놀이) 안 할래요?"

애클리가 커내스터라면 사족을 못 쓴다는 것을 알고 있었기에 그렇게 물었다.

"아직도 피가 나!"

"곧 멎겠죠. 커내스터나 한 판 하자니까요."

"지금이 몇 신데?"

"시간이 무슨 상관있어요. 이제 겨우 11시나 11시 반일 텐데."

"겨우라니? 난 내일 아침 미사에 나가야 한단 말야. 너희는 한밤중에 싸움질이나 하지만, 그런데 대체 왜 싸웠니?"

"말하자면 길어요. 지루할 테니 들으려고 하지 말아요."

나는 대충 얼버무렸다. 애클리에게 내 일신에 관해 이야기하고 싶지 않았던 것이다. 그는 스트라드레이터보다 더 얼간이니까.

"오늘 밤에 엘리 침대에서 좀 자도 돼요? 엘리는 내일 저녁까진 안 돌아올 거 아네요."

엘리가 주말마다 집에 간다는 것을 나는 잘 알고 있었다.

"언제 돌아올지 어떻게 알고."

빌어먹을, 나는 그만 화가 치밀었다.

"그게 무슨 말이죠? 엘리는 무슨 일이 있어도 일요일 밤에는 돌아오잖아요!"

"그렇긴 하지만. 하지만 엘리 침댄데 누구한테 허락을 받지?"

그 말에는 할 말이 없었다. 나는 할 수 없이 마룻바닥에 앉은 채 팔을 뻗어 애클리의 어깨를 두드렸다.

"형은 왕자예요, 알아요?"

"알아. 하지만 남의 침대 갖고 내 맘대로 허락하고 안 하고 그럴 순 없잖아."

"정말 형은 왕자예요. 또 신사이며 학자고, 그런데 혹시 담배 있어요? 없다고 하세요. 있다고 하면 난 아마 기절하고 말 거예요."

"정말로 없어. 그런데 대체 왜 싸웠는데?"

애클리가 다시 물었다.

나는 대답하지 않았다. 대신 몸을 일으켜 창가로 갔다. 갑자기 외로움이 밀려 왔다. 죽어 버렸으면 좋겠다는 생각이 들었다.

"왜 싸웠는데?"

그는 집요하게 물어댔다. 참으로 지겨운 종자였다.

"형 때문이었어요."

"나 때문에? 왜?"

"스트라드레이터 형이 형보고 지저분한 놈이라고 하기에 내가 좀 편을 들었어요. 그러다 싸우게 된 거죠."

"그 자식이 정말 그랬어? 농담 아니지?"

애클리는 대번에 흥분했다.

나는 농담이라고 말했다. 그리곤 얼른 엘리의 침대에 가서 누워 버렸다. 빌어먹을, 모든 게 싫고 지겨웠다.

"이 방에선 항상 지독한 냄새가 나요. 혹시 양말을 세탁소에 맡기지 않고 어디 처박아 둔 건 아녜요?"

"절이 싫으면 중이 떠난다고, 이 방이 싫으면 어떻게 해야지?"

애클리가 말했다. 참으로 재치 있는 말이었다.

"이제 저 지겨운 불 좀 끄지."

애클리가 인상을 쓰고 말했다.

나는 가만히 있었다. 그 상태에서 제인과 그 밖의 여러 가지를 생각했다.

그녀와 스트라드레이터가 푹신한 에드 밴키 선생의 차 안에 있었다는 것을 생각하니 정말 미칠 것만 같았다. 독자들이야 스트라드레이터에 대해 잘 모르겠지만 나는 그를 잘 알았다. 펜시에 있는 대부분의 남학생들은 여학생들과 육체적 관계를 가졌다고 자랑했지만 그것은 대개 거짓이었다. 애클리처럼 말이다. 그러나 스트리드레이터는 달랐다. 그는 진짜로 했다. 나는 그가 관계한 여자를 둘 정도는 알고 있었다.

"형이 살아온 얘기나 좀 들려 줘요."

"불이나 끄라니까! 난 내일 아침 미사에 참석해야 한단 말야!"

애클리가 소리쳤다.

나는 일어나 불을 껐다. 이로써 네 놈이 행복해진다면 얼마든지 꺼 주지, 하고 생각하면서.

"너 정말 엘리 침대에서 잘 거야?"

애클리가 물었다.

"몰라요. 하지만 안 잘지도 모르니까 너무 걱정하지 말아요."

"걱정은 안 해. 다만 갑자기 엘리가 나타나면 어쩌나 싶은 거지. 난 그게 싫어."

"걱정 말아요. 안 잘 테니."

이십 분 정도 지나자 애클리는 코를 골기 시작했다.

나는 어둠 속에서 뒹굴면서 제인과 스트라드레이터에 대해 생각하지 않으려고 애썼다. 그러나 그것은 불가능한 일이었다. 문제는 내가 스트라드레이터란 인간에 대해 너무 잘 알고 있다는 것이었다. 그는 여자를 유혹하는 기술이 뛰어났다.

언제인가 나는 그와 함께 에드 밴키의 차 안에서 데이트를 한 적이 있었다. 그때 스트라드레이터는 그의 여자 친구와 뒷좌석에 앉아 있었고 나는 내 상대와 앞좌석에 앉아 있었다. 그런데 그의 기술은 정말 대단했다. 그는 처음에는 아주 부드럽고 진지하게 접근했다. 마치 자신이 진실한 사람인 것처럼 말이다. 정말 구역질이 날 정도였다.

여자는 계속 "안 돼요! 제발!"하고 외쳤다. 그러나 그는 에이브러햄 링컨처럼 진지한 목소리로 자꾸만 설득했다. 그러다 어느 순간 뒷좌석이 조용해졌다. 사실 그날 밤은 내가 있었으니 어쩌지는 못했겠지만 바로 그 전단계까지는 간 모양이었다. 바로 그 전단계까지 말이다.

얼마 후 스트라드레이터가 세면장에서 돌아오는 소리가 들렸다. 그리고 그 지저분한 세면 도구를 치우는 소리가 들려 왔다. 이어 창문 여는 소리가 들렸다. 그는 신선한 공기를 아주 밝혔다. 그런 다음 불이 꺼졌다. 내가 있는지는 살펴보지도 않았다.

더 이상 아무 소리가 없었다. 창밖도 조용했다. 자동차 소리마저 끊긴 상태였다. 나는 너무나 외로웠다. 그러다 문득 애클리를 깨우고 싶은 충동을 느꼈다.

"형, 형!"

샤워실 커튼 저쪽에 있는 스트라드레이더가 듣지 않도록 조심스레 불렀다.

"애클리 형!"

그러나 애클리는 듣지 못했는지 반응이 없었다.

"애클리!"

"왜 그래?"

그가 짜증스레 물었다.

"난 자고 있단 말야."

"수도원에 들어가려면 어떻게 해야 돼요?"

마치 수도원에 들어가고 싶어하는 말투였다. 그러나 사실 그것은 애클리를 깨우기 위한 수단이었다.

"가톨릭 교도가 돼야 해요?"

"당연하지, 야, 겨우 그따위 걸 물어 보려고 날 깨운 거야?"

"알았어요. 이제 그만 자요. 어차피 난 수도원에 들어가지 않을 거니까요. 나같이 운 나쁜 놈은 되먹지 않은 신부에게 걸릴지 모르거든요."

내가 그렇게 이야기하지 애클리가 벌떡 일어났다.

“네가 다른 거엔 뭐라고 씨부렁거리든 상관하지 않겠어. 하지만 내 종교에 대해서 그러는 건 못 참아!”

“걱정 마세요. 아무도 형의 종교에 대해 뭐라 그러진 않으니까.”

나는 침대에서 일어나 문 쪽으로 걸어 나왔다. 더 이상 그의 소굴에서 뒹굴고 싶지 않았다. 그러다 갑자기 애클리에게 다가가 그의 손을 잡고 크게 흔들었다.

“이건 또 뭐야!”

애클리가 손을 뿌리치며 물었다.

“아무것도 아네요. 난 그냥 형이 너무 훌륭한 왕자 같아서 감사의 뜻을 표하는 거예요.”

나는 매우 진지하게 말했다.

“형은 정말 최고예요. 알고 있어요?”

“그래, 이 똑똑한 친구야. 그러다 또…….”

애클리는 뭐라 더 말하려고 했지만 나는 그대로 돌아서 나왔다.

복도는 쥐 죽은 듯이 고요했다. 모두들 자고 있거나 외출했거나 집으로 가 있거나 했을 터였다. 리이와 호프만의 방문 앞에는 콜리노스의 빈 치약 껍데기가 뒹굴고 있었다. 나는 계단 쪽으로 걸어가면서 그 빈 치약 껍데기를 발로 찼다. 그때 맬 브로서드가 생각났다. 그는 무엇을 하고 있을까. 나는 그의 방으로 가다가 갑자기 걸음을 멈추었다. 문득 떠오른 것이 있었다. 그대로 펜시를 떠나자는…….

나는 더 이상 펜시에 머물고 싶지 않았다. 더 이상 외롭고 싶지도 않았다. 그렇게 하면 수요일까지 기다릴 필요도 없었다. 그동안에는 뉴욕의 호텔에서 지내면 된다. 아주 비싼 방에서 말이다. 그곳에서 수요일까지 편하게 있다 보면 가벼운 마음으로 집에 갈 수 있을 것 같았다.

내가 퇴학당했다는, 터어머 교장의 편지는 수요일이나 지나야 집에 도착할 것이다. 나는 부모님이 모든 사실을 알기 전에 집에 돌아가고 싶지 않았다. 특히 편지를 막 받았을 때는 더욱 돌아가고 싶지 않았다.

어머니는 너무 신경질적이라 그대로 돌아갔다가는 감당하기 힘들 것이 뻔했다. 그러나 시간이 지나면 조금 나아질 테니 그때 돌아가도 늦지 않을 것이다. 더구나 나는 휴식이 필요한 상태였다. 신경이 예민해져 있었기 때문이었다.

나는 당장 방으로 돌아가 짐을 꾸리기 시작했다. 불을 켜고 이것저것 챙겼다. 이미 큰 것들은 대강 챙겨 놓은 터라 별반 어려운 것이 없었다.

짐을 꾸리다 말고 나는 잠깐 손을 멈추었다. 어머니가 2, 3일 전에 보내준 스케이트가 보였던 것이다. 왠지 착잡했다. 어머니가 스폴링 가게에 들어가 점원에게 이것저것 물어본 뒤 물건을 고르는 모습이 눈에 선했다. 그런데 나는 또 퇴학을 당했으니……

애초에 나는 경기용 스케이트를 원했다. 그러나 어머니는 하키용 스케이트를 사 보내셨다. 그 점도 나를 우울하게 했다. 그렇게 나는 항상 누군가에게 선물을 받으면 종국에 가서는 슬프게 되고 말았다.

나는 잠깐 담배에 불을 당겼다. 그런 다음 옷을 입고 여행용 가방 두 개에 짐을 챙겨 넣었다. 그러기까지 채 2분도 걸리지 않았다. 그만큼 짐 꾸리기에 이력이 난 것이다. 그렇게 난리법석을 떠는 동안에도 스트라드레이터는 눈도 떠 보지 않았다.

짐을 다 꾸린 후 나는 돈을 세어 보았다. 얼마가 있었는지 정확하게 생각나지는 않지만 꽤 많은 돈이 있었던 것 같다. 그 전 주에 할머니가 용돈을 보내 주었기 때문이었다.

할머니는 돈을 아주 잘 썼다. 나이가 많아 다소 쭈그렁바가지였으나 일년에 네 번 가량 돈 보내 주는 일은 잊은 적이 없었다.

그 정도 돈이면 충분했지만 나는 조금 더 마련하고자 했다. 언제 어떤 일이 생길지 모르기 때문이었다.

나는 복도 저쪽에 있는 프레드릭 리트우드러프 방으로 갔다. 그리곤 다짜고짜로 그를 깨워 타자기를 얼마에 사겠냐고 물었다. 바로 내 타자기를 빌려간 친구였다. 그는 잘 모르겠다고 말했다. 사고 싶은 마음이 별로 없다는 것이었다. 그러나 결국에는 사고 말았다. 90달러 가량 주고 산 물건인데 20달러만 내라니 살 수밖에. 꽤 부자였지만 아마 자는 것을 깨워 기분이 나빴던 모양이었다.

떠날 준비가 다 되었다. 나는 가방을 한 손에 들고 저쪽 복도를 다시 한번 쳐다보았다. 왠지 울고 싶었다. 나는 사냥 모자를 뒤로 쓱 돌렸다. 그리곤 힘차게 외쳤다.

"이 저능아들아, 잘들 자거라!"

그런 다음 뒤도 돌아보지 않고 뛰어 나왔다. 어느 얼간이 같은 인간이 계단에 땅콩 껍질을 흘려 놓아 하마터면 모가지가 부러질 뻔했지만……

8

택시를 부르기에는 너무 늦은 시간이었다. 그래서 할 수 없이 역까지 걸어갔다. 역까지는 그리 멀지 않은 거리였으나 날씨가 지독하게 추웠다. 또 눈이 많이 쌓여 걷기가 보통 힘든 것이 아니었다. 게다가 가방을 두 개나 들었으니 제대로 나아갈 수가 없었다.

코끝은 아려오고 스트라드레이터에게 맞아 터진 윗입술은 쑤셨다. 그러나 귀는 아주 따뜻했다. 뉴욕에서 샀던 등상 모자에 귀마개까지 달려 있었던 것이다. 모양이 이상하면 좀 어떠랴. 어차피 다들 침대에서 뒹굴고 있을 텐데 누가 보겠냐 싶었다.

역에 도착하여 알아보니 10분 뒤에 오는 기차가 있었다. 재수가 좋은 경우였다. 기차를 기다리는 동안 눈으로 얼굴을 닦았다. 그때까지도 얼굴은 온통 피투성이였다.

기차를 타고 여행하는 것보다 즐거운 일은 없을 것이다. 특히 밤에 타는 기차라면 더욱 좋다. 전등이 켜 있고, 창문은 시커멓고, 판매원이 좁은 통로를 지나면서 커피나 샌드위치를 파는 것을 보면 마음이 편하지 않은가.

밤기차를 타면 나는 주로 햄 샌드위치나 잡지를 네 권 정도 샀다. 밤기차에서는 그런 잡지에 실린 소설이라도 부담없이 읽을 수 있기 때문이다. 아마 독자들도 알 것이다. 데이비드라는 턱이 긴 인간의 파이프에 린다니 혹은 마르시아니 하는 따위의 여자들이 불을 붙여 준다는 내용의 소설을. 밤차 안에서라면 그런 유치한 소설도 얼마든지 낭만적으로 읽혔다.

그러나 그날은 그렇지 않았다. 읽고 싶은 생각이 전혀 나지 않는 것이었다. 그리하여 그날 나는 아무것도 사지 않은 채 사냥모자를 벗어 호주머니에 구겨 넣었다. 그뿐이었다.

트렌톤에서 한 부인이 타더니 내 옆에 앉았다.

차 안은 텅텅 비어 있었지만 부인은 굳이 내 옆에 앉았다. 그리곤 커다란 가방을 통로 한가운데 놓았다. 그 때문에 차장이나 모든 사람들은 그 가방을 뛰어넘으며 다녀야 했다.

부인은 파티에서 막 돌아온 듯 가슴에 난초 꽃을 달고 있었다. 나이는 마흔에서 마흔다섯 살 가량 되어 보였는데 대단한 미인이었다. 지금도 마찬가지지만 그때도 나는 여자에게 약했다. 그렇다고 욕정에 사로잡힌 인간은 아니다. 그런 면이 전혀 없지는 않지만 그냥 여자를 좋아한다는 말이다.

부인은 아무 거리낌도 없이 말을 걸어 왔다.

"저거 펜시 고등학교 교표 아냐?"

부인은 선반 위에 올려 놓은 내 여행용 가방을 가리키며 물었다.

"네."

나는 가리키는 가방을 보며 대답했다. 부인의 말대로 내 여행용 가방 하나에는 펜시의 교표가 붙어 있었다.

"펜시에 다니나 보지?"

부인의 음성은 모습만큼이나 아름다웠다. 특히 전화 걸기에 좋은 음성이었다.

"네."

나는 똑같은 대답을 연거푸했다.

"아, 그럼 우리 애를 알겠네! 우리 애도 펜시에 다니는데. 어니스트 모로우, 알아?"

"네, 같은 반입니다."

부인의 아들은 펜시 전체에서, 아니 펜시 창립 이래 최악의 학생이었다. 그는 샤워를 마친 다음 복도를 걸어갈 때마다 축축한 수건으로 사람의 엉덩이나 갈기는 아주 고약한 자식이었다.

"어머, 그래! 나중에 어니스트를 만나면 우리가 만났다는 얘기를 해야겠다. 그래, 이름이 뭐지?"

"루돌프 슈미트."

루돌프 슈미트란 우리 기숙사 수위 아저씨의 이름이었다. 그렇게 엉뚱한 이름을 댄 것은 처음 만난 부인에게 내 신상에 관한 이야기를 하고 싶지 않았기 때문이었다.

"학생은 펜시를 어떻게 생각해? 좋다고 생각해?"

"그다지 나쁘지 않아요. 천국은 아니지만요. 그래도 다른 학교에 비하면 괜찮은 편이에요. 양심적인 선생님도 많고요."
"어니스트는 칭찬이 대단하던데?"
"그럴 거예요. 어니스트는 어디에든 잘 적응하는 편이니까요. 말하자면 순응하는 방법을 아는 거죠."
"정말?"
부인은 내 말에 반짝 눈을 빛냈다.
"그럼요, 정말이고말고요."
부인이 장갑 벗는 것을 보며 나는 분명하게 말했다. 장갑을 벗자 보석이 주렁주렁 매달려 있는 손이 나타났다.
"차에서 내릴 때 손톱을 다쳤어."
부인은 살짝 웃으며 자신의 손을 들여다보았다. 그 웃음이 그렇게 좋아 보일 수 없었다. 대부분의 사람들은 그렇게 살짝 웃지도 않지만 웃는다 해도 오히려 천하게 보일 뿐인데 부인은 전혀 그렇지가 않았다.
"우리 집 양반이나 나나 그애 때문에 걱정을 많이 해. 그애가 친구들과 잘 어울리지 못할 거란 생각 때문에 말야."
"무슨 말씀이세요?"
"애가 워낙 예민해서 말야. 그래서 친구들과 잘 어울리지도 못하고 적극적이지도 못하고. 그앤 나이에 비해 너무 심각한 것 같아."
예민하다니, 사람을 웃겨도 분수가 있지! 더구나 모로우 같은 인간이 예민하다니, 그에 비하면 차라리 화장실 변기가 더 예민하겠다!

나는 부인의 얼굴을 자세히 들여다보았다. 그러나 아무리 보아도 그리 멍청해 보이지는 않았다. 오히려 아들에 대해 너무 잘 알고 있는 그런 얼굴이었다. 그러니 알 수 없는 일이 아닌가. 세상의 모든 어머니들이 그러니 말이다. 아마 어머니들이란 자식 문제에 있어서는 다들 조금씩은 정신이 나가는 모양이었다.

"담배 한 대 피우시겠어요?"

아무튼 나는 부인이 마음에 들었다. 그래서 담배까지 권했다.

"여긴 흡연실이 아닌 것 같은데, 루돌프?"

부인은 주위를 돌아보며 말했다. 그런데 루돌프라니, 나는 하마터면 웃음을 터뜨릴 뻔하였다.

"누가 뭐라면 그때 끄면 되죠."

나는 부인 앞으로 담배를 들이밀었다. 그리고 부인이 꺼내든 담배에 불까지 붙여 주었다.

담배를 피우는 부인의 모습은 더욱 품격 있어 보였다. 부인은 담배 연기를 빨아들이기는 했지만 다른 부인들과는 달리 삼키지는 않았다. 여러 가지 면에서 매력 있는 여자였다. 물론 성적인 매력까지 더해서 말이다.

"내가 잘못 보고 있는 건가? 학생 코에서 피가 나오는 것 같은데."

부인이 담배를 피다 말고 조금 어색하게 웃으며 말했다.

나는 얼른 고개를 끄덕이곤 손수건을 꺼냈다.

"눈덩이에 맞았어요. 얼음처럼 단단한 눈덩이였어요."

부인에게라면 모든 사실을 털어놓을 수도 있었다. 그러나 그러자니 너무 번거로웠다. 그때쯤 루돌프 슈미트라고 거짓 이름을 댄 것도 후회되었지만.

"아까 어니에 대해 걱정하시던데, 어니는 펜시에서 제일 인기 있는 학생 중의 한 사람이에요. 어니가 말 안 하던가요?"

나는 코피를 닦아내곤 공연히 헛소리를 하기 시작했다.

"아니, 그런 말 안 하던데?"

"누구든 어니를 파악하자면 시간이 좀 걸리지요. 자신을 잘 드러내지 않기 때문이에요. 저도 처음엔 어니가 속물인 줄 알았어요. 그런데 차츰 지내다 보니 아주 개성이 강한 친구더군요."

나는 얼굴색 하나 변하지 않고 말했다.

부인은 아무 말도 하지 않았다. 움직이지도 않았다. 내가 그렇게 만든 것이었다. 세상의 어느 어머니가 자식이 우수하다는 평가에 초연할 수 있으랴. 나는 더욱 허튼 소리를 늘어놓기 시작했다.

"혹시 선거에 대해 어니한테 들은 얘기 있으세요? 반장 선거에 대해서요."

부인은 멍한 표정으로 고개를 저었다. 정신이 나간 듯했다.

"사실 우리 반 친구들은 모두 어니가 반장이 되길 바랐어요. 그래서 만장일치로 그를 반장으로 선출하려고 했죠. 반장이 될 많나 자격은 어니밖에 없다고 생각한 거죠."

빌어먹을, 말하면서 나는 속으로 코웃음을 쳤다.

"그런데 다른 아이가, 해리 펜서라는 아인데, 그 아이가 선출된 거에요.

왜냐하면 어니가 우리에게 자신을 추천하지 말도록 했기 때문이에요. 너무 수줍어서요. 또 겸손하기도 하고요. 정말 어니는 참 수줍음을 잘 타요. 그걸 극복하려면 부인께서 신경을 좀 쓰셔야 할 거예요."

나는 부인의 얼굴을 보고 다시 말을 이었다.

"정말 전혀 들은 바가 없으신가요?"

"전혀."

부인은 고개를 저었고 나는 끄덕였다.

"그랬을 거예요. 그게 바로 어니예요. 그게 어니의 유일한 결점이죠. 너무 수줍어하고 너무 겸손한 거요. 때론 강한 것도 필요한데."

그때 마침 차장이 들어와 부인의 차표를 검사하였다. 그것을 계기로 나는 그만 지껄이기로 했다.

그러나 지금도 나는 그때 지껄인 것을 전혀 후회하지 않는다. 젖은 수건으로 사람들의 엉덩이나 후려갈기는 그런 인간은 한 번쯤 골려줄 필요가 있기 때문이다. 모로우는 정말 지겨운 인간이었다. 그런 인간은 어렸을 때에만 쥐새끼 같은 것이 아니다. 일생을 두고 쥐새끼 같은 인간이 되는 것이다.

부인은 내가 지껄인 허튼 소리를 고스란히 믿는 눈치였다. 그리하여 자신의 아들이 모든 학생들이 반장으로 추천하려고 해도 거절하는 매우 수줍고 겸손한 아이라고 생각할 것이다. 그것은 당연한 일이었다. 세상의 어떤 어머니가 그런 말에 의심을 하랴.

"칵테일 한 잔 하시겠어요?"

나는 부인에게 물었다. 사실은 내가 마시고 싶어서 물은 것이었다.

"식당 칸으로 가시죠."

"학생한테도 술을 파나?"

부인이 의아한 눈길로 나를 훑어보았다. 그래도 나는 불쾌하지 않았다. 워낙 아름다운 부인인지라 어떠한 말을 해도 전혀 불쾌하지 않은 것이다.

"사실은 안 되는 일이지만, 이렇게 키도 크고 흰머리도 있어서 그런지 대개는 팔지요."

나는 고개를 옆으로 돌려 흰머리를 보여 주었다.

"자, 가시죠."

나는 다시 한 번 권하며 자리에서 일어섰다. 그러나 부인은 고개를 저었다. 얼마나 실망스럽던지. 나는 지금도 그대가 잊혀지지 않는다. 아름다운 부인과 함께 칵테일 마시는 꿈이 사라졌기 때문이었다.

"아무래도 그만두는 게 좋을 것 같아. 고맙긴 하지만 말야. 참, 식당 칸이 잠겨 있을지도 모르겠네. 꽤 늦었잖아."

부인 말대로 식당 칸은 굳게 잠겨 있었다. 워낙 정신없이 나온 터라 그사이 시간이 얼마나 흘렀는지 까맣게 잊고 있었던 것이다. 부인이 무심히 내 얼굴을 보다 갑자기 눈을 크게 떴다.

"그런데 우리 어니는 수요일에 집에 오겠다고 했는데! 크리스마스 휴가에 맞춰서 말야!"

혹시 물으면 어쩌나 싶은 것을 부인은 마침내 묻고 말았다.

"설마 누가 아파서 미리 가는 건 아니겠지?"

부인은 걱정스러운 표정으로 다시 물었다.

"가족은 모두 건강하죠. 다만 제가 좀 수술을 받아야 하기 때문에……."

나는 엉뚱한 말로 둘러댔다.

"저런, 안됐어라!"

부인은 조금도 의심하지 않았다.

부인을 보고 나는 금방 후회를 했다. 그러나 이미 뱉어놓은 말이니 도로 주워 담을 수도 없고, 계속 시치미를 떼고 있을 수밖에 없었다.

"대단한 수술은 아녜요. 뇌에 생긴 조그만 종기를 떼어 내면 되니까요."

"어머, 저런!"

부인은 손으로 입을 가리며 소리쳤다.

"바로 바깥쪽에 생긴 거라 2분 정도면 떼어 낼 수 있답니다."

나는 얼른 그렇게 둘러대고 주머니에서 시간표를 꺼내 읽기 시작했다.

더 이상 거짓말을 하지 않기 위해서였다. 나는 한번 거짓말을 시작하면 몇시간이고 하는 버릇이 있었다. 그 뒤 우리는 말을 하지 않았다. 부인은 가져온 「보그」지를 읽기 시작했고 나는 창 밖을 내다보았다.

부인은 네워크에서 내렸다. 내릴 때 내게 수술이 잘 되기를 빈다고 말했다. 그리고 끝까지 루돌프라고 불렀다. 여름 방학이 되면 매사추세츠의 글로스터로 어네스트를 만나러 오라고도 했다. 바닷가에 별장이 있고 테니스 코트까지 있으니 와서 마음껏 놀라는 것이었다.

나는 할머니와 함께 남아메리카에 가야 한다며 정중하게 거절했다. 참으로 대단한 거짓말이었다. 할머니는 매티네이나 외에는 그 어느 곳에도 가는 일이 없었기 때문이었다. 만일 그렇지 않다 해도 모로우 같은 인간에게 갈 생각은 추호도 없었다. 세상의 돈을 다 준다 해도, 또 아무리 깊은 외로운데 빠져 있다 해도 절대로!

9

펜 역에서 내려 내가 제일 먼저 한 일은 공중전화 부스에 들어간 것이었다. 아무에게나 전화를 걸고 싶었기 때문이었다. 가방은 바로 볼 수 있도록 전화 부스 바로 옆에 놓아 두었다.

그러나 막상 전화를 걸려니 누구에게 걸어야 할지 도통 떠오르지 않았다. 형인 D. B.는 헐리우드에 있었고 누이 동생 피비는 9시에 잠자리에 드니 그애에게도 할 수가 없었다. 피비를 깨우는 것은 별일 아니었지만 그애가 일어나기 전에 다른 사람이 먼저 전화를 받는다면 그것은 곤란했다. 분명히 아버지나 어머니가 받을 테니까 말이다.

다음에 생각난 사람은 제인 갤러허의 어머니였다. 제인의 휴가 계획에 대해 묻고 싶었던 것이다. 그리나 그리 썩 내키지는 않았다. 아무래도 남의 집에 전화하기에는 너무 늦은 시간이었다.

그 다음에는 샐리 헤이즈가 생각났다. 샐리는 당시 가장 자주 만나던 여자였다. 샐리는 벌써 크리스마스 휴가 중이라고 했다.

며칠 전에 보낸 편지에서 크리스마스 이브에 트리를 장식할 것이니 와서 도와 달라고 하였던 것이다. 그러나 샐리에게 전화하는 것도 그만두기로 했다. 아무래도 샐리 어머니가 먼저 전화를 받을 것 같았기 때문이었다.

샐리 어머니는 우리 어머니와 아주 잘 아는 사이였다. 아마 내가 전화를 하면 분명히 우리 집에 전화를 걸어 내가 뉴욕에 와 있다고 알릴 것이다. 게다가 나는 전혀 샐리 어머니와 통화하고 싶은 생각이 있었다. 언제인가 샐리 어머니는 내가 난폭하다고 말한 적이 있다. 난폭한 데다 어떻게 살 것인지도 모르는 채 방황하고 있다고 샐리에게 말했다고 한다. 그리하여 나는 결국 샐리에게 전화하는 것도 포기하고 말았다. 후튼 스쿨에서 만났던 카일 루스가 떠올랐다. 그러나 그도 내키지 않았다. 썩 친하지 않았기 때문이었다. 그렇게 해서 나는 결국 아무에게도 전화를 하지 못했다.

그렇게 20분 정도 고민만 하다가 나는 다시 가방을 들고 택시 정류장으로 갔다. 그런데 얼마나 정신이 없었는지, 나는 그만 택시 기사에게 우리집 주소를 대고 말았다. 무심히 튀어나오는 버릇처럼 말이다. 2, 3일간 호텔에 처박혀 있으려던 생각은 아예 까맣게 잊어 버렸다. 그것을 알아차렸을 때는 자가 이미 공원 중간쯤에 와 있을 때였다.

"잠깐만요. 차 좀 돌려 주세요! 주소를 잘못 댔어요. 시내로 가야 하는데!"

나는 깜짝 놀라 소리쳤다. 그런데 택시 기사가 아주 고지식한 사람이었다.

"안 돼요, 일방통행이에요. 일단 여기에 들어서면 90번 도로까지는 계속 가야 해요."

그는 잘라 말했다. 나는 택시 기사와 다투고 싶지 않았다. 그때 갑자기 생각난 것이 있었다.

"아저씨, 저 중앙 공원 남쪽에 있는 연못 말예요. 그곳에 오리가 있잖아요. 그 오리들은 연못이 얼면 어디로 갈까요?"

택시 기사가 그것을 알 확률은 백만분의 일이었다.

"무슨 뜻으로 그런 걸 묻죠?"

택시 기사가 이상하다는 눈길로 보았다. 마치 정신나간 사람을 보는 눈길이었다.

"설마 날 놀리려는 건 아니겠죠?"

"아니오, 전 그냥 궁금해서 물어본 거예요."

내가 빙긋이 웃어 보이자 택시 기사는 더 이상 아무 말도 하지 않았다.

그 뒤 나는 한참 동안 가만히 있었다. 그 사이에 차는 공원을 지나 90번 도로에 들어서 있었다.

"이제 어디로 가죠?"

택시 기사가 물었다.

"호텔로 가려는데 솔직히 이스트 사이드 호텔엔 들고 싶지 않아요. 아는 사람이라도 만날지 모르니까요. 전 지금 비밀 여행을 하고 있거든요."

비밀 여행이란 진부한 표현을 쓴 것은 택시 기사가 고리타분해 보였기 때문이었다. 나는 원래 진부한 사람을 만나면 똑같이 고리타분하게 행동하곤 했다.

"그런데 혹시 태프트나 뉴요커에 어떤 밴드가 와 있는지 아세요?"

"모르는데요."

"그럼 에드몬트까지 가 주세요. 가다가 칵테일 한 잔 안 하겠어요? 돈은 내가 낼 테니."

"죄송하지만 근무 중엔 그럴 수 없습니다."

정말 고지식한 기사였다.

기사는 에드몬트 호텔 앞에 차를 세웠고 나는 택시비를 지불했다. 그때까지도 나는 줄곧 사냥 모자를 쓰고 있었다. 그러다 호텔에 들어가면서 비로소 벗었다. 호텔 같은 곳에서까지 이상한 사람으로 보이고 싶지 않았던 것이다. 그런데 알고보니 오히려 호텔 같은 곳에 변태나 동성애자 등 이상한 사람이 더 많았다.

지배인은 나에게 아주 더러운 방을 배정해 주었다. 더러울 뿐만 아니라 창문을 열면 호텔의 다른 건물 외에는 아무것도 보이지 않는 그런 방이었다. 그러나 나는 전혀 상관하지 않았다 전망이 좋든 나쁘든 그런 것에 신경 쓸 여유가 없었던 것이다.

방을 안내해 준 벨보이는 65세 정도 먹어 보이는 늙은 남지였다. 축 늘어진 몸에 가르마를 옆머리에 탄 대머리였다. 나는 그런 사람들을 보면 도무지 이해가 되지 않는다. 그런 우스운 꼴을 하다니, 차라리 대머리를 보이는 것이 낫지 않을까. 그 나이에 벨보이를 한다는 것도 대단했다. 손님의 가방을 들어다 주고 팁을 받기 위해 기다리고, 끔찍한 일 아닌가.

벨보이가 나가자 나는 창밖을 내다보았다. 코트를 입은 채였다. 특별히 할 일도 없었으니 아무렇게나 한들 어떻겠는가. 그런데 무심히 내다본 풍경은 그야말로 놀라 자빠질 만한 일이었다. 바로 건너편 건물의 방에서 일어나고 있는 일이었다. 그 방에는 커튼도 쳐지지 않은 상태였다.

한 남자가, 백발의 한 남자가 팬티 바람으로 그 방에 있었다. 그는 옷가방을 침대에 놓더니 옷을 꺼내 하나씩 입기 시작했다. 그런데 그 옷이란 것이 비단 양말에 굽 높은 구두에 브래지어, 끈 달린 코르셋 등 완전히 여자 옷들이었다. 그 위에 몸에 꼭 끼는 검은 이브닝 드레스를 입었다. 믿기지 않겠지만 사실이었다.

옷을 다 입은 남자는 천천히 걷기 시작했다. 마치 여자 걸음걸이를 흉내 내듯 조심스럽게 걸었다. 그러다 담배를 피워 물고는 거울에 비치는 자신의 모습을 들여다보는 것이었다. 그는 나처럼 혼자였다. 화장실에 누가 들어 있는지는 모르겠지만, 그러나 그것까지는 확인할 수가 없었다.

그 바로 윗방에는 한 쌍의 남녀가 있었다. 그들은 서로 마주 앉은 채 입에서 물을 뿜어내고 있었다. 아니, 어쩌면 하이볼이었는지도 모르겠다. 유리잔에 무엇이 들어 있는지 그것은 알 수 없었다.

처음에는 남자가 여자에게 뿜었다. 그런 다음에는 여자가 남자에게 뿜었다. 정말 볼 만했다. 그들은 세상에서 가장 재미있는 일이라도 하는 듯 깔깔거렸다.

정말이지 변태들의 집합소였다. 아마 그곳에서 정상적인 사람은 나 하나뿐이었으리라. 나는 스트라드레이터에게 전보를 쳐서 그곳으로 오라고 하고 싶었다. 스트라드레이터라면 에드몬트 호텔에서도 군림할 수 있으리라.

그런데 문제는 너절하다고 생각하면서도 내가 쉽사리 눈을 떼지 못한다는 데 있었다. 그 너절함에는 사람을 끌어들이는 마력이 있었다. 특히 물을 뒤집어쓰고 있는 그 여자는 정말 미인이었다. 그것이 더 큰 문제였다.

나는 속으로 끓어오르는 욕정을 느꼈다. 단지 기회가 없어서 못 했을 뿐이지 나 역시 대단한 호색가였다. 그때도 나는 가장 저속한 경우까지 생각하기도 했다. 예를 들어 그들처럼 서로 물을 뿜어대는 그런 것 말이다. 좀 지저분하면 어떠랴. 어차피 엉망으로 취한 상태인데 그런 짓 좀 한다고 누가 뭐라고 하랴.

그런데 곰곰이 생각해 보니 문제가 있었다. 아무래도 냄새가 날 것 같았다. 만약 좋아하지 않는 여자와 한다면 그 냄새를 어떻게 참겠는가. 반대로 좋아하는 여자라면 어떻게 물을 뿜을 수 있을까. 여자를 좋아한다는 것은 얼굴을 좋아한다는 것일 텐데, 그 좋아하는 얼굴에 어찌 함부로 물을 뿜을 수 있을까 말이다. 그런데도 그 지저분한 놀이가 재미있어 보이고 하고 싶어 미치겠으니 정말 모를 일이었다.

2년 전에 사귀었던 한 여자는 나보다 더 지저분했다. 그 여잔 정말 지저분하게 놀았다. 덕분에 잠시나마 재미있게 보냈지만 말이다.

지금도 나는 성에 대해 잘 모른다. 도대체 뭐가 뭔지 모르겠다.

그 동안 나는 욕정에 깊이 빠지지 않으려고 무진 노력했다. 그러나 노력은 번번이 허사가 되었다. 작년에도 나는 육체적으로 유혹하는 여자와는 사귀지 않으리라 마음먹었다. 그러나 그렇게 마음먹은 지 일 주일도 안 되어 어기고 말았다. 솔직히 말해서 그날 밤에 바로 그렇게 되었다. 그날 밤 나는 루이스 셔먼이라는 이상한 여자와 밤새 뒹굴면서 지냈다. 그러니 도대체 어찌해야 할지, 성이란 정말 알다가도 모를 것이었다.

방 안을 거닐다 나는 갑자기 제인에게 전화를 걸고 싶은 충동을 느꼈다. 제인 어머니에게 걸어 제인의 소식을 묻는 대신 직접 볼티모어에 걸어 보자는 것이었다.

밤늦게 여학생에게 전화하는 것은 예의에 어긋나는 일이었지만 전혀 방법이 없는 것도 아니었다. 누가 전화를 받건 아저씨라고 하면 되었다. 아주머니가 자동차 사고로 죽었기 때문에 급히 연락하는 것이라고 하면 누가 의심하겠는가. 그러나 결국에는 또 그만두었다. 내키지 않았다.

나는 의자에 앉아 담배를 두 개비나 피웠다. 피우면서 내 모습이 얼마나 멋있을까 상상해 보았다. 그때 문득 떠오른 것이 있었다. 지난 여름에 어느 파티에서 만난 프린스턴의 한 작자가 준 쪽지였다. 나는 당장 수첩을 꺼내 그 쪽지를 찾기 시작했다. 쪽지는 수첩 속에 잘 간수되어 있었다.

쪽지에는 여자의 주소가 적혀 있었다. 매춘부는 아니지만 그런 일도 서슴없이 한다는 그 작자의 말이 생각났다. 한 번은 그녀를 프린스턴의 댄스 파티에 데리고 갔다가 하마터면 쫓겨날 뻔하기도 했다고 했다. 스트리퍼 노릇도 한 적이 있는 여자라 금방 발각이 난 모양이었다.

나는 당장 전화기를 들어 그녀에게 전화를 했다. 여자의 이름은 페이드 캐번디슈였으며, 주소는 브로드웨이 60번지 5번가에 있는 암즈 호텔이었다. 쓰레기통 같은 곳이리라는 생각이 들었다.

신호음이 떨어졌다. 그러나 아무도 받는 사람이 없었다. 나는 그만 끊으려 했다. 그때 누군가 수화기를 들었다.

"여보세요."

나는 얼른 말했다. 내 나이를 의심하지 않도록 일부러 굵은 소리를 냈다. 그러면 대체로 속아 넘어갔다.

"여보세요."

저쪽에서 여자 목소리가 흘러 나왔다.

"미스 페이드 케번디슈 계신가요?"

"누군데 이 밤중에 날 찾는 거죠?"

상대방이 그렇게 나오자 나는 다소 겁이 났다.

"늦은 건 알고 있습니다. 죄송합니다. 그러나 이해해 주시리라 믿습니다. 당신과 꼭 한 번 통화하고 싶었습니다."

그것은 사실이었다.

"도대체 누구신데요?"

"댁은 절 잘 모르실 겁니다. 전 에디 버드셀의 친구입니다. 그 친구가 저에게 그러더군요. 언젠가 뉴욕에 가게 되면 당신과 칵테일 한 잔 하라고요."

"누구 친구라고요?"

그녀가 조금 짜증스레 물었다. 나는 꼭 호랑이하고 통화하고 있는 느낌이었다.

"에드먼드 버드셀, 에드먼드 버드셀요."

솔직히 에드먼드였는지 에드워드였는지 잘 생각나지 않았지만 나는 그렇게 말했다. 단 한 번, 그것도 시끄러운 파티장에서 만났는데 제대로 기억할 리 없지 않은가.

"잘 모르겠는데요. 그런데 이 한밤중에 깨워서 좋은 소리 들을 것 같아요?"

"에디 버드셀 몰라요? 프린스턴의."

나는 다급하게 다시 한 번 말해 주었다. 여자가 알 듯 말 듯하는 것 같았다.

"버드셀, 프린스턴 대학의 버드셀 말예요?"

"맞아요!"

"그럼 당신도 프린스턴 대학생?"

"그런 셈이죠."

"에디는 잘 있나요?"

"잘 있어요. 당신한테 안부 전해 달라고 하더군요."

"고맙군요. 아무리 그래도 그렇지 이 시간에 전활 하다니 참……."

아무래도 한밤중에 깨운 것이 영 불만인 모양이었다. 나는 아무 소리도 할 수가 없었다.

"그런데 에디는 어디 있죠? 요즘엔 뭘 해요? 좋은 사람이었는데."

그녀가 갑자기 친절한 목소리로 물었다.

"그야 여전하죠."

나는 대충 둘러댔다. 그 작자가 지금 무얼 하는지 내가 어찌 안단 말인가. 아직 프린스턴 대학에 있는지조차 모르는데.

"저, 칵테일 한 잔 안 하실래요?"

나는 조심스레 물었다.

"지금이 몇 신지나 아세요?"

그녀가 어이없다는 듯이 물었다. 나는 가만히 있었다.

"그런데 댁은 대체 누구세요? 좀 젊은 사람 같은데?"

그녀는 갑자기 영국 사람 말투로 물었다. 나는 껄껄 웃었다.

"그렇게 말씀해 주시니 고맙습니다. 전 홀든 코울필드라고 합니다만."

말을 해 놓고 아차 싶었다. 가명을 댔어야 하는데 얼른 생각나지 않은 것이었다.

"코플 씨, 아무리 그래도 한밤중에 약속하는 법은 없어요. 전 직장 여성이란 말예요."

"내일은요, 아니 일요일엔요?"

"어쨌든 난 피부 미용을 위해서 지금 자야 해요, 아시겠어요?"

"칵테일 한 잔쯤은 괜찮을 거 같아 전화드린 건데. 사실 아직 그렇게 늦은 시간도 아닙니다."

"참 고마운 분이시군요. 지금 계신 곳이 어디죠?"

“공중전화 부스예요.”

“그래요?”

그녀는 조금 미심쩍은 듯 말끝을 올렸다. 나는 순간 가슴이 뜨끔했다.

“코플 씨, 저도 꼭 한 번 만나보고 싶군요. 당신이 참 매력적으로 느껴지네요. 하지만 오늘은 너무 늦었어요.”

“제가 그곳으로 갈 수도 있는데요.”

“글쎄요. 다른 때 같으면 그러라고 하겠는데 오늘은 안 돼요. 친구가 앓고 있어요. 끙끙 앓다가 이제 겨우 잠이 들었거든요. 그러니까…….”

“그것 참 안됐군요.”

“그런데 어디서 묵고 계시죠? 내일은 한 잔 할 수 있을 것 같은데.”

“내일은 제가 안 돼요. 전 오늘밖에 시간이 없거든요.”

“그렇다면 정말 유감이군요.”

“에디에게 안부나 전하지요.”

“그래 주시면 고맙지요. 그럼 뉴욕에 계시는 동안 재미있게 지내세요. 여긴 참 대단한 곳이에요.”

“그건 저도 잘 압니다. 그럼 안녕히.”

나는 천천히 수화기를 내려 놓았다.

빌어먹을, 그로써 모든 것이 끝난 것이었다. 잘했으면 칵테일 한잔 정도는 마실 수 있었는데.

IO

그렇게 늦은 시간은 아니었다. 확인하지는 않았지만 분명히 그랬다. 그런데 모두들 자려고만 들다니…… 내가 싫어하는 일이 있다면 피곤하지도 않은데 잠자리에 드는 것이다.

나는 여행용 가방을 열어 깨끗한 와이셔츠를 한 장 꺼냈다. 그런 다음 목욕탕에 들어가 세수를 하고 셔츠를 갈아입었다. 아래층의 래빈더 실에 내려가 구경을 할 셈이었다. 래빈더 실이란 호텔 나이트클럽의 이름이었다.

셔츠를 갈아입은 동안 누이 동생 피비가 생각났다. 전화라도 걸어 볼까하는 생각이 들었다. 나는 피비와 이야기 하고 싶었다. 아니, 꼭 피비가 아니라도 감각이 있는 사람이라면 누구와도 이야기 하고 싶었다. 그러나 위험을 무릅쓰고 전화를 걸 수는 없었다.

피비는 아직 어렸고 지금 이 시간에는 분명히 자고 있을 터였다. 아버지나 어머니가 받으면 얼른 끊을까 생각해 보았지만 그것도 잘 될 것 같지 않았다. 아버지나 어머니는 분명히 내가 전화한 줄 알 것이다. 특히 어머니는 내가 전화할 때마다 누구인지 말하기 전에 항상 먼저 알아차렸다.

피비는 참으로 귀엽고 똑똑한 아이이다. 나는 피비처럼 똑똑한 아이는 본 적이 없다. 학교 성적도 줄곧 A이다. 사실 우리 식구 중 바보는 나밖에 없다. 형 D. B.는 작가이고, 전에 말했던 죽은 동생 앨리는 천재였다. 그러니까 나만 바보인 셈이다.

피비는 앨리처럼 빨간 머리인데 여름에는 짧게 깎아 버리곤 한다. 그 짧은 머리를 귀에 딱 붙이면 얼마나 귀여운지 모른다. 특히 앙증맞게 나온 귀는 얼마나 사랑스러운지 언제인가 독자들에게 꼭 한번 보여 주고 싶다. 그러나 겨울에는 머리를 길러 땋거나 한다. 주로 어머니가 땋아 주시는데 그렇지 않을 때는 그냥 풀어놓기도 한다. 그러나 어떻게 하든 보기 좋다.

피비는 아직 열 살로 어린 편이지만 나를 닮아 보기 좋을 정도로 마른 편이다. 특히 로울러 스케이트 타기에 딱 좋다. 언제인가 그애가 공원으로 간다며 5번가를 가로질러 가는 것을 본 적이 있다. 그때 나는 그애의 마른 정도가 꼭 로울러 스케이트 타기에 적합하다는 것을 알았다.

또 피비는 누구와도 마음이 잘 통한다. 이쪽에서 무슨 말을 하기도 전에 그애는 이미 그것을 알고 있다. 예를 들어 시시한 영화를 보여주면 그것이 시시한 영화라는 것을 알며, 좋은 영화를 보여주면 그것이 좋은 영화라는 것을 안다는 것이다.

언제인가 D. B.가 나와 피비를 데리고 〈빵집 부인〉이라는 프랑스 영화를 보러 간 적이 있었다. 레이뮤가 출연하는 영화 말이다. 그 영화에 피비는 감탄을 했다.

피비가 가장 좋아하는 영화는 로버트 도너트가 나오는 〈39계단〉이라는 영화인데 그 애는 그것을 처음부터 끝까지 외울 정도였다. 내가 열 번이나 데려갔기 때문이었다. 예를 들어, 로버트 도너트가 경찰을 피해 도망치다가 스코틀랜드의 한 농가에 가까이 가게 되면 피비는 큰 소리로 대사를 외우곤 했다.

"당신 청어 먹을 줄 알아?" 하는 대사를 화면에 나오는 스코틀랜드 인과 동시에 말하는 것이었다.

그뿐만 아니라 나머지 대사도 모두 외우고 있었다. 독일 간첩 노릇을 하는 교수가 가운데 마디가 없어진 새끼손가락을 쳐들고 로버트 도너트에게 보이는 장면이 있다. 그 장면이 나오면 피비는 그 교수보다 먼저 자기 새끼손가락을 내 코앞에 디밀었다. 그럴 때면 얼마나 귀여운지, 누가 보아도 사랑스럽다 할 것이다.

피비에게 한 가지 문제가 있다면 너무 감정적이라는 것이다. 어린 아이가 지나치게 감정적이라 곤란할 때가 종종 있다. 대신 글을 아주 잘 쓴다. 그래서 늘상 글을 쓰는데, 주로 헤이즐 웨더필드라는 어린애에 관한 이야기이다. 그러나 좀처럼 마무리를 짓지 않는다. 또 Hazeld을 Halzle이라고 표기한다.

헤이즐 웨더필드는 여자 탐정이라고 한다. 아마 고아로 설정된 모양인데 아버지가 스무 살 가령의 매력적인 신사라고 했다. 참으로 깜찍한 발상이 아닐 수 없다.

피비, 그애는 정말 귀엽다! 그리고 영리하다!

피비가 어렸을 때 앨리와 나는 그애를 데리고 곧잘 공원에 놀러 갔었다. 피비는 하얀 장갑을 끼고 마치 꼬마 숙녀처럼 우리 사이를 걸어갔다.

앨리와 내가 이런저런 이야기를 하면 피비는 귀를 기울여 우리 이야기를 듣곤 했다. 그러나 우리는 이따금씩 피비가 옆에 있다는 사실을 잊을 때가 있었다. 그애가 하도 작아서 잘 안 보이기도 했지만 이야기에 열중하다 보면 그렇게 되었다. 그때마다 피비는 말참견을 하면서 자기의 존재를 주지시켰다.

“누구 말이야? 누가 그랬는데? 그 여자가 그런 거야?”

우리가 누구라고 대답하면,

“아, 그렇구나.” 하고 고개를 끄덕였다.

앨리도 피비한테는 쩔쩔맸다. 너무 사랑스러워 어쩌지를 못하는 것이었다. 이제는 열 살이 되었지만 그때는 지금보다 어렸기 때문에 더 귀여웠다. 그러나 아직도 사람들의 눈길을 끌기에는 충분하다.

그런 추억에 잠기다 보니 나는 더욱 피비와 통화하고 싶었다. 그러나 아무래도 아버지나 어머니가 전화를 받을 것 같았다. 아버지나 어머니가 받게 되면 내가 뉴욕에 와 있는 사실을 알게 될 터이고, 또 퇴학당한 사실도 알게 될 것이다. 빌어먹을, 도저히 전화 걸 입장이 아니었다.

할 수 없이 나는 셔츠를 갈아입고 밖으로 나왔다. 로비에서 나는 잠깐 무슨 일이 벌어지고 있는지 살펴보았다. 로비에는 포주처럼 생긴 남자 두세 명과 창녀처럼 생긴 여자 두세 명이 있을 뿐이었다.

래빈더 실에서 음악이 흘러나오고 있었다. 나는 주저없이 안으로 들어갔다. 래빈더 실은 그다지 복잡하지 않았지만 나는 뒤쪽으로 안내되었다. 고참 웨이터에게 1달러짜리 지폐라도 흔들어 보였다면 앞쪽에 안내되었을 테지만 나는 그렇게 하지 않았다. 아무튼 모든 것이 돈으로 통하는 곳이 바로 뉴욕이었다.

자리에 앉아 처음으로 느낀 것은 밴드가 엉망이라는 것이었다. 정말 들어 줄 수 없을 정도였다. 스스로는 몸으로 노래하는 가수라고 소개했다. 그러나 요란하기만 할 뿐 실속은 하나도 없었다.

나는 주위를 살펴보았다. 관객들 중 내 또래는 하나도 없었다. 대개가 돈푼깨나 있다고 으스대는 중늙은이들이었다. 그들은 거의가 여자를 끼고 있었다.

그런데 바로 내옆 탁자에 여자들이 있었다. 나는 정신이 번쩍 들었다. 서른 살쯤 되어 보이는 여자 세 명이 앉아 있었던 것이다. 셋 다 못생긴 데다 그들이 쓴 모자를 보니 시골뜨기 같았다. 절대 뉴욕 여자들이 아니었다. 그 중 하나는 금발이었는데, 그래도 그중 나은 편이었다. 어떻게 보면 조금 귀여운 구석도 있었다. 나는 그녀에게 눈짓을 해 보였다.

그때 웨이터가 주문을 받으러 왔다. 나는 스카치와 소다를 주문했다. 섞지 말고 갖다 달라고 했다. 더듬거리지 않고 아주 자연스럽게 말했다. 공연히 더듬거렸다가 나이가 들통나면 곤란하기 때문이었다. 스물한 살 이하에게는 절대로 술을 팔지 않게 되어 있으니 나로서는 조심할 만큼 해야 했다. 그런데 막판에 가서 일이 틀어지고 말았다.

"실례지만, 신분증 좀 볼 수 있을까요?"

웨이터가 정중하게 묻는 것이었다. 나는 모욕이라도 당한 것처럼 대번에 얼굴이 달아올랐다.

"내가 스물한 살도 안 돼 보이나?"

"죄송합니다만 우리도 나름대로 법을 지켜야 하기 때문에……."

"알았어, 알았어."

나는 신경질적으로 말을 끊었다.

"콜라나 한 잔 갖다 줘."

나는 아주 불쾌한 듯 고개를 돌렸다. 웨이터는 고개를 숙여 보이고 얼른 돌아섰다.

"거기다 럼주나 그 비슷한 거 한 방울 떨어뜨려 줄 수 있나?"

나는 웨이터의 뒤에 대고 얼른 물었다.

"이런 데서 맹숭맹숭 앉아 있을 수가 없잖아. 아무거나 좀 섞어 주면 좋겠는데."

"죄송합니다만……."

부드럽게 부탁했지만 웨이터는 고개를 저었다. 곤란한 모양이었다. 그러나 나는 웨이터가 조금도 원망스럽지 않았다. 미성년자에게 술을 팔다가 들키기라도 하는 날에는 그대로 모가지가 달아난다는 것을 누구보다 잘 알기 때문이었다. 나는 분명히 미성년자이니까.

나는 다시 옆 자리의 금발머리 여자에게 눈짓을 보냈다. 나머지는 전혀 관심이 없었다. 그러나 절대로 노골적인 눈짓은 하지 않았다. 오히려 냉정하게 보이도록 했다.

여자들이 갑자기 낄낄거리기 시작했다. 가소로웠던 모양이었다.

나는 화가 났다. 합석하자고 말한 것도 아닌데 미리 눈치채고 그렇게 나오다니, 더구나 못생긴 시골뜨기들 주제에 말이다. 그런데 화는 내 자신에게 더 났다. 여자들이 그렇게 나오면 당연히 냉정해져야 할 터인데 그렇지 않은 것이었다. 오히려 그녀들과 춤을 추고 싶어 점점 더 미칠 지경이었다.

"누구든 춤 한 번 추지 않으시겠습니까?"

한참을 갈등하다 나는 결국 그렇게 말하고 말았다. 아주 정중하게 말했다. 여자들은 다시 낄낄거리며 웃기 시작했다. 빌어먹을, 그것은 정말 죽을 맛이었다.

"한 분씩 차례대로 추시죠. 어때요?"

나는 정말 춤을 추고 싶었다.

마침내 금발 여자가 일어섰다. 바라던 바였다. 사실 나는 그녀에게만 말을 건 것이었고, 춤추고 싶은 상대도 그녀뿐이었다.

우리는 앞으로 나갔다. 뒤에서 남은 여자들이 투덜거렸다. 이런 것들과 다 상대를 하다니, 내가 배가 고파도 어지간히 고팠구나 하는 생각이 들었다. 그러나 아주 나쁘기만 한 것은 아니었다. 그 금발 여자는 춤을 아주 잘 추었다. 그때까지 상대했던 그 어느 여자보다도 나았다. 서툰 여자와 춤을 추다 보면 바닥에 곤

두박질치는 경우도 많은데 그에 비하면 그 여자는 정말 춤꾼이었다. 남자를 리드할 줄도 알았다.

"춤을 아주 잘 추시네요."

춤을 추면서 내가 칭찬을 했다.

"프로 댄서로도 손색이 없겠어요. 전에 한 번 프로와 춘 적이 있는데 당신과는 비교도 안 되겠어요. 혹시 마르코나 미란다에 대해 들어본 적 있나요?"

"네?"

그녀는 내 말을 전혀 듣고 있지 않았다. 그저 정신없이 춤만 추었다.

"마르코나 미란다 말예요. 들어본 적 있냐고 물었어요."

"아뇨, 없어요."

"프로 댄서예요. 하지만 별로 잘 추진 못하죠. 뭐든지 추기는 하는데 잘 추지는 못해요. 어떤 여자가 춤을 잘 추는지 아세요?"

"뭐라고요?"

그녀는 오직 춤추는 것에만 관심이 있었다.

"어떤 여자가 춤을 잘 추는지 아냐고요?"

"흐으응!"

"바로 이런 여자죠. 지금 내가 당신 등에 손을 대고 있잖아요? 그때 내가 아무것도 안 잡고 있다는 느낌, 그러니까 엉덩이도 다리도 발도 없다는 느낌이 들게 하는 그런 여자가 정말 춤을 잘 추는 여잡니다."

그러나 그녀는 나의 말에는 전혀 관심이 없었다. 나는 더 이상 그녀에게 신경 쓸 필요를 느끼지 않았다. 그리하여 우리는 정신없이 춤만 추기 시작했다. '사랑도 가지가지'라는 곡이 연주되고 있었다. 그 곡에 맞춰 춤추는 여자는 정말 놀라웠다.

나는 춤추는 동안 기교를 부리지 않았다. 사실 남보란 듯이 요란하게 기교를 부리며 춤추는 것처럼 꼴불견은 없다. 나는 그녀를 돌리기만 했다. 그런데도 그녀는 나와 춤추는 것을 즐기는 듯싶었다.

"어젯밤 친구들과 함께 나갔다가 피터 로레를 봤어요. 영화배우 말예요. 신문을 사고 있었는데 직접 봤어요. 얼마나 멋지던지."

그녀가 갑자기 뚱딴지같은 소리를 했다.

"운이 좋았군요."

나는 마음에도 없는 소리를 했다. 오직 기분을 맞춰 주고자 함이었다.

"그럼요, 정말 행운이었어요. 당신도 운을 믿나 보죠?"

그녀는 정말 천치 같은 소리만 골라 했다. 그러나 춤은 최고였다.

나는 그녀의 머리에 키스를 하고 싶다는 생각이 들었다. 머리 중에도 특히 가리마가 있는 부분에 하고 싶었다. 그러나 그녀는 내가 키스하자 버럭 화를 냈다.

"무슨 짓이야!"

"아, 실례했습니다. 당신은 정말 춤을 잘 추는군요."

얼렁뚱땅 넘어가고자 나는 얼른 다른 말을 했다.

"내겐 어린 동생이 하나 있습니다. 초등학교 4학년이죠. 당신은 내 동생만큼 춤을 잘 추는군요. 이 세상에서 그 애만큼 춤을 잘 추는 사람은 없을 겁니다."

"무슨 말을 그렇게 해요!"

빌어먹을, 그녀는 대단한 숙녀, 아니 여왕이었다!

"그런데 어디서 왔습니까?"

나는 다시 말을 돌리기로 했다. 그러나 그녀는 대답하지 않았다. 그저 여기 저기 두리번거릴 뿐이었다. 아마 피터 로레라도 찾는 모양이었다.

"어디서 오셨어요?"

나는 다시 한 번 물었다.

"뭐라고 했어요?"

"어디서 왔냐고 했어요. 대답하기 싫으면 하지 않아도 돼요. 억지로 대답할 필요는 없으니까요."

"시애틀에서 왔어요."

그녀는 겨우 대답했다. 마치 선심이라도 쓰는 말투였다.

"말을 썩 잘하는군요. 내 말이 무슨 뜻인지 아세요?"

"네?"

그만두기로 했다. 어차피 그녀에게는 모두 헛소리일 테니.

"빠른 곡이 나오면 지르바 한 번 추시겠어요? 그저 날뛰는 엉터리 말고 정식 지르바요. 빠른 곡이 나오면 늙은이들 외엔 다들 자리로 돌아가니 마음껏 출 수 있을 거예요."

"좋아요."

그 말에는 순순히 대답했다.

"그런데 도대체 몇 살이나 됐어요?"

그 말에 나는 왠지 모르게 화가 났다.

"기분 잡치게스리! 열두 살요. 나이에 비해 쬐금 조숙한 편이죠."

말투에는 내 마음이 고스란히 담겨 있었다.

"다시 한 번만 더 그런 말투로 말하면 친구들한테로 가 버리겠어요!"

그녀가 버럭 화를 내었다. 나는 손이 발이 되도록 빌었다. 마침 그때 악단이 빠른 곡을 연주하기 시작했다. 나는 바로 지르바를 추기 시작했다.

그녀는 정말 춤의 도사였다. 나는 그냥 그녀를 건드리기만 하면 되었다. 더구나 그녀는 회전할 때 그 작은 엉덩이를 멋지게 돌렸다. 그것이 내 혼을 쏙 빼 놓았다.

다시 자리에 돌아왔을 때 나는 그녀에게 절반쯤 넋을 빼앗긴 상태였다.

여자란 그런 존재였다. 적어도 내게는 그랬다. 똑똑한 여자는 물론 조금 어리석은 여자라도 일단 예쁜 짓을 하면 남자들은 혼을 빼앗긴다. 그 다음부터는 모든 것이 여자 마음대로 되는 것이었다. 여자. 빌어먹을! 여자는 사람을 미치게 만드는 족속이었다.

그 여자들은 나를 부르지 않았다. 그만큼 무식한 여자들이었다. 내가 그냥 가서 앉았다. 나와 함께 춤을 춘 여자는 이름이 '버니스'라고 했다. 아니 '크랩스'인가 '크레브스'인가.

나는 '짐 스틸'이라고 소개했다. 그리고 그들을 좀 지적인 대화로 이끌어 보려고 했다. 그러나 쓸데없는 짓이었다. 그들은 연신 홀 안을 두리번거릴 뿐이었다. 그들은 영화배우가 떼지어 몰려오리라고 생각하는 모양이었다.

그래서 호텔 나이트 클럽에 죽치고 앉아 있을 줄 아는 모양이었다. 스톡 클럽이나 엘 모로코 같은 곳이 아니고 뉴욕 에드몬트 호텔 나이트 클럽에 말이다.

그들이 시애틀에서 무슨 일을 하는지 알아내는 데는 약 반 시간 가량이 걸렸다. 그들은 같은 보험 회사에 근무하고 있었다. 나는 그들에게 직장이 마음에 드냐고 물었다. 그러나 워낙 멍청해서 제대로 대답조차 못 했다.

나는 또 마티와 래번에게 자매가 아니냐고 물었다. 그러자 그들은 서로 화를 냈다. 무슨 모욕이라도 당한 듯 얼굴까지 붉혔다. 아마 상대방 못생긴 건은 알았지만 자신이 못생긴 것은 모르는 모양이었다. 나로서는 어쨌든 재미있는 일이었다.

나는 그들 모두와 춤을 추었다. 한 명씩 돌아가면서 추었다. 래번은 그다지 서툴지 않았지만 마티는 정말 최악이었다. 나는 마치 자유의 여신상을 끌고 다니는 기분이었다. 그녀를 끌고 다니며 나는 나름대로 즐길 방법을 찾아보았다. 그렇지 않으면 도저히 견딜 수가 없을 것 같았다. 그러다 한 가지 방법이 떠올랐다. 나는 그녀에게 방금 영화배우 게리 쿠퍼를 보았다고 말했다.

"어디요?"

그녀는 금방 흥분해서 물었다.

"지금 막 나갔어요. 내가 말했을 때 바로 고개를 돌렸으면 봤을 텐데."

나는 안타까운 듯 말했다.

그녀는 춤추는 것을 포기하고 이리저리 고개를 돌려 주위를 살폈다. 사람들 머리 사이로 게리 쿠퍼를 찾는 모양이었다.

"억울해라!"

그녀는 울상이 되어 소리쳤다. 실연이라도 당한 표정이었다.

나는 공연한 짓을 했구나 싶었다. 때로는 놀려서는 안 될 사람이 있다는 것을 깨달을 것이었다. 그런데 우스운 것은, 그 못생긴 여자가 자리로 돌아가자마자 게리 쿠퍼를 보았다고 하는 것이었다. 그 말에 래번과 버니스는 자살이라도 할 것 같이 소동을 피웠다. 그들은 부러운 얼굴로 정말 게리 쿠퍼를 보았냐고 물었다. 그러자 마티는 힐끔 보았을 뿐이라고 말했다. 나는 그만 두 손을 들고 말았다.

클럽이 문을 닫는 시간이었다. 나는 얼른 그들 앞으로 술을 두 잔씩 시켜 주었다. 그리고 내 몫으로는 콜라를 두 잔 가져오게 했다. 탁자에는 이미 유리잔들로 가득 차 있었다.

래번은 내게 콜라만 마신다고 놀려댔다. 그녀는 그들 중 제법 유머와 재치가 있는 편이었다. 마티와 래번은 12월 중순인데도 톰 콜린즈만 마셨다. 그 정도 수준밖에 되지 않는 것이었다. 대신 버니스는 버본에다 물을 섞어마셨다. 그것도 단숨에 들이켰다.

그들은 여전히 배우를 찾고 있었다. 자기들끼리도 거의 말을 하지 않았다. 그래도 못난이 마티는 조금 지껄이는 편이었다. 고작 화장실을 '어린소녀의 방'이니 하는 유치한 말 따위나 늘어놓았다. 또 악단 중에서 늙은 클라리넷 주자가 일어서서 몇 소절 연주하자 멋지다고 환호성을 치기도 했다. 그녀는 클라리넷을 '감초의 줄기'라고 했다.

또 다른 못난이인 래번은 자신이 무척 재치 있다고 생각하는 것 같았다. 그녀는 계속 우리 아버지에게 전화를 해 보라고 했다. 아버지가 오늘 밤에 데이트를 했는지 안 했는지 물어 보라는 것이었다. 그것도 네 번이나. 확실히 재치 있는 여자였다.

버니스는 거의 말을 하지 않았다. 내가 뭐라고 물으면 "뭐라고 했어요?" 하고 되묻기 일쑤였다. 하도 그러니 나는 그만 화가 나고 말았다.

마침내 그들은 술잔을 비우고 일제히 일어섰다. 그만 자야 한다는 것이었다. 아침 일찍 일어나서 래디오 시티 음악당에 첫 쇼를 보러 가기로 한 모양이었다. 나는 좀더 있다가 가라고 했다. 그러나 그들은 고개를 저었다.

그리하여 작별 인사를 하게 되었다. 나는 시애틀에 가면 찾아가겠다고 했다. 갈지 안 갈지는 모르겠지만 혹시 가게 되면 잊지 않고 찾겠다는 뜻이었다. 그들이 고개를 끄덕였다.

담배까지 합쳐서 모두 13달러가 나왔다.

나는 그들이 자신들이 마신 것은 자신들이 내겠다고 말할 줄 알았다. 적어도 나와 합석하기 전에 마신 것은 그래야 했다. 그러나 그들 중 그렇게 말하는 사람은 아무도 없었다. 그렇게 해도 내가 말렸을 테지만.

사실 그때 나는 별 불만이 없었다. 워낙 무식한 여자들이었기 때문에 미리 짐작하고 있었는지도 모르겠다. 유행이 다 지난 모자를 쓰고 있는 여자들에게 무슨 말을 하겠는가. 래디오 시티 음악당에 쇼를 보러 간다는 말은 또 어떻고. 나는 그부분에서 결정적으로 실망했다.

도깨비 같은 모자를 쓰고 시애틀에서 뉴욕까지 와서 고작 한다는 짓이 래디오 시티 음악당의 쇼 관람이란 말인가. 그것도 아침 일찍 일어나 처음으로 공연하는 쇼를. 만일 그런 말만 하지 않았다면 나는 그들에게 술을 백 잔이라도 사 주었을 것이다.

그들이 나가고 나도 바로 나왔다.

클럽은 이미 문을 닫기 시작했고 악단도 연주를 멈춘 지 오래였다. 그러나 내가 그곳을 나온 진짜 이유는 더 이상 춤출 상대가 없다는 것이었다. 또 술이 아닌 콜라를 주는 것 때문이었다. 아마 이 세상의 어느 나이트 클럽도 취하지 않고서는 오래 버틸 만한 곳이 없으리라. 그야말로 혼을 쏙 빼 놓는 여자가 옆에 없는 한 말이다.

11

호텔 로비에서 나는 갑자기 제인 갤러허가 생각났다. 그녀에 대한 생각에서 나는 좀처럼 벗어날 수가 없었다.

나는 로비의 의자에 앉았다. 구역질이 날 것같이 더러운 의자였다. 그곳에서 에드 밴키의 차 안에서 그녀가 스트라드레이터와 함께 했던 일을 상상해 보았다. 제인을 알기에 나는 그녀가 스트라드레이터와 그 짓을 하지 않았으리라 믿고 있었지만 자꾸 그쪽으로만 상상되는 것은 어쩔 수 없었다.

사실 나는 제인에 대해 잘 알고 있었다. 체커 놀이 말고도 그녀는 모든 운동경기를 좋아했다. 제인은 나와 함께 오전에는 테니스를 치고 오후에는 골프를 치며 보냈다.

우리는 꽤 가까운 사이였다. 그렇다고 육체적인 관계를 가진 것은 아니었다. 그것은 정말 아니었다. 그저 하루 종일 얼굴을 맞대고 지냈다는 것이다. 여자를 아는 데는 꼭 성적인 관계가 필요한 것은 아니다.

제인과 알게 된 데에는 그녀의 집에서 기르는 '도버먼'이라는 개의 역할이 있었다. 그놈은 자주 우리 집 마당에 와서 실례를 했다. 그럴 때마다 어머니는 크게 화를 내었다. 즉 제인 어머니에게 전화를 해서 한바탕 난리를 친 것이었다.

그런 일이 있은 지 며칠 후, 나는 클럽 풀장 옆에 엎드려 있는 제인을 보았다. 내가 먼저 "안녕!" 하고 인사를 했다. 그녀가 바로 옆집에 사는 것은 알았지만 인사를 한 것은 처음이었다.

처음에 제인은 무척 차갑게 굴었다. 개 문제로 어머니가 난리 피운 것에 대해 섭섭하게 생각했던 모양이었다. 그래서 나는 전혀 상관없는 문제라고 이야기했다. 사실 나는 제인의 개가 어디에 무엇을 하든 상관없었다. 설사 우리 집 응접실에 실례를 해도.

그 일이 있은 뒤 제인과 가까워진 것은 물론이었다. 바로 그날 오후부터 함께 골프를 칠 정도였다. 그날 제인은 공을 여덟 개나 잃어 버렸다. 세상에 여덟 개나 말이다.

눈을 뜨고 공을 치게 하는 데에만도 오랜 시간이 걸렸다. 덕분에 제인은 골프를 썩 잘 치게 되었다.

나는 골프는 아주 잘 친다. 몇 타를 치는지 말한다면 아마 곧이 듣지 않을 것이다. 그것으로 단편 영화에 출연할 기회도 있었지만 마지막 순간에서 거절하고 말았다. 영화를 싫어하면서 영화에 출연한다는 것이 말이 안 된다는 생각에서였다.

제인은 재미있는 여자이다. 정확하게 말해 미인은 아니었지만 여러 가지로 매력있는 여자였다. 특히 입술이 얼마나 재미있는지 모르겠다. 한 마디로 그녀의 입술은 자유자재였다. 무슨 뜻이냐 하면, 이야기를 하던 중 흥분하기라도 하면 입술이 50가지 모양으로 실룩였다. 또 혀는 어떠한가. 그녀는 한시라도 혀를 가만히 놓아두는 법이 없었다. 골프를 칠 때나 책을 읽을 때는 더욱 많이 혀를 움직였다.

제인은 늘 책을 읽었다. 그것도 양서만 골라 읽었다. 시도 많이 읽었다. 내가 앨리의 야구 장갑에 적힌 시를 보여 준 사람은 제인뿐이었다.

제인은 앨리를 만나 본 적이 있었다. 그녀가 메인 주에서 여름을 보낸 것은 그 해가 첫해였다. 그 전까지는 케이프 코드에서 지냈다고 했다. 나는 앨리에 관해 많은 이야기를 해 주었다. 제인도 무척 흥미를 느끼는 듯 했다.

어머니는 제인을 좋아하지 않았다. 제인 어머니와 제인이 인사를 잘 하지 않기 때문이었다. 어머니는 그들이 자신을 깔본다고 생각하고 있었다. 그런데 어머니는 그들과 자주 마주쳤다. 제인이 라살르라는 콘버터블에 자기 어머니를 태우고 시장을 보러 가곤 했기 때문이었다.

어머니는 제인을 못생겼다고 말했지만 내 눈에는 예뻐 보였다. 제인은 바로 내 취향이었다.

나는 지금도 그날 오후를 기억한다. 제인과 포옹할 뻔했던 그날 오후를.

그날은 토요일이었고 비가 억수같이 퍼붓고 있었다. 그때 나는 그녀의 집에 있었다.

제인의 집에는 스크린으로 햇빛을 가린 커다란 베란다가 있었다. 우리는 바로 그곳에서 체커 놀이를 하고 있었다. 그때도 그녀는 왕을 뒷줄에 놓고 움직이지 않았다. 나는 그것을 놀리곤 했다. 그러나 그렇게 심하게 놀리지는 않았다. 함부로 장난칠 상대가 아니기 때문이었다. 아무리 나같이 여자만 보면 장난치고 싶어하는 인간도 제인 앞에서는 그럴 마음이 안드는 것이었다. 우스운 일이 아닐 수 없다.

그런데 내가 좋아하는 여자는 바로 장난칠 마음이 안 드는 그런 여자라는 것이다. 여자들은 남자가 괜히 건드리거나 장난을 치면 자신을 좋아하는 것으로 착각하는 경우가 있는데 내 경우를 보면 전혀 그렇지가 않다.

더구나 제인은 처음부터 그렇게 사귀지 않았지만 친해진 뒤에도 그럴 수가 없었다.

이제 제인과 포옹 할 뻔했던 그날 오후로 다시 화제를 돌려보자.

그날은 비가 억수같이 쏟아졌고 우리는 베란다에 있었다. 그때 갑자기 그녀의 양아버지인 주정뱅이가 나타났다. 그는 집 안에 담배가 없냐고 물었다. 나는 그를 잘 몰랐다. 그는 자신이 필요할 때 외에는 절대로 남에게 말을 건네지 않는 사람이었다.

제인은 그의 질문에 아무런 대답도 하지 않았다. 그가 재차 물었지만 체커 판에 눈을 박은 채 여전히 모르는 척했다. 그는 할수없이 안으로 들어갔다.

나중에 내가 왜 그랬냐고 물어도 제인은 아무런 대꾸를 하지 않았다. 그녀는 체커 판의 말을 어디로 옮길 것인가에 대해서만 생각하는 것 같았다. 그때 체커 판의 빨간 네모꼴 위로 눈물이

한 방울 떨어졌다. 지금도 그때의 장면이 선명하게 떠오른다. 제인은 바로 눈물 방울을 손가락으로 문질러 버렸다. 나는 아무 영문도 모르고 그저 안절부절할 뿐이었다.

나는 자리에서 일어나 제인에게로 갔다. 그리곤 그녀를 조금 비켜 앉게 하곤 그 옆에 앉았다. 그러자 그녀는 본격적으로 울기 시작했다. 나는 얼른 그녀의 얼굴에 키스를 했다. 그런 다음 눈이고 코고 이마고 눈썹이고 가리지 않고 키스를 했다. 그러나 입술에만은 하지 않았다. 그녀가 못 하게 했기 때문이었다. 그렇게 해서 우리는 포옹 전 단계까지 갔던 것이다.

얼마 후 제인은 안으로 들어가 옷을 갈아입고 나왔다. 빨강과 흰색이 섞인 스웨터였다. 그 모습이 얼마나 예뻐 보이던지 나는 정신이 아득해지는 것 같았다.

우리는 영화를 보러 갔다. 가는 도중에 나는 커다히 씨-그 주정뱅이의 이름이다-가 무슨 짓을 했냐고 물었다. 제인은 어렸지만 꽤 성숙했기 때문에 그가 욕정을 일으킬 수도 있다고 생각했기 때문이었다.

제인은 아무 일도 없었다고 했다. 그러니까 나는 더욱 궁금했다. 그렇다면 도대체 무슨 일이란 말인가. 여자란 알다가도 모를 동물이라더니, 나는 그때 그 말을 실감했다.

우리가 한 번도 포옹하지 않았다고 해서 제인을 목석같은 여자라고 생각하면 곤란하다. 제인은 절대 그런 여자가 아니다. 그 대신 우리는 항상 손을 잡고 다녔다. 그 까짓 것, 할지 모르겠지만 그것은 제인과 손잡는 것이 얼마나 멋진 일인지 몰라서 하는 말이다.

대부분의 여자들은 손을 잡으면 그만 그 손은 생명을 잃고 만다. 그렇지 않으면 상대를 지루하지 않게 하기 위해 끊임없이 움직이곤 한다. 그러나 제인은 그렇지 않았다.

영화관 같은 곳에 들어가면 우리는 바로 손을 잡았다. 그리고 영화가 다 끝날 때까지 절대 놓지 않았다. 손의 위치를 바꾼다든지 움직인다든지 그런 짓은 전혀 하지 않았다. 손에 땀이 날 때도 그대로 두었다. 우리는 다만 손을 잡고 있는 동안 행복하다는 것만 느꼈다. 정말 우리는 행복했다.

한 번은 이런 일이 있었다. 그날도 우리는 영화를 보았다. 한참 영화를 보고 있는데 갑자기 목덜미에 누군가의 손길이 닿는 것이었다. 나는 깜짝 놀라 보았다. 바로 제인이었다.

세상에 그런 짓을 하다니, 그러기에 제인은 아직 너무 어렸다!

그것은 25세나 30세쯤 된 여자들이나 할 수 있는 행동이었다. 그것도 남편이나 아이에게 하는 행동이었다. 그런데 아직 어린 제인이 그런 행동을 했으니 나는 그만 숨이 막힐 지경이었다.

호텔 로비의 지저분한 의자에 앉아 나는 그렇게 지난 일들을 회상하고 있었다. 아니, 지난 일들이라기보다 제인을 생각한 것이다. 그러다 그녀가 에드 밴키의 차 속에서 스트라드레이터와 함께 있었다는 사실에 생각이 미치자 속이 부글부글 끓어 올랐다.. 결코 스트라드레이터에게 일루를 허용하지 않았으리라 생각했지만 그래도 참을 수가 없었다.

로비에는 사람들이 거의 없었다. 창녀로 보이던 금발도 어느 새 사라지고 없었다. 나는 갑자기 그곳을 뛰쳐나가고 싶은 충동을 느꼈다. 너무 우울했던 것이다. 피곤하다는 생각은 전혀 들지 않았다.

나는 방으로 올라가 외투를 입었다. 외투를 입으면서 그 변태들이 아직도 있는지 건너편 창 쪽을 보았다. 그러나 그쪽은 이미 불이 꺼진 상태였다.

더 이상 망설일 것도 없이 나는 밖으로 나왔다. 그리곤 택시를 잡아타고 어니 클럽까지 가자고 했다. 어니 클럽이란 그리니치 빌리지에 위치한 나이트 클럽으로 D. B.가 헐리우드에 팔려가기 전에 자주 다니던 곳이었다. 나도 가끔 형을 따라 가곤 해서 잘 알고 있는 곳이기도 했다.

어니란 클럽에서 피아노를 치는 뚱뚱한 흑인의 이름에서 따온 것이었다. 그런데 그는 지독한 속물로 상류층 사람이나 유명한 사람이 아니면 상대조차 하지 않았다 그러면서도 피아노는 기가 막히게 잘 쳤다. 너무 잘쳐서 더럽게 잘 친다고 표현할 정도였다.

나는 그의 연주를 아주 좋아했지만 가끔 피아노를 엎어놓고 싶을 때도 있었다. 상류층 사람이나 상대하는 인간이 연주하는 만큼 그의 음악도 그렇게 들릴 때가 있는 것이다.

12

택시는 지독하게 낡은 고물차였다. 과자라도 먹으려다 보곤 구역질이 나서 팽개칠 정도였다. 그런데 밤 늦게 어디인가 가려고 하면 나는 항상 그런 차가 걸렸다.

토요일 밤이건만 거리에는 아무도 없었다. 이따금씩 서로 꼭 껴안은 남녀가 지나가거나 깡패같이 보이는 자들이 보일 뿐이었다. 그들은 여자를 데리고 우습지도 않은 일에 하이에나같이 낄낄 웃어댔다.

뉴욕의 밤거리는 무서운 곳이었다. 누군가 크게 웃기만 해도 공포의 도가니로 변하는 곳이 바로 그곳이었다. 생각해 보라, 사방 몇 마일까지 울려 퍼지는 낮은 웃음 소리를. 그것은 바로 오금을 저리게 하는 소리였다.

택시를 타고 가며 나는 집에 가서 피비와 함께 있었으면 하는 생각을 떨쳐 버릴 수가 없었다. 너무 외로웠기 때문이었다. 다행히 택시 기사가 좋은 사람 같아 조금 위로가 되었다. 먼저 탔던 기사에 비한다면 말할 수 없이 좋았다. 이름은 '호위쯔'라고 했다. 나는 문득 그가 야생 오리에 대해 알고 있을지 모른다는 생각이 들었다.

"혹시 중앙 공원에 있는 연못에 가 보신 적 있어요?"

나는 먼젓번의 택시 기사에게 물었던 것을 그에게 똑같이 물어 보았다.

"어디요?"

"중앙 공원에 있는 조그만 연못 말예요. 오리가 있는."

"그런데요? 그게 뭐 어떻게 됐답니까?"

"오리가 있잖아요. 그 오리들이 봄에는 거기에서 헤엄을 치며 지내지만 겨울이 되면 어디로 가나 해서요."

"누가 어디로 간다구요?"

"오리 말예요. 누가 트럭 같은 것에 싣고 어디로 데려 가는지, 아니면 저희들끼리 어디로 날아가는지 해서요. 남쪽이나 그 비슷한 데로요."

내 말에 호위쯔는 몸을 돌려 보았다. 나쁜 사람은 아니었으나 성질이 급한 것 같았다.

"그런 바보 같은 것을 내가 어찌 안답니까?"

"화내지 마세요."

나는 그가 화내고 있다고 생각했다.

"누가 화를 낸다고 그래요? 난 화내는 게 아니오."

그의 말투는 여전히 무뚝뚝했다. 나는 그와 더 이상 이야기할 생각이 없어졌다. 그런데 이번에는 그가 먼저 말을 시켰다.

"물고기는 아무 데도 가지 않아요. 처음 있던 곳에 계속 있는단 말이오. 그 연못 속에 사는 물고기도 그래요."

그는 다시 몸을 돌려 보며 말했다.

"물고기야 그렇겠지요. 하지만 오리는 좀 다르지 않을까요?"

"다르긴 뭐가 달라요? 다 마찬가지지."

호위쯔가 말했다. 그는 여전히 화가 난 말투였다.

"겨울에는 오리보다 물고기가 더 살기 힘들어요. 제발 생각 좀 하고 사시오."

"알았어요. 그런데 연못이 얼어붙으면 사람들이 그 위에서 스케이트를 타잖아요. 그때 물고기들은 뭘 할까요?"

"뭘 하다뇨, 그냥 있는 거지."

호위쯔는 돌아보며 고함치듯 말했다.

"물고기들도 연못이 얼어붙으면 전혀 상관없지는 않을 거 아녜요. 얼지 않았을 때와 비교해서 말예요."

"상관이야 있죠. 하지만 그놈들은 그래도 그냥 얼음 속에서 살아요. 그것이 그놈들 생활이란 말이오."

호위쯔는 매우 흥분한 상태였다. 나는 그러다 차를 전봇대라도 들이받으면 어쩌나 싶어 몹시 겁이 났다.

"그럴까요? 그럼 뭘 먹고 살죠? 연못이 꽁꽁 얼면 먹이를 찾아 헤엄칠 수도 없을 텐데."

"몸뚱이가 있잖소. 그놈들은 몸뚱이로 영양분이든 뭐든 닥치는 대로 흡수해요. 얼음 속에 있는 풀이나 오물로부터요. 그래서 항상 땀구멍을 열어놓고 있죠. 이제 알아듣겠소?"

그가 돌아 보며 말했다.

"아, 그런가요?"

나는 얼른 대답하곤 말을 끊었다. 호위쯔의 비위를 더 이상 건드리지 않기 위해서였다. 잘못하다 사고라도 내면 큰일 아닌가. 그는 성미가 워낙 급해 이야기를 할 줄은 알았지만 재미있게 할 줄은 몰랐다.

"잠깐 어디에 차를 세우고 한 잔하지 않겠어요?"

잠시 뒤 나는 조심스레 물어 보았다.

그는 아무런 대꾸도 하지 않았다. 무엇인가 깊이 생각하고 있는 듯했다. 나는 그가 꽤 좋은 사람인 것 같아 마음에 들었다.

"술 마실 시간이 없어요. 그보다 도대체 몇 살이오? 왜 집에는 가지 않는 거요?"

"피곤하지 않아서요."

나는 뒤의 질문에만 답했다.

어니 클럽 앞에서 내가 택시값을 묻자 그는 다시 물고기 이야기를 꺼냈다. 내내 그 문제에 신경을 쓰고 있었던 모양이었다.

"만일 학생이 물고기라면 자연이 돌봐 줄 것이오. 겨울이라고 해서 물고기가 다 죽는 것은 아니잖소."

"그야 그렇죠."

"그렇게 생각한다면 됐소."

호위쯔는 그렇게 말하곤 급하게 차를 몰고 사라졌다. 그렇게 성질이 급한 사람은 처음이었다. 무슨 말을 하든 먼저 화부터 내다니, 어쨌든 재미있는 사람이었다.

늦은 시간이었다. 그런데도 어니 클럽은 사람들로 꽉 차 있었다. 외투를 맡길 수 없을 정도로 사람이 많았다. 고객들은 대부분 고등학생이거나 대학생들이었다. 대부분의 학교가 펜시보다 크리스마스 휴가를 일찍 시작한 것이었다.

그렇게 사람이 많이 있었음에도 불구하고 클럽 안은 조용했다. 어니가 연주를 하고 있었기 때문이었다. 그가 피아노 앞에 앉으면 사람들은 신성한 의식이라도 참가하듯 숙연해졌다.

나는 자리가 나기를 기다렸다. 나 말고도 그런 사람이 두서너 쌍이 더 있었다. 그들은 모두 어니의 연주를 듣기 위해 까치발을 하고 서 있었다.

어니는 피아노 앞에 커다란 거울을 걸어 놓고 그곳에 스포트라이트를 비추게 했다. 연주하는 자신의 모습을 보이기 위한 것이었다. 그러나 연주하는 그의 손은 보이지 않고 그의 늙은 얼굴만 보일 뿐이었다.

내가 그곳에 막 들어섰을 때 무슨 곡을 연주하고 있었는지는 모르겠지만 중간 중간 역겨움이 느껴졌다. 고음을 칠 때 잔물결 소리를 넣는 것이 특히 그랬다. 그것이 청중을 얼마나 짜증스럽게 하는지 그는 잘 모르는 것 같았다. 그런데도 청중들은 연주가 끝나자 열광적으로 박수를 치는 것이었다. 정말 구역질이 나지 않을 수 없었다. 영화를 보면서 우습지도 않은 장면에서 하이에나처럼 웃는 얼간이들과 똑같았다.

감히 맹세하겠다. 내가 만일 피아니스트나 배우나 그 비슷한 것이라면 나는 저런 얼간이 같은 인간들이 인정하는 것을 증오

할 것이다. 박수를 보내는 것도 마다할 것이다. 대부분의 인간들은 아무 일도 아닌 것에 박수를 보낸다. 따라서 내가 피아니스트라면 나는 벽장 안에서 연주할 것이다.

어니는 열광적인 박수를 받으며 형식적으로 인사를 했다. 굉장한 피아니스트와 같은 행동이었다. 그러나 그는 저질 사기꾼이었다. 여기에서 사기꾼이란 속물이라는 뜻이다.

나는 어니가 불쌍했다. 자신이 어떠한 연주를 했는지도 모르고 우쭐해 있으니 어찌 그렇지 않겠는가. 그러나 그것은 어니만의 잘못은 아니었다. 클럽 지붕이 날아갈 듯 박수를 쳐대는 그런 얼간이들의 잘못이 더 크다. 그런 인간들은 기회만 있으면 멀쩡한 사람을 망쳐 놓는다.

나는 다시 우울해졌다. 당장 외투를 찾아 입고 호텔로 돌아가고 싶었다. 그러나 잠자리에 들기에는 시간이 너무 이른 데다 혼자 있고 싶지 않았다.

마침내 자리가 나서 나는 그곳으로 안내되었다. 바로 벽 옆자리였다. 바로 앞에는 기둥이 있었다. 당연히 아무것도 보이지 않을 수밖에. 옆자리의 사람들이 일어나서 비켜주지 않는 한 - 그렇지 않는 인간이 대부분이었다 - 나갈 때도 의자를 밟고 나가야 했다.

나는 소다수와 스카치를 주문했다. 차게 얼린 다키리 다음으로 내가 좋아하는 것이었다. 어니 클럽에서는 아무나 술을 마실 수 있었다. 조명이 어둡기도 했지만 아무리 어려 보인다 해도 그곳에서는 결코 나이 따위를 묻지 않았다. 설사 누가 마약을 복용

한다 해도 상관하지 않을 것이었다.

주위에는 온통 얼간이 같은 인간들만 있었다. 과장이 아니었다. 바로 왼쪽 - 머리 위라고 하는 것이 더 적절하겠지만 - 자리에는 괴상하게 생긴 남녀가 앉아 있었는데, 나이는 내 또래거나 조금 위 같았다. 그들은 정말 웃겼다. 잔에 조금 남은 술을 빨리 마셔 버리지 않으려고 무진 애를 쓰는 것이 그렇게 웃길 수가 없었다.

나는 달리 할 일도 없고 해서 그들의 대화에 귀를 기울였다. 남자는 그날 오후에 보았던 프로 축구에 관해 이야기를 했다. 그런데 그 얼간이는 시합 내용을 일일이 다 설명하는 것이었다. 세상에 그렇게 한심한 인간이 다 있다니!

여자는 축구 이야기에는 전혀 관심이 없어 보였다. 그러나 워낙 못생겼으니 어쩌겠는가. 다소곳이 듣는 시늉이라도 해야지. 그때 나는 못생긴 여자는 참으로 고달프겠구나, 생각했다. 그렇게 생각하니 그녀가 가엽게 느껴지기도 했다. 그런 얼간이 같은 인간과 같이 있으니 오죽 불쌍했겠는가.

오른쪽 자리에서 주고받는 이야기는 더욱 한심했다. 오른쪽에는 예일대학교에 다니는 학생이 있었다. 그는 회색 플란넬 양복에다 조금 가벼워 보이는 태터솔 조끼를 입고 있었다. 명문 대학에 다니는 작자들은 왜 그렇게 다들 비슷한 옷차림을 하는지 도무지 알 수가 없다. 아버지는 나에게도 예일이나 프린스턴 대학에 가라고 하지만 나는 죽어도 그런 데는 가지 않을 생각이다.

어쨌든 그 예일대생은 기가 막히게 예쁜 여자와 함께 있었다.

여자도 잘 생겼을 뿐 아니라 주고받는 대화도 들을 만했다. 그런데 그 예일대생이 손으로는 무엇을 했냐 하면, 탁자 밑으로 손을 넣어 그녀의 그것을 만지고 있었다. 그러면서 입으로는 기숙사의 어느 남학생이 아스피린을 한 병 다 마시고 자살하려 했다는 소리를 지껄이고 있었다.

한편 여자는 "어머, 끔찍해라!" 혹은 "여기선 안 돼요!" 하고 있었다.

독자들이여, 상상해 보시라. 여자의 그것을 만지작거리면서 동시에 자살하려던 작가에 대해 지껄이는 명문대생을!

나는 그만 어이가 없었다.

그러면서도 나는 점점 초조해지기 시작했다. 완전히 소외된 상태였기 때문이었다. 그곳에서 나는 담배 피우고 술을 마시는 외에는 아무것도 할 수가 없었다.

나는 웨이터를 통해 어니에게 한 잔 하자고 청했다. 내가 D. B.의 동생이라는 말도 함께 전했다. 그러나 웨이터는 내 말을 전하지 않았다. 그들은 누구의 말이라도 전하는 법이 없었다.

그때 갑자기 한 여자가 아는 척을 했다.

"홀든 코울필드 아냐!"

'릴리언 시몬즈'라는 여자였다. 전에 D. B.가 잠깐 데리고 다니던 여자였다. 무지하게 큰 젖통으로 인해 나는 그녀를 바로 기억할 수 있었다.

"안녕하세요?"

나는 앉은 채로 인사를 했다. 일어서려고 해도 도저히 일어설

수가 없는 상황이었다. 그녀는 엉덩이에 쇠꼬챙이를 넣고 다니는 듯한 해군 장교와 함께 있었다.

"여기서 만나다니, 세상에!"

릴리언 시몬즈는 반가워서 어쩔 줄 모르는 듯했다. 그러나 나는 숙맥이 아니었다. 따라서 그녀의 말을 곧이곧대로 믿지 않았다.

"형은 어떻게 지내요?"

그녀가 알고 싶은 것은 바로 그것이었다.

"잘 지내요. 지금은 헐리우드에 있지만."

"헐리우드? 어머 멋져라! 거기서 뭘 하는데요?"

"글 쓰겠죠 뭐."

자세한 설명은 하고 싶지 않았다.

그녀는 형이 헐리우드에 있다는 사실만도 굉장하게 받아들였다. 그녀뿐 아니라 대부분의 인간들이 그렇다. 형의 소설은 읽기조차 않는 인간들이 말이다. 그러한 사실에 나는 항상 깊은 좌절을 한다.

"정말 신나겠다!"

릴리언이 다시 한 번 부러운 듯 말했다.

그녀는 나를 해군 장교에게 소개했다. 커맨더 브로프라든가 뭐라든가 하는 장교였다. 그는 악수할 때 상대편에게 힘자랑을 하는 그런 인간이었다. 나는 그런 인간이 세상에서 제일 싫다.

"혼자 있어요?"

릴리언이 물었다.

그녀는 통로를 완전히 막고 있었다. 웨이터는 그녀가 비켜 주기를 계속 기다렸지만 그녀는 아랑곳하지 않았다. 오히려 그러는 것을 즐기는 듯했다.

웨이터는 분명히 그녀를 못마땅해했다. 또 해군 장교도 자신의 데이트 상대인 그녀를 썩 좋아하는 것 같지 않았다. 나는 그녀가 측은하다는 생각이 들었다.

"여자 친구도 없어요?"

그녀가 다시 물었다.

나는 거의 서 있다시피 했다. 그런데도 그녀는 편히 앉으라는 말조차 하지 않았다. 사람들이 그렇게 엉거주춤 서 있는 것이 재미있는 모양이었다.

"잘생겼죠?"

이번에는 해군 장교에게 물었다.

"홀든은 볼 때마다 더 미남이 되네요."

그리고 나에게 말했다. 해군 장교는 대답 대신 그녀가 통로를 막고 있다는 것을 주지시켰다.

"홀든, 우리 자리로 와요. 그 술 가지고"

"아니오. 지금 막 나가려던 참이었어요. 만날 사람이 있거든요."

나는 얼른 그렇게 둘러댔다.

그녀는 나에게 친절하게 굴려고 어지간히 애를 썼다. 아마 형에게 전달되게 하려고 그러는 것 같았다.

"어머, 둘러대긴! 좋아요. 그럼 형을 만나면 미워 죽겠다고 그렇게만 좀 전해 줘요."

그녀는 비로소 통로에서 비켜섰다.

나는 해군 장교와 만나게 되어서 반가웠다는 인사를 했다. 빌어먹을, 나는 처참한 심정이었다. 조금도 반가울 것이 없는 사람에게 그런 말을 늘어놓아야 하다니! 그러나 내가 살아 있는 한 그런 말은 계속 해야 할 것이다.

만날 사람이 있다고 한 이상 나는 그곳을 떠날 수밖에 없었다. 더 이상 어니의 멋진 연주 솜씨를 들을 수 없게 된 것이다. 아쉬웠다. 그렇다고 릴리언과 그 해군 장교의 자리에 가서 앉고 싶은 생각은 추호도 없었다.

그렇게 해서 나는 그곳을 나왔다. 외투를 받아 입는데 어찌나 화가 나는지, 인간이란 언제나 그렇게 남의 일을 망치는 존재이다!

13

호텔까지 걸어갔다. 마흔한 개나 되는 블럭을 세면서.

걷고 싶어서가 아니었다. 그저 택시를 타고 내리는 일이 귀찮았기 때문이었다. 때로는 택시 타는 일이 엘리베이터 타는 일처럼 귀찮을 때가 있는 법이다.

아무리 먼 거리든 아무리 높은 곳이든 걸어야 시원할 때가 있다. 어릴 때 나는 아파트의 우리 집까지 자주 걸어 올라가곤 했다. 그때 우리 집은 12층이었다.

눈은 내리지 않았다. 인도 위에도 눈 내린 흔적이 없었다. 그래도 날씨는 지독하게 추웠다. 나는 주머니에서 빨간 사냥 모자를 꺼내 썼다. 귀마개까지 밑으로 내렸다. 모양 따위에는 전혀 신경 쓰지 않았다. 어차피 봐줄 사람도 없는데…….

나는 펜시에서 내 장갑을 가져간 작자가 누구인지 궁금했다. 손이 얼어터질 것 같았기 때문이었다. 범인을 찾아 어떻게 하자는 것이 아니었다.

겁이 많기 때문에 그럴 수도 없었다. 겉으로는 강한 체하지만 속으로는 누구보다 겁 많은 것이 바로 나였다.

예를 들어 장갑을 훔쳐간 작자를 찾아 냈다고 해 보자. 아마 나는 그 도둑놈 방에 가서 "내 장갑이나 돌려 주시지." 하고 말하는 것이 고작이었을 것이다.

그 도둑놈이 시치미를 떼고 "무슨 장갑?" 하면 그놈의 옷장을 뒤져서라도 장갑을 찾아내기는 할 것이다. 틀림없이 덧신 같은 데다 감추었을 테니 말이다. 나는 그것을 들이대며 "이게 네 장갑이냐!" 하고 따질 것이다. 그러면 그놈은 "그게 왜 거기 있지? 아무튼 난 모르는 일이니 네 것이면 가져가." 하고 말할 것이다.

나는 5분 가량 가만히 서서 생각할 것이다. 그놈의 턱을 한 대 먹여야하나 말아야 하나 하고. 그러나 그놈의 턱을 부숴 버려야 한다는 결론이 나도 진짜로 그렇게 하지는 못할 것이다. 다만 될 수 있는 한 험악한 표정을 지으려고 노력할 것이다. 어쩌면 지저분한 욕을 퍼부어 그놈의 약을 올릴지도 모르겠다. 틀림없이 그럴 것이다.

욕을 먹으면 아무리 도둑놈이라도 가만히 있지는 않을 것이다. 분명히 내게로 다가와 "너 지금 날 도둑놈 취급하는 거냐!" 하고 소리칠 것이다. 그러면 나는 "그렇다. 이 더러운 도둑놈아!" 이러는 것이 아니라, "아니, 난 다만 내 장갑이 네 덧신에 있길래……" 하며 한 발자국 뒤로 물러날 것이다.

그러면 그놈은 내가 때리지 않을 것을 알고 "우리 분명히 해 두자. 내가 도둑놈이냐?" 하고 말할 것이다. 그러면 나는 아마

"아무도 널 도둑놈이라고 하지 않았어. 난 다만 네 덧신 속에 내 장갑이 있었다고 말했을 뿐이야." 하고 말할 것이다.

그런 식의 이야기는 몇 시간이고 되풀이될 것이다. 그리하여 나는 결국 도둑놈을 한 대도 때리지 못하고 방을 나올 것이다. 그런 다음 고작 세면장에 가서 담배나 피우겠지. 그러면서 거울을 보며 험상궂은 표정을 연습하겠지.

호텔로 돌아오는 동안 내내 그런 상상을 했다.

겁이 많다는 것은 아무래도 재미없는 일이다. 어쩌면 나는 그 정도로 겁쟁이는 아닐지 모른다. 글쎄, 나도 잘 모르겠다. 아마 약간은 겁쟁이지만 장갑을 잃어 버렸다고 끙끙 앓는 그런 꽁생원은 아닌 것 같다.

아무튼 나는 무엇을 잃어 버려도 그다지 신경을 쓰지 않는다. 그런 점으로 인해 어렸을 때는 어머니를 많이 화나게 했다. 어떤 아이들은 조그만 것을 잃어 버려도 며칠 동안 찾았지만 나는 전혀 그러지 않았다. 잃어 버렸다고 해도 그다지 속태울 만한 물건도 가져 보지 못했지만. 그만큼 겁이 많았던 것인지도 모르겠다. 이것은 정말 변명이 아니다.

그러나 분명한 것은 겁쟁이는 되지 말아야 한다는 것이다. 누구의 턱을 갈겨야 할 때는 반드시 갈겨야 한다. 그런데 나는 그 일을 잘 하지 못한다. 턱을 갈기는 것보다 차라리 창밖으로 집어 던지든지 모가지를 도끼로 잘라버리는 편이 쉬울 것 같다.

나는 주먹질하는 것을 질색한다. 차라리 얻어맞는 편이 나았다. 그렇다고 얻어맞는 것을 좋아한다는 것은 아니다.

주먹 싸움 중에서 가장 겁나는 것은 상대편 얼굴이다. 나는 싸우는 동안에는 상대편 얼굴을 보지 못한다. 양쪽 눈을 다 가린다면 싸울 수 있을지도 모르겠다. 그렇지 않다면 도저히 자신이 없다. 만일 그것이 비겁한 것이라면 나는 비겁한 녀석임에 틀림없다.

장갑으로 인해 내 비겁함을 생각하곤 나는 한층 우울해졌다. 아무래도 한 잔 더 해야겠다고 생각했다. 어니 클럽에서 서둘러 나오다 보니 겨우 석 잔밖에 마시지 못했다. 그것도 마지막 잔은 다 마시지도 못했다.

내게 특별한 능력이 있다면 그것은 술에 굉장히 세다는 것이다. 밤새도록 마셔도 기분만 좋을 뿐 겉으로는 전혀 티가 나지 않았다.

후튼 고등학교에서 있었던 일이다. 레이먼드 골드파브라는 친구와 함께한 파인트의 스카치를 사다가 토요일 밤 예배당에서 마신 적이 있다. 그곳에서는 아무에게도 들키지 않고 술을 마실 수 있었다.

술을 모두 마신 뒤, 레이먼드는 취해 곯아떨어졌지만 나는 얼굴색 하나 변하지 않았다. 얼굴색뿐만 아니라 정신도 멀쩡했다. 아니, 오히려 더 침착했다. 자기 전에 토하기는 했지만 그것은 일부러 토한 것이었다.

호텔에 들어가기 전에 나는 지저분한 바를 하나 발견했다. 그곳에 들어가려는데 술독에 빠진 듯한 남자 둘이 다가왔다. 그들은 지하철이 어디 있냐고 물었다. 그 중 쿠바 사람처럼 보이는 남자가 내 얼굴에 입김을 푹 뿜었다. 그 썩은 냄새에 술 마실 생각이 싹 달아났다.

호텔 로비는 텅 비어 있었다. 대신 5천만 개의 담배꽁초에서 풍기는 듯한 냄새로 가득 차 있었다.

그때까지 나는 피곤하지 않았다. 다만 좀 언짢았을 뿐이었다. 차라리 죽고 싶었다. 그런 상태에서 나는 전혀 예상치 못한 실수를 저지르고 말았다.

엘리베이터를 탔을 때였다.

"재미 좀 안 보실래요? 너무 늦었나요?

엘리베이터 안내원이 은근히 물었다.

"무슨 말이오?"

나는 정말 그가 무슨 의도로 그런 말을 하는지 전혀 몰랐다.

"여자 말예요. 당장 불러 올 수 있는데."

"나 말이오?"

나는 조금 놀라 물었다. 지금 생각하면 정말 바보 같은 질문이었다. 그러나 누구라도 갑자기 그런 경우를 당한다면 당황할 수밖에 없을 것이다.

"그런데 지금 몇 살이나 됐죠?"

안내원은 나를 아래위로 훑어보며 약간 미심쩍은 얼굴을 했다.

"그런 건 왜 묻는 거요?"

기분이 나빠지는 동시에 오기가 생겼다.

"스물둘이오."

처음보다 조금 굵은 목소리를 냈다. 안내원의 얼굴이 금방 밝아졌음은 물론이다.

"그래요? 그럼 좀 즐겨도 되겠군요. 짧은 밤은 5달러, 긴 밤은 15달러면 돼요."

그는 얼른 설명하곤 시계를 보았다.

"짧은 밤은 5달러, 긴 밤은 15달러요."

안내원이 다시 설명했다.

"좋아요."

나는 그렇게 말해 버렸다.

그것은 내 스스로 정해 놓은 원칙에 어긋나는 일이었다. 그러나 그때는 워낙 외로웠고 피곤했기 때문에 내 정신이 아니었다. 따라서 원칙이고 뭐고 생각할 수가 없었다. 그것이 문제였다. 누구든 외로울 때는 아무 생각도 할 수 없다는 것, 바로 그것이 문제였다.

"그럼 어떤 걸로 할까요? 짧은 밤이오, 긴 밤이오? 그걸 미리 정해야 해요."

"짧은 밤."

나는 될 수 있는 한 짧게 대꾸했다.

"좋아요. 몇 호실이죠?"

안내원은 바로바로 다음 단계로 넘어갔다.

나는 열쇠가 달려 있는 빨간 딱지를 보았다. 그 위에 방 번호가 적혀 있었다.

"1222호."

나는 빨간 딱지를 보여 주는 동시에 방 번호를 불러 주었다.

그러면서 나는 벌써 후회하고 있었다. 그러나 어쩌랴, 이미 엎질러진 물인걸.

"그럼 15분 후에 아가씨를 올려 보내겠습니다."

그가 문을 열어 주며 말했다.

나는 엘리베이터에서 내렸다. 그리곤 그대로 방으로 가려다 잠깐 멈춰 섰다.

"이봐, 여자는 정말 예쁜 거요? 난 늙은 여잔 딱 질색인데."

나는 뻔뻔스럽게도 그렇게 물었다.

"그건 염려 마쇼."

"돈은 누구한테 주지?"

"여자한테요. 이제 다 됐습니까?"

엘리베이터 안내원은 귀찮다는 표정으로 문을 탁 닫았다.

나는 방으로 들어가 머리에 물을 발랐다. 아무리 상대가 창녀라지만 처음부터 구질구질한 모습은 보이기 싫었다. 그러나 워낙 짧은 머리라 잘 넘어가지 않았다. 그런 다음에는 입에서 썩은 냄새가 나지 않나 실험해 보았다. 담배를 많이 피웠고 어니 클럽에서 스카치와 소다수를 마셨기 때문이었다.

먼저 손을 입술 아래에 대고 숨을 쉬었다. 그리하여 숨이 콧구멍으로 들어가도록 하였다. 실험 결과 그다지 고약한 냄새는 나지 않았다. 그래도 이를 닦았다. 와이셔츠도 깨끗한 것으로 갈아입었다. 창녀 따위를 만나는데 그렇게까지 치장할 필요가 없었지만 가만히 있자니 어쩐지 불안했다.

준비를 끝내자 서서히 불안해지기 시작했다. 물론 성적으로도 흥분되었지만 불안하기도 그것 못지 않았다.

사실 나는 숫총각이었다. 전혀 여자 경험이 없었던 것이다. 물론 기회는 많았지만 번번이 끝까지 가지는 못했다. 언제나 마지막에 가서 방해하는 것이 있었던 것이다.

예를 들어 여자의 집에 갔을 경우, 그녀의 부모가 예정보다 빠르게 귀가하는 것 같은 일들이 그것이었다. 그렇지 않으면 내 스스로 누군가 엉뚱한 시간에 돌아오지 않을까 두려워 제대로 일을 치르지 못하는 것이다.

친구와 차를 같이 쓸 경우에는 앞자리에 있는 여자 때문에 일을 망치기도 했다. 그녀는 뒷자리에서 무슨 일이 벌어지나 궁금해했다. 다시 말해서 줄곧 돌아본다는 것이다. 마치 감시라도 하듯이 말이다.

그러나 거의 일이 성사될 뻔한 적도 두어 번 있었다. 그 중에서 유난히 기억나는 경우도 있다. 물론 그러한 때도 번번이 무엇인가 어긋나는 것이 있었지만.

창녀가 아닌 여자와 하려고 할 때의 문제는 여자 쪽의 거부였다. 그러면 나는 계속 덤벼들지 못하고 그만둔다. 대부분의 남자들은 그렇지 않지만 나는 꼭 그랬다. 그런 경우 여자가 정말 그만두기를 원하는지, 겁을 먹어서 그러는 것인지, 또는 모든 책임을 내게 지우기 위해서 그러는 것인지 잘 몰랐지만 아무튼 나는 그만두었다. 여자가 안됐다는 생각이 들기 때문이었다.

대부분의 여자는 좀 한심하다. 그저 잠깐 끌어안기만 해도 여자들은 이성을 잃는다. 남자들은 그렇지 않은데 여자는 성적으로 흥분하면 곧장 이성을 잃는 모양이었다. 참으로 알다가도 모를 일이었다.

아무튼 나는 상대 여자가 그만두자면 두 말 없이 그만두었다. 그리곤 집에까지 여자를 바래다주었다. 돌아서는 즉시 후회하면서도 나는 늘 그런 식으로 데이트를 했다.

나는 와이셔츠를 갈아입으면서 그야말로 절호의 찬스가 왔음을 알아 차렸다. 그야말로 총각 딱지를 뗄 수 있는 기회였다. 상대가 창녀인 만큼 부담도 없었다. 또한 다른 여자와 할 경우를 대비해 기술도 익힐 수 있으리라 생각했다. 솔직히 나는 여자와 어떻게 하는지 잘 몰랐다. 그래서 결혼에 대해 약간의 두려움이 있다.

후튼 고등학교에 다닐 때 읽은 책이 있다. 매우 세련되고 친절하며 섹시한 남자가 나오는 책이었다. 지금도 기억하건대, 남자의 이름은 무슈 블랑샤르였다. 내용은 저질이었지만 블랑샤르라는 남자는 꽤 멋진 놈이었다.

블랑샤르는 유럽의 리비에라라는 곳에 큰 저택을 갖고 있었다. 그런데 그가 그곳에서 하는 일은 곤봉으로 여자를 때리는 일이었다. 그러니까 지독한 변태였다.

그러나 그는 여자를 후리는 기술이 뛰어났다. 그의 말을 빌자면, 여자의 육체란 바이올린과 같다는 것이다. 따라서 잘 연주하려면 우선 연주자의 실력이 뛰어나야 한다는 것이다. 물론 책이 저질인 만큼 내용도 저질이라는 것을 알고 있다. 그러나 여자가 바이올린 같다는 말은 그럴 듯하지 않은가.

아무튼 나는 그 기회에 실력을 쌓기로 했다. '코울필드와 그 마법의 바이올린!' 그럴 듯하지 않은가. 지속하다고 생각할지 모르겠지만 가만히 생각해 보라. 창녀를 통해 실력을 쌓는 것이 그렇게까지 나쁜 것은 아니지 않은가. 그런 짓도 잘만 하면 약이 될 수도 있는 법이다.

사실 여자와 어울릴 때 나는 들어갈 곳을 잘 모르는 때가 많았다. 조금 전에 말했던 그 여자, 그러니까 일이 성사되기 직전까지 갔다는 그 여자와의 경우이다. 그때 나는 브래지어만 벗기는 데도 한 시간이나 걸렸다. 그것을 겨우 벗기자 그녀는 내 얼굴에 침이라도 뱉을 듯한 표정을 짓고 있었다.

나는 방 안을 서성이며 창녀가 나타나기를 기다렸다. 예쁜 여자가 나타나기를 간절히 바라면서 말이다. 그러나 꼭 미인이 아니라도 상관은 없었다. 그보다는 일이 빨리 끝났으면 하는 심정이었다.

이윽고 방문을 두드리는 소리가 들렸다. 순간 나는 가슴이 철렁 내려앉았다. 침착하자고 스스로에게 다짐했지만 뛰는 가슴은 쉽게 진정되지 않았다. 문을 열어 주러 가는 도중에 나는 바닥에 놓인 여행용 가방에 걸려 넘어져 무릎이 박살날 뻔하였다. 그렇게 나는 결정적인 순간에 무엇에 걸려 잘 넘어지곤 한다.

문을 열고 보니 바로 앞에 창녀가 서 있었다. 폴로 외투를 걸친 채였다.

그러나 모자는 쓰고 있지 않았다. 여자의 머리는 금발에 가까웠지만 염색한 머리라는 것을 한눈에 알 수 있었다. 그러나 그렇게 늙어 보이지 않아 다행이었다.

"안녕하십니까!"

나는 지극히 공손하게 인사를 했다.

"당신이 모리스가 말한 분인가요?"

창녀가 약간 쉰 듯한 목소리로 물었다.

"엘리베이터 안내원 말이오?"

"네, 맞아요."

"그렇다면 내가 맞소. 자, 들어오시오."

나는 옆으로 비켜 주었다. 막상 여자를 보니 그렇게 떨리지 않았다. 오히려 차분해지는 것이었다.

창녀는 방에 들어오자마자 외투를 벗어 침대 위에 팽개쳤다. 외투 안에 입고 있는 옷은 초록색이었다. 나는 그녀가 하는 양을 그냥 지켜보기만 했다.

그녀는 책상에 붙어 있는 의자에 가서 비스듬히 앉았다. 그리곤 한쪽 발끝을 올렸다 내렸다 했다. 그러다 곧 다리를 꼬곤 위에 얹힌 다리를 흔들어댔다. 창녀치고는 어딘가 어색했다. 가만히 보니 나이도 내 또래밖에는 안 돼 보였다. 그러니까 그리 경험이 많지는 않을 것이었다.

나는 그녀 옆의 큰 의자에 앉아 담배를 권했다.

"담배는 피우지 않아요."

그녀는 거의 모기만한 소리로 말했다. 주의해서 듣지 않으면 무슨 소리인지 알 수조차 없을 것 같았다.

그녀는 무엇을 권해도 고맙다는 소리를 하지 않았다. 도무지

철이 들지 않은 여자였다.

"내 소개부터 해야겠군. 난 짐 스틸이라 하오."

내가 점잖게 말했다.

"시계 있어요?"

그녀는 내 이름 따위는 알 바 아니라는 듯 엉뚱한 소리를 지껄였다.

"몇 살이나 됐어요?"

"나 말이오? 스물둘."

"웃기고 있네."

그녀가 코웃음을 치며 말했다. 얼마나 재미있는 말인가. 보통 창녀들은 "사기 치지마!" 또는 "엉터리 같으니!" 하는 말을 했다. 절대 "웃기네!"라는 어린애 같은 말은 하지 않았다.

"몇 살이나 됐지?"

이번에는 내가 물었다.

"당신보다는 뭐든 알 나이."

재치 있는 대답이었다.

"시계 있냐고요?"

그녀는 다시 물으며 일어서서 옷을 벗었다.

여자가 옷 벗는 것을 보자 나는 기분이 묘해졌다. 흥분할 줄 알았는데 그렇지는 않았다. 흥분을 느끼기는커녕 오히려 기가 팍 죽었다.

"시계 없냐고요?"

"없는데."

나는 얼른 대답했다.

"이름이 뭐요?"

그리곤 괜히 어색해서 그렇게 물었다. 기분이 점점 묘했다.

여자는 분홍색 속치마만 걸치고 있었다. 나는 당황하지 않을 수 없었다.

이것은 거짓이 아니다. 나는 정말 어떻게 해야 할 줄을 몰랐다.

"써니라고 해요."

귀찮은 듯 그녀는 아무렇게나 대답했다.

"자, 빨리 해요."

그리곤 재촉했다.

"그렇게 급하오? 그보다 나는 얘기 좀 했으면 싶은데."

내 말에 그녀는 어이없어 했다. 마치 미친 사람을 보는 그런 표정이었다.

"대체 무슨 할말이 있는데요?"

"특별한 것은 없어요. 난 혹시 당신이 얘기하고 싶어하지 않을까 해서."

내가 우물쭈물하자 그녀는 다시 의자에 가서 앉았다. 못마땅한 모양이었다.

써니는 다시 발을 까불기 시작했다. 아닌 체하고는 있었지만 몹시 초조한 기색이었다.

"담배 한 대 피우겠소?"

써니가 담배를 피우지 않는다는 것을 잊고 나는 다시 담배를 권했다.

"피우지 않는다니까요. 겨우 그 애기하려던 거였어요? 아니면 따로 할 애기라도 있나요?"

써니는 계속 떨떠름한 표정이었다.

사실 나는 할 이야기도 없었다. 매춘부가 된 이유를 묻고 싶었지만 그러한 것을 묻기에는 용기가 부족했다. 또 묻는다고 대꾸할 것 같지도 않았다.

"뉴욕 출신이 아닌 거 같은데?"

나는 고작 그렇게 물었다.

"헐리우드."

써니가 짧게 대꾸했다. 그리고는 일어서서 침대 쪽으로 갔다.

써니는 벗어 놓았던 옷을 집어 들었다. 나는 긴장하지 않을 수 없었다. 그러나 그것은 쓸데없는 걱정이었다.

"옷걸이 있나요? 옷이 구겨지면 안 되거든요. 새로 드라이크리닝 한 거예요."

"물론 있죠."

나는 얼른 대답했다. 그녀가 가지 않은 것도 기뻤지만 그보다는 무슨 일을 하게 된 것이 더욱 기뻤다.

나는 그녀의 옷을 옷장 안에 걸어 주었다. 조금 우습다는 생각이 들었다. 한편으로는 서글프다는 생각도 들었다.

나는 써니가 상점에 들어가 옷을 사는 것을 상상했다. 상점에서는 그녀가 매춘부라는 사실을 몰랐을 것이다. 그저 여느 여자처럼 옷을 사러 왔으려니 생각했을 것이다. 그런 생각이 나를 서글프게 했다. 왜 그랬는지 이유는 모르겠다.

옷을 걸고 의자에 앉아 나는 다시 이야기를 시작하고자 했다. 그러나 써니는 다른 사람과 이야기하는 것을 어색해했다. 또 말도 잘 못했다.

"매일 밤일을 하나요?"

물어보고 나서도 나는 참으로 고약한 질문을 했구나 생각했다.

"그래요."

그러나 써니는 대수롭지 않다는 듯이 대꾸하곤 방 안을 서성댔다. 그리곤 책상에서 식단 차림표를 집어 읽기 시작했다.

"낮에는 뭘 하죠?"

다시 물었다.

써니는 어깨를 으쓱해 보였다. 그러고 보니 상당히 마른 몸매였다.

"잠을 자거나 쇼를 보러 가요."

역시 짧게 대답했다. 그리곤 나를 빤히 보았다. 차림표는 이미 책상에 다시 놓여진 상태였다.

"어서 해요. 난 아직……."

"이봐요, 사실 난 기분이 좋지 않아요. 여러 가지 문제로 시달려서 좀 피곤하거든요. 돈은 주겠어요. 그러니까 상관없겠죠."

정말이지 나는 전혀 하고 싶은 생각이 없었다. 그때 나는 여자를 보고 흥분되기보다는 우울해졌다. 옷장에 걸려 있는 초록색 옷이라든가 그 밖의 여러 가지가 우울하게 했다. 더구나 하루 종일 영화관에나 앉아 있는 여자와는 하고 싶지 않았다. 내 스스로도 이해할 수 없는 일이었다.

써니는 믿을 수 없다는 듯한 표정을 지었다. 그리곤 내게로 다가왔다.

"왜 그래요? 안 좋아요?"

써니는 아무래도 이상하게 생각되는 모양이었다.

"아니, 아무것도 아니오."

나는 몸을 뒤로 빼며 대꾸했다. 점점 불안해지기 시작했다.

"사실은 최근에 수술을 했거든."

"그래요? 어디를요?"

"글쎄 뭐라더라. 클래비코드라고 했던가?"

"그게 뭔데요?"

"클래비코드 말이오? 척수관 안에 있는 아니, 척수관 아래쪽에 붙어 있는 거요."

"아팠어요?"

써니는 안됐다는 듯이 인상을 찡그리곤 내 무릎 위에 앉았다.

"가여워라!"

써니는 내 머리카락을 쓸어 올리며 말했다.

나는 점점 더 불안해졌다. 그러나 거짓이 거짓을 부른다고, 나는 계속 거짓말을 할 수밖에 없었다.

"아직 다 회복되지 않았어요."

"당신은 꼭 영화에 나오는 사람 같군요. 그 남자 이름이 뭐더라. 저, 혹시 모르세요? 당신과 많이 닮았는데."

"잘 모르겠는데요."

나는 전혀 모르는 척했다. 여자는 내 무릎에 앉은 채 내려갈 생각을 하지 않았다.

"알 거 같은데. 멜빈 다그라스와 같이 영화에 나오는 사람 말예요. 멜빈 다그라스 동생으로 나오는 사람요. 보트에서 떨어지는 역인데, 누군지 알죠?"

"몰라요. 난 영화관 같은 덴 잘 안 가요."

나는 몸을 뒤로 제끼며 대답했다. 그러나 그녀는 여전히 무릎에 앉아 있었다. 정말 노골적이었다.

"이러지 말았으면 좋겠는데."

나는 독한 마음으로 그렇게 말했다.

"아까도 말했지만 난 지금 기분이 안 난단 말요."

그 말에 써니가 매섭게 노려보았다.

"이봐요, 아까 난 자고 있었어요. 그런데 모리스가 깨운 거예요. 만약 당신이 날……."

"말했잖아요, 돈을 주겠다고. 거짓말이 아니오. 돈은 얼마든지 있어요. 다만 수술을 해서……."

"그럼 왜 여자가 필요하다고 했죠? 그 클래빈지 뭔지를 수술했다면서?"

"다 나았다고 생각했거든요. 이렇게 오래 갈 줄은 몰랐죠. 아무튼 미안해요. 자, 일어나요. 지갑을 꺼내야 되니까."

나는 몸을 뒤척이며 재촉했다. 써니는 화가 잔뜩 난 표정으로 일어섰다.

"고마워요."

나는 지갑을 가져 왔다. 그리곤 5달러짜리 지폐를 꺼내 그녀에게 주었다.

"정말 고마웠어요."

"이거 5달러 아녜요? 10달러를 줘야죠."

그녀가 쨍, 갈라지는 목소리로 따졌다. 수작을 부리는 것이 분명했다. 은근히 걱정하던 일이 현실로 나타난 것이었다.

"모리스는 분명 5달러라고 했어. 짧은 밤은 5달러고, 긴 밤은 15달러라고."

"천만에, 짧은 밤은 10달러예요."

"그 자식이 분명 5달러라고 했다니까. 아무튼 난 5달러밖에 줄 수 없어."

나는 분명하게 말했다.

"미안하지만 저 옷 좀 집어 주세요. 내가 너무 어려운 부탁을 하는 건가요?"

써니는 어깨를 으쓱해 보이곤 말했다. 아주 차가운 표정이었다.

그녀는 마치 작은 악마 같았다. 목소리는 작고 가늘었지만 사람을 오싹하게 했다. 아무리 화장을 짙게 하고 덩치가 우람해도 아마 그녀처럼 악마 같은 느낌은 주지 못할 것이었다.

나는 그녀의 옷을 가져다 주었다. 그녀는 그것을 받아 입고 폴로 외투를 집어 들었다.

"그럼 안녕, 이 멍청아!"

써니가 말했다.

"잘 가요."

나는 고개를 끄덕이며 인사를 했다. 고맙다느니 뭐니 하는 따위의 겉발림 인사는 하지 않았다. 그것은 지금 생각해도 참으로 잘한 일이었다.

14

써니가 나가자 다리의 힘이 다 풀리는 것 같았다. 나는 그대로 의자에 주저앉고 말았다. 날이 서서히 밝아오고 있었다. 나는 정말 비참했다. 얼마나 비참했는지 말로 다 설명할 수가 없을 정도였다.

나는 앨리에게 이야기를 하였다. 마음 속으로 한 것이 아니라 소리를 내어서 했다. 우울할 때마다 하는 버릇이었다.

나는 앨리에게 집에 가서 자전거를 가지고 보비 폴론의 집 앞에서 만나자고 했다. 보비 폴론이란 메인 주에 살 때 우리 바로 옆집에 살던 아이였다. 벌써 여러 해 전의 이야기이지만.

어느 날 나는 실제로 보비와 함께 자전거를 타고 세데베고 호수에 가기로 한 적이 있었다. 도시락과 공기총을 가지고 가기로 했다. 그때 우리는 아직 어린애들이었다. 그래서 공기총으로 무엇인가 쏠 것이 있으리라 생각했다.

보비와 내가 이야기하는 것을 듣고 앨리가 따라가겠다고 나섰다. 그러나 나는 허락하지 않았다. 앨리가 너무 어렸기 때문이었다. 그 뒤 나는 간혹 우울할 때마다 이렇게 말하곤 한다.

"그래 좋아. 집에 가서 얼른 자전거를 가져 와. 보비네 집 앞에서 만나자, 얼른."

그렇다고 내가 항상 앨리를 떼어놓고 다닌 것은 다니었다. 나는 앨리를 어디든 데려갔다. 다만 그날만 데려가지 않은 것이다. 그때 앨리는 결코 화내지 않았다. 그애는 어떠한 일에도 화내는 법이 없었다. 그래서 나는 우울할 때마다 앨리를 생각하곤 한다.

나는 옷을 벗고 침대에 들어갔다. 침대에 눕는 순간 기도하고 싶다는 생각이 떠올랐다. 그러나 그럴 수 없었다. 기도를 하고 싶다고 아무 때나 할 수 있는 것은 아니지 않은가.

사실 나는 무신론자이다. 예수는 좋아하지만 성서 안에 기록된 것은 그다지 좋아하지 않는다. 특히 나는 예수의 열두 제자를 싫어한다. 그것도 아주 질색할 정도로 싫어한다. 예수가 죽은 뒤에는 그런 대로 괜찮게 처신했으나 살아 있을 때는 그저 예수의 밥이나 축내는 아가리들에 불과하다고 생각하기 때문이다. 그들이 한 일은 오직 예수를 판 일뿐이었다.

그들에 비하면 오히려 성서에 나오는 다른 인간들에게는 정이 간다. 진실을 말하자면 나는 무덤 속에서 살면서 돌로 제 몸에 상처를 입혔다는 미치광이를 제일 좋아한다. 그 불쌍한 인간이 열두 제자보다 몇십 배나 마음에 든다.

후튼 고등학교에 다닐 때의 일이었다. 우리 아래층에 살던 아서 차일즈라는 아이가 있었다. 나는 그애와 이 문제에 대해 토론을 벌인 적이 있었다. 차일즈는 퀘이커 교도로서 밤낮 성서를 읽었다. 아서 차일즈는 성격이 좋은 아이였고 우리는 무척 친하게 지냈다.

그러나 성서의 내용에 관해서는 서로 의견이 많이 엇갈렸다. 특히 열두제자에 대해 그랬다. 차일즈는 내가 열두 제자를 좋아하지 않는다면 당연히 예수도 좋아하지 않을 것이라 했다. 또 예수가 열두 제자를 골랐으므로 우리는 당연히 열두 제자를 좋아해야 한다고 주장했다.

그러나 나는 그와는 생각이 달랐다. 예수가 열두 제자를 고른 것은 사실이었으나 별 생각없이 골랐을 것이다. 일일이 그들을 분석하고 고를 시간이 예수에게는 없었을 것이다. 그렇다고 예수를 비난하는 것이 아니다. 시간이 없었던 것은 예수의 잘못이 아니기 때문이었다.

지금도 기억한다. 그때 나는 차일즈에게 물었다. 예수를 배반한 유다가 자살한 후 지옥에 갔을 것이라 생각하냐고.

차일즈는 물론 그럴 것이라고 했다. 그 점에서도 나는 그와 의견이 달랐다. 나는 예수가 유다를 지옥에 보내지 않았을 것이라고 생각했다. 내기라도 한다면 나는 1천 달러라도 걸겠다고 했다. 아마 나머지 제자들이라면 유다를 지옥에 보냈을 것이다. 그것도 아주 신속하게 처리했을 것이다. 그러나 예수는 절대 그러지 않았을 것이다.

차일즈는 내가 교회를 가지 않는 것이 바로 문제라고 했다. 어떤 의미에서는 그의 말이 맞았다. 사실 나는 교회에 나가지 않는다. 부모님의 종교가 달랐을 뿐 아니라 우리 형제는 모두 무신론자였다.

나는 특히 목사라는 인간들에게 혐오감을 느낀다. 내가 다닌 학교에는 모두 목사가 있었는데, 모두들 설교를 할 때마다 억지로 꾸민 거룩한 목소리를 냈다. 나는 그것이 역겨웠다.

그들은 자연스러운 목소리를 내면 품위가 떨어진다고 생각하는 모양이었다. 그러나 그렇게 억지 소리를 내는 것이 더 품위를 떨어뜨린다는 것을 그들은 모르는 모양이었다. 또 그렇기 때문에 그들의 설교가 모두 거짓으로 들린다는 것도 모르는 모양이었다.

아무튼 나는 이런저런 이유로 침대에서 기도를 할 수가 없었다. 특히 써니라는 창녀가 떠나면서 못난이라고 비웃던 장면이 떠올라 도저히 할 수가 없었다.

나는 침대에서 일어나 앉았다. 그리곤 담배를 피워 물었다. 담배 맛이 무척 썼다. 펜시를 떠난 이후 벌써 두 갑째였다.

그때 갑자기 누구인가 방문을 두드리기 시작했다. 나는 내 방문이 아니기를 기대했다. 그러나 내 방문이라는 것을 이미 알고 있었다. 어떻게 알았는지는 모르겠지만 아무튼 알고 있었다. 노크하는 사람까지도 난 알고 있었다. 신통력과도 같은 예감이 아닐 수 없었다.

"누구세요?"

나는 목소리를 가다듬고 아주 작게 물었다. 겁이 났기 때문이었다. 그런 일에 나는 특히 겁이 많이 난다.

방문은 점점 크게 울리고 있었다. 나는 마침내 파자마 바람으로 침대에서 일어났다. 그리곤 문을 열었다. 이미 날이 훤히 밝았기 때문에 불을 켤 필요가 없었다.

방문 앞에는 써니와 뚜쟁이 모리스가 함께 서 있었다.

"웬일이죠? 무슨 일이라도?"

나는 겨우 말했다. 빌어먹을, 그런데 목소리가 덜덜 떨려 나오는 것이었다!

"별일 아니오."

모리스가 무뚝뚝하게 대답했다.

"그냥 5달러만 더 받으러 왔을 뿐이오."

모리스가 지껄이는 사이, 써니는 새침하게 서 있을 뿐이었다.

"돈은 벌써 줬지 않소. 5달러를 저 여자한테 주었단 말요. 물어 봐요."

빌어먹을, 목소리가 계속 떨렸다.

"10달러란 말야. 처음에 내가 그렇게 말했잖아. 짧은 밤은 10달러, 긴 밤은 15달러라고."

"그렇게 말하지 않았소. 짧은 밤은 5달러, 긴 밤은 15달러하고 했소. 난 분명히 그렇게 들었소."

"좀 비켜!"

"왜 이래요!"

나는 방문을 가로막으며 큰 소리로 말했다. 그러나 심장이 어찌나 요란하게 뛰는지 밖으로 튕겨나오는 것 같았다. 옷이라도 제대로 입을 걸, 하는 후회가 들었다. 그런 일에 파자마 바람이라니. 생각해 보시라, 얼마나 끔찍하겠는가.

"좀 들어가자구!"

모리스는 그 크고 더러운 손으로 나를 거치게 밀었다. 그리곤 거침없이 방으로 들어왔다. 그 바람에 하마터면 고꾸라질 뻔하였다. 그는 떡대가 아주 좋은 놈이었다.

정신을 차리고 보니 어느 새 그는 써니와 함께 방에 들어와 있었다. 둘은 마치 자기들 방이라도 되는 것처럼 함부로 굴었다. 써니는 창틀에 앉아 있었고, 모리스는 큰 의자에 앉아 웃도리 칼라를 잡아당기고 있었다.

나는 정신이 아찔해지는 동시에 오금이 저렸다.

"자, 얼른 내놓으라구. 일하러 가야 하니까."

"벌써 열 번이나 얘기했잖소. 이미 지불했다고."

"잔소리 말고 얼른 내놓기나 해!"

"왜 내가 더 내야 하지?"

어느덧 흥분하여 나는 큰 소리로 떠들고 있었다.

"날 속여 뺏어갈 참이란 말이지!"

내가 쉽게 주지 않을 것임을 알았는지 모리스는 웃도리 단추를 풀기 시작했다. 제복 밑에는 셔츠고 뭐고 아무것도 입지 않은 상태였다. 와이셔츠 칼라만 목에 걸고 있었던 것이다.

그는 털투성이의 무지하게 생긴 배를 앞으로 쑥 내밀었다.

"우린 아무도 속이지 않아."

그가 앞으로 나오며 말했다.

"자, 얼른 내놔!"

"못 줘!"

나는 분명히 말했다. 모리스가 의자에서 벌떡 일어나 내게 걸어왔다. 그는 몹시 짜증난다는 표정이었다. 아, 그때 내가 얼마나 겁이 났는지 독자들은 상상할 수 있겠는가!

지금도 생생하게 기억한다. 그때 나는 팔짱을 끼고 있었다. 파자마만 입고 있지 않았어도 그렇게 형세가 불리하지는 않았을 터인데, 나는 아예 싸울 생각도 못 했다.

"얼른 내놓으라니까!"

모리스는 내게로 바짝 다가섰다. 그는 계속 그 말만 되풀이했다.

"얼른!"

"못 줘!"

"아무래도 맛 좀 보여줘야겠군. 난 정말 이러고 싶지 않은데 네가 원하니 어쩔 수 없군."

"나 당신들한테 당할 이유가 없어!"

나는 끝까지 지지 않고 말했다.

"손만 대기만 해 봐. 소리칠 테니. 호텔에 든 손님들을 모두 깨우고 말겠어. 경관까지 말이야."

그렇게 말하면서도 나는 여전히 떨고 있었다.

"그래, 그렇다면 어디 한번 질러 봐. 아가리가 찢어지도록 질러 봐."

모리스가 느물거리며 말했다.

"그래서 창녀와 하룻밤 잤다는 걸 세상에 알려라. 네 부모들에게도. 행세깨나 하는 집안 자식 같은데 말야."

모리스는 영리한 놈이었다. 어설프기는 했지만 정말 영리했다.

"그런 거에 상관할 내가 아니지. 아무튼 덤비기만 해. 처음부터 10달러라고 했으면 문제는 달라. 하지만 난 분명히 5달러라고……."

"내놓겠다는 거야, 안 내놓겠다는 거야!"

모리스는 나를 문까지 밀어 붙였다. 동시에 그 자의 배가 몽땅 내 몸 위로 실렸다.

"손만 대봐. 가만 안 있을 거야. 빨리 나가."

나는 여전히 팔짱을 낀 채 말했다.

"모리스, 이거 저 자식 지갑이야!"

그때 써니가 처음으로 입을 열었다. 나는 참 멍청했다.

"얼른 꺼내!"

"내 지갑에 손 대지 마!"

나는 악에 받쳐 소리쳤다.

"벌써 꺼냈는걸."

써니는 바로 지갑에서 5달러 지폐를 꺼냈다.

"봐요, 난 분명히 5달러만 가졌어. 난 사기꾼이 아니니까."

써니는 5달러 지폐를 흔들어 보이며 말했다.

"그래, 사기꾼은 아니지. 그냥 도둑일 뿐이지. 5달러를 훔치고 있는 도둑!"

나는 울부짖듯 소리쳤다. 무슨 일이 있어도 그렇게까지는 하지 않으려 했는데 나도 모르게 그만 울음섞인 소리를 내고 만 것이다.

"닥쳐!"

모리스가 소리치며 나를 밀어제꼈다.

"이제 그만 내버려둬요. 받을 거 다 받았으니 그만 돌아가기나 해요, 어서!"

써니가 소리쳤다.

"알았어!"

모리스가 대답했다. 그러나 그는 여전히 갈 생각을 하지 않았다.

"가자니까, 모리스!"

"알았다니까!"

모리스는 멀쩡한 표정으로 말했다. 그러면서 손가락으로 내 파자마 어디인가를 콱 쥐어박았다. 굉장히 아팠다.

"이 멍청한 사기꾼!"

나는 그의 등에 대고 소리쳤다.

"뭐라고?"

그는 마치 귀머거리처럼 귀 뒤에 두 손을 갖다 대었다.

"뭐라고, 너 지금 뭐랬니?"

"이 더러운 사기꾼아! 바보 같은 자식아!"

나는 너무 분해 펄펄 뛰었다. 속으로는 겁이 잔뜩 났으면서도 겉으로는 그렇게 대담무쌍하게 군 것이었다.

"이넌 두고 봐! 틀림없이 넌 길거리에서 뼈만 앙상하게 남은 채 구걸하는 거지가 될 거다! 더러운 외투에 콧물이나 질질 흘리면서……."

그때 모리스의 주먹이 날아왔다. 나는 피하려 하지 않았다. 몸도 숙이지 않았다. 다만 배에 들어온 주먹을 강하게 느꼈을 뿐이었다. 그렇다고 내가 완전하게 뻗은 것은 아니었다. 그냥 바닥에 내동댕이쳐졌다. 그 상태로 나는 그들이 나가는 것을 보고, 문이 닫히는 소리를 들었다.

나는 오랫동안 그대로 누워 있었다. 스트라드레이터에게 얻어맞았을 때와 느낌이 비슷했다. 다른 것이 있었다면 이대로 죽는 것이 아닌가 하는 생각이 좀 더 강하게 났을 뿐이었다.

나는 정말 물에라도 빠져 죽는 느낌이었다. 도무지 숨을 쉴 수가 없었다. 겨우 일어나기는 했지만 제대로 걸을 수가 없었다. 목욕탕에 가는 동안에도 허리를 굽히고 배를 움켜쥐고 간신히 갈 수밖에 없었다.

목욕탕에서 나는 버번을 한 잔 마셨다. 그러고 나니 아픔이 조금 가시면서 복수심이 불타 올랐다.

나는 완전무장하고 목욕탕에서 나오는 내 자신을 그려 보았다. 그리곤 엘리베이터를 이용하지 않고 아래층으로 내려가는 모습을 그려 보았다. 난간을 붙잡고 입가에는 피를 조금 흘리면서 걸어 내려가는 그런 모습을.

그렇게 하여 3, 4층까지 걸어가는 것이다. 창자를 움켜쥐고 사방에 피를 흘리면서 말이다. 그리고는 엘리베이터의 층수 표시를 올려다본다.

잠시 후 엘리베이터의 문이 열리는 순간, 모리스는 자동소총을 든 나를 보게 되리라. 그는 얼른 무릎을 꿇겠지. 그런 다음에는 돼지 멱따는 목소리로 제발 살려 달라고 빌겠지. 그러나 나는 여지없이 그를 쏠 것이다. 털투성이의 그의 커다란 배에 여섯 발을 한꺼번에 발사할 것이다.

권총을 처리하는 문제는 간단하다. 엘리베이터 통로 아래 던져 버리면 된다. 물론 지문을 깨끗이 닦고 난 다음에 그래야겠지. 그런 다음 내 방으로 올라가면 된다.

방으로 들어가서 전화로 제인을 불러야지. 그녀를 불러 상처 난 내 배를 치료하도록 해야지. 내가 피를 흘리는 동안 제인은 내게 담배를 물려 주겠지.

빌어먹을, 그야말로 영화 같은 상상이군. 영화란 이렇게 사람을 망친단 말야. 나는 엉뚱한 상상에 그만 짜증이 났다.

한 시간 가량 목욕을 한 뒤 침대에 돌아와 누웠다. 오랫동안 잠을 이룰 수가 없었다. 피곤하지도 않았다. 그때 내가 하고 싶었던 일은 오직 창밖으로 뛰어내려 자살을 하는 것이었다. 만약 누군가 땅바닥에 떨어지는 순간 얼른 와서 내 시체를 덮어 준다는 보장만 있다면 나는 분명히 투신했을 것이다. 나는 결코 피투성이가 된 내 몸뚱이를 멍청한 구경꾼들에게 보여주고 싶지 않았다.

15

이런저런 생각 끝에 잠이 든 모양이었다. 그러다 다시 눈을 뜬 것은 10시가 막 지났을 때였다.

눈을 뜨자마자 나는 먼저 담배를 한 대 피워 물었다. 갑자기 배가 고파졌다. 그러고 보니 지난 하루 동안 먹은 음식이 거의 없었다. 브로서드와 애클리와 함께 에저스 타운에 영화 보러 갔다가 사 먹은 햄버거 두 개가 고작이었다. 그것도 마치 50년 전에 있었던 일 같았다.

전화는 침대 바로 옆에 있었다. 나는 프런트에 식사를 주문할까 생각해 보았다. 그러나 그만두었다. 혹시 모리스가 가져올지 모르기 때문이었다. 아무리 배가 고파 죽는다 해도 다시는 그놈을 보고 싶지 않았다.

나는 그대로 침대에 누워 담배를 한 대 더 피웠다. 제인에게 전화할까 생각해 보았다. 그런데 어쩐지 그럴 기분이 아니었다. 그리하여 결국 샐리 헤이즈에게 전화를 했다. 그때쯤이면 집에

와 있으리라 생각했다. 몇 주일 전에 그녀가 편지를 해서 미리 알고 있었던 것이다. 그녀는 매리 A. 우드러프에 다니고 있었다.

나는 샐리 헤이즈를 별로 좋아하지 않았다. 다만 내가 멍청해서 그런지 나는 그녀가 꽤 똑똑해 보이기는 했다. 샐리 헤이즈는 연극이나 문학에 대해 여러 가지를 알고 있었다. 그러한 것들을 많이 알고 있다고 해서 꼭 똑똑한 것은 아니지만 선입견으로는 작용했다. 따라서 샐리 헤이즈가 똑똑한지 우둔한지 판가름하는 데는 많은 시간이 필요했다.

사람, 특히 여자를 판단하는 데 있어 내게는 결정적인 결함이 하나 있다. 바로 내가 껴안아 본 여자는 일단 똑똑한 여자로 단정한다는 것이었다. 그것과 똑똑한 것과 아무 상관이 없다는 것을 알고 있으면서도 이상하게도 그랬다.

샐리 헤이즈에게 전화를 걸자 처음에는 하녀가 받았다. 그 다음에는 샐리의 아버지가 받고, 그리고 나서야 그녀가 받았다.

"샐리?"

나는 반갑게 물었다.

"누구?"

샐리는 전혀 모르는 척했다. 그녀는 원래 그렇게 약간 내숭형이었다. 벌써 자기 아버지에게 신분을 밝혔는데도 그렇게 내숭을 떨다니, 아무튼 못말리는 여자였다,

"홀든 코울필드야. 잘 지냈어?"

"어머, 홀든! 잘 지냈어?"

"나야 항상 잘 있지. 그런데 학교는 어때?"

"학교야 항상 그렇지 뭐."

"그래? 그렇다면 오늘 나랑 연극 구경 안 갈래? 일요일이지만 아마 공연하는 데가 있을 거야. 자선 연극 같은 거 말야."

"정말! 어머, 멋져라!"

멋지다고? 내가 가장 싫어하는 말이었다. 얼마나 가식적이고 얼마나 진부한 표현인가.

순간 나는 자선 공연이고 뭐고 다 집어치우라는 말이 하고 싶었다. 그러나 그러지 못했다. 그저 가만히 있는 것으로 불만을 대신 나타냈을 뿐이었다. 그 사이에 샐리는 쉴 새 없이 지껄였다. 내가 말할 틈은 전혀 주지 않았다.

샐리는 어느 하버드 대학생에 대해 이야기했다. 신입생인 모양이었다. 그 하버드 대학생이 자꾸 귀찮게 한다는 것이었다. 밤이고 낮이고 전화를 한다고 했다. 밤낮을 가리지 않는다는 말에 나는 두 손을 들고 말았다.

또 다른 남자에 대해서도 말했다. 그는 웨스트 포인트에 다니는데 샐리에게 죽겠다고 협박도 마다하지 않는다고 했다. 참으로 굉장한 인간들이었다.

우리는 2시에 빌트모어의 시계탑 밑에서 만나기로 하였다. 연극은 2시 반에 시작되는 것이었다. 나는 그녀에게 늦지 말라는 당부를 하고 전화를 끊었다. 샐리는 약속 시간에 늦는 버릇이 있기 때문이었다. 워낙 미녀인지라 그런 버릇이 생긴 것 같았다.

샐리와 약속을 한 후 나는 침대에서 내려왔다. 그리곤 옷을 갈아입고 짐을 꾸렸다. 문득 건너편 건물의 변태들은 무엇을 하고 있을까 싶었다. 그러나 창문을 통해 건너다 본 그 방들은 커튼이 내려져 있었다. 아마 변태들은 아침에는 얌전해지는 모양이었다.

나는 엘리베이터를 타고 밑으로 내려왔다. 모리스는 어디에도 보이지 않았다. 그러니 구태여 찾지는 않았다. 그를 찾을 하등의 이유가 없었기 때문이었다.

호텔을 나와 택시를 탔지만 어디로 갈지 몰랐다. 갈 곳이 없었다. 참으로 막막한 노릇이었다. 아직 일요일인데 수요일까지는 집에 갈 수도 없고,

그렇다면 앞으로 남은 사흘을 어디서 어떻게 보내야 한단 말인가. 잘 하면 화요일에 갈 수도 있었지만 그러기 위해 일부러 머리를 짜기는 싫었다.

나는 운전기사에게 그랜드 센트럴 역까지 가자고 하였다. 그곳 보관함에 여행용 가방을 맡길 셈이었다. 그런 다음 아침 식사를 할 생각이었다. 배가 몹시 고팠지만 짐을 들고 다니며 식사를 하고 싶지는 않았다. 그랜드센트럴 역은 샐리와 만나기로 한 빌트모어와도 가까웠다.

택시를 타고 가는 동안 나는 지갑을 꺼내 돈을 세어 보았다. 지금은 정확하게 기억하지 못하지만 그리 큰 액수는 아니었다. 2주일 동안 엄청나게 써 버린 탓이었다.

사실 나는 낭비벽이 심했다. 함부로 돈을 쓰지 않으면 잃어버리기 일쑤였다. 또 식당이나 나이트클럽에서 잔돈 받는 것을 깜박 잊기도 했다. 그것도 두어 번에 한 번 꼴로 그랬다. 어머니가

펄펄 뛰는 것도 무리가 아닐 것이다.

우리 아버지는 굉장히 부자이다. 말해 주지 않아 잘은 모르겠지만 수입이 상당하다는 것쯤은 나도 잘 알고 있다. 아버지는 어느 회사의 고문 변호사이다. 원래 변호사란 인간들은 갈퀴로 돈을 긁어모으지 않는가.

아버지가 부자라는 것은 브로드웨이 쇼에 투자를 한다는 사실에서도 알수 있다. 이익을 내는 데는 늘 실패하곤 했지만 아버지는 번번이 그곳에 투자를 했다. 물론 어머니는 펄쩍 뛰었지만 아버지는 절대로 듣지 않았다. 동생 앨리가 죽은 뒤 어머니의 건강이 아주 나빠졌다. 신경이 극도로 날카로워진 것이다. 그래서 내가 퇴학당한 사실도 제대로 알리지 못하는 것이다.

역 보관함에 가방을 맡기고 나는 조그만 바에 들어갔다. 아침 식사를 하기 위해서였다. 그곳에서 나는 오렌지 주스와 베이컨과 달걀을 먹었다. 토스트와 커피까지 마셨다. 여느 때 같았으면 오렌지 주스만 먹었을 테지만 그날은 워낙 배가 고팠던 터라 이것저것 마구 먹어댔다.

나는 돈은 함부로 썼지만 먹는 것은 지독하게 적게 먹었다. 그래서 이처럼 뼈만 남은 것이다. 체중을 늘이려면 탄수화물과 지방이 잔뜩 든 음식이라도 가리지 않고 먹어야 하지만 나는 그렇게 하지 않았다. 특별히 외식할 때라도 스위스 치즈 한 쪽과 두유 한 잔 먹는 것이 고작이었다. 그래도 두유에는 여러 가지 비타민이 듬뿍 들어 있지 않은가. 그러니까 나는 H. V. 코울필드인 것이다. 홀든 비타민 코울필드.

달걀을 먹고 있을 때 수녀 두 명이 들어섰다. 손에는 각자 가방이 들려있었다. 나는 그들이 다른 수녀원으로 가기 우해 기차를 기다리는 것이리라 생각했다.

수녀들은 바로 내 옆에 앉았다. 그들은 가방을 어찌해야 좋을지 몰라했다. 나는 얼른 받아 옆에 놓았다. 아주 값싼 가방이었다. 가죽도 가짜였다. 나는 값싼 가방을 아주 싫어한다. 가방뿐 아니라 그런 가방을 들고 있는 사람까지 싫어한다. 되먹지 않게 들릴지 모르겠지만 사실이다.

이런 일이 있었다. 엘크튼 힐즈에 있었을 때였다.

그때 나는 딕 쉬래글이라는 친구와 한방을 썼다. 그런데 그는 아주 싸구려 가방을 갖고 있었다. 그는 그것을 선반에 올려놓지 않고 침대 밑에 처박아 놓았다. 아마 내 것과 나란히 놓이는 것이 싫었던 모양이었다. 그 사실이 나를 우울하게 했다.

나는 내 것을 버리든지 그의 것을 버리든지 하고 싶었다. 그런데 내 것은 마크 크로스 사 제품으로 가격이 엄청나게 비싼 것이었다.

어느 날 나는 선반에서 가방을 내려 딕 쉬래글과 같이 침대 밑에 가방을 쑤셔 넣었다. 그래야 딕 쉬래글이 열등감을 느끼지 않을 것 같았다. 그런데 알다가도 모를 일이, 다음 날 그가 내 가방을 꺼내 다시 선반에 올려 놓은 것이었다. 그게 왜 그랬는지 깨닫는 데는 한참이 걸렸다.

그는 내 가방을 제 가방처럼 보이고자 했던 것이다. 사실이었다. 그는 그렇게 우스운 녀석이었다. 평소 딕 쉬래글은 내 가방에 대해 비난해 왔던 터였다. 너무 새 것인데다가 부르주아 냄새가 난다는 것이었다. 어디서 주워들었는지 그는 부르주아라는 말을 즐겨 썼다.

가방뿐 아니라 내 물건은 모두 부르주아 냄새가 난다고 했다. 심지어 만년필까지도 그랬다. 그러면서도 항상 빌려 썼으니 어찌 우습지 않다고 하겠는가.

우리가 함께 지낸 것은 고작 두 달간이었다. 두 달 후 우린 둘 다 방을 옮겨 달라고 했다. 그런데 막상 방을 옮기고 나니 말할 수 없이 섭섭했다. 딕이 워낙 유머 감각이 있는 친구이기 때문이었다.

아마 딕도 나와 헤어지고 서운했을 것이다. 그가 내 물건에 대해 부르주아라고 했던 것도 다 농담이었다는 것을 나는 잘 알고 있었다. 따라서 나는 그가 아무리 그래도 전혀 마음에 두지 않았다. 사실은 은근히 즐기기까지 했다.

그러나 시간이 갈수록 상황은 농담으로 끝나지 않았다. 생각해 보라. 처지가 전혀 다른 친구와 한방을 쓴다는 것을. 그것은 결코 쉬운 일이 아니다.

만일 상대가 똑똑하고 유머가 있다면 그런 것쯤은 개의치 않고 넘어가리라 생각할 수도 있을 것이다. 그러나 현실은 그렇지가 않다. 그래서 나는 나중에라도 스트라드레이터와 같이 멍청한 인간하고 같이 지내게 된 것을 다행으로 여기고 있다. 적어도 그는 내 것 이상으로 좋은 가방을 갖고 있었다.

수녀들은 바로 내 옆에 앉았다. 그리하여 우리는 자연스레 대화를 하게 되었다.

바로 내 옆에 앉은 수녀는 짚으로 만든 바구니를 들고 있었다. 크리스마스를 앞두고 모금을 위해 만든 것이었다. 아마 독자들도 큰 백화점 앞이나 길모퉁이, 그러니까 5번가 같은 곳에서 본 적이 있으리라.

그 바구니를 수녀가 갑자기 떨어뜨렸다. 나는 얼른 그것을 집어 건네 주었다. 그리고 모금하러 다니는 중이냐고 물었다. 수녀는 아니라고 했다.

그 수녀는 코가 크고 그다지 예쁜 얼굴은 아니었다. 더구나 큰 철테 안경까지 쓰고 있었다. 그러나 눈길이 마주칠 때마다 상냥하게 미소를 지었다. 그 미소가 무척 편안하게 느껴졌다.

"혹시 모금 중이시라면 저도 조금 기부하겠습니다."

나는 그 수녀의 미소에 반해 그렇게 말했다.

"지금 당장 모금하는 게 아니더라도 그때까지 가지고 계시면 되지 않습니까."

"어머, 고마워라!"

그 수녀가 얼굴을 활짝 펴며 말했다.

그녀 옆에 앉아 있던 수녀가 나를 쳐다보았다. 그 수녀는 커피를 마시면서 책을 읽고 있었다. 작고 까만 책이었다. 언뜻 보기에는 성서처럼 보였으나 성서치고는 아주 얇았다.

두 수녀는 아침 식사로 토스트와 커피를 시켰다. 나는 그것을 보고 잠시 우울해졌다. 나는 베이컨과 달걀을 먹는데 다른 사람은 토스트에 커피를 먹는다는 사실이 싫었던 것이다.

나는 수녀들에게 10달러를 기부했다. 그들은 괜찮겠냐고 몇 번이나 물었다. 내가 돈이 많다고 해도 믿지 않는 눈치였다. 그러나 그들은 결국 돈을 받았다. 두 수녀는 연신 감사하다는 말을 했다. 나는 부끄러울 지경이었다. 화제를 바꿔 나는 그들에게 어디 가는 길이냐고 물었다.

그들은 학교 선생이며 시카고에서 왔다고 했다. 그리고 168번가인지 186번가인지 기억은 잘 나지 않지만 아무튼 변두리에 있는 어느 수녀원으로 가는 길이라고 했다. 그러니까 교사로 취임하러 가는 중이었다. 내 옆에 앉은 안경 쓴 수녀가 자신은 영어를, 옆의 수녀는 역사와 정치를 가르친다고 했다.

나는 문득 한 가지 의문이 들었다. 수녀는 책을 읽을 때 어떠한 생각을 하면서 읽을까 하는 의문이 말이다. 특히 영어를 가르치자면 남녀 관계에 관한 부분이 나오는 책도 읽어야 하지 않겠는가. 예컨대, 토마스 하디의 《귀향》을 보라. 거기에 나오는 유스타시어 바이라는 여인은 그다지 색정적이지는 않지만 그래도 수녀가 읽기에는 다소 부담스럽지 않겠는가. 나는 그럴 때 수녀로서 어떤 느낌이 드는지 궁금한 것이었다.

그러나 나는 결코 그러한 것을 묻지 않았다. 다만 영어는 내가 제일 좋아하는 과목이라고만 했을 뿐이다.

"그래요? 그것 참 반가운 말이군요."

안경 낀 수녀가 말했다.

"요즘에도 읽은 책이 있나요?"

그녀는 정말 친절한 수녀였다.

"대개는 고전물이에요. 베어울프나 그렌텔, 로드 랜달 같은 것들이오.

하지만 선택 과목으로 교과 과정 이외의 것도 이따금씩 읽었어요. 토머스 하디의 《귀향》이나 《로미오와 줄리엣》, 《줄리어스》 등이오."

"《로미오와 줄리엣》을 읽었어요? 참 좋은 작품이죠. 물론 재미있었겠죠?"

그렇게 말하는 데는 도무지 수녀 같지 않았다.

"재미있었어요. 대체로 말예요. 하지만 부분적으로 마음에 들지 않는 부분이 있었어요."

"어느 부분이 마음에 들지 않았죠? 얘기해 줄 수 있어요?"

그 수녀는 예의 그 온화한 미소를 지으며 물었다.

나는 그녀를 상대로 《로미오와 줄리엣》에 대해 논하는 것이 쑥스러웠다. 《로미오와 줄리엣》이야말로 중간 중간에 성적인 대사가 좀 많이 나오는 작품인가 말이다.

그러나 먼저 물었으므로 나는 그녀와 함께 《로미오와 줄리엣》에 대해 이야기하기 시작했다.

"먼저 저는 로미오와 줄리엣이란 인물에 그렇게 끌리지 않았어요."

나는 그냥 편하게 말하기로 했다.

"물론 좋은 점도 있었지만…… 참, 이럴 때 뭐라고 표현하면 좋을까……? 안타까운 대목이 몇 번 있었는데, 그러니까 머큐시오가 죽는 대목 말예요. 솔직히 말해서 저는 로미오와 줄리엣이 죽는 대목보다 그때가 더 안타깝더군요. 사실 머큐시오가 그 사람, 줄리엣 사촌 말예요. 그 사람한테 찔려 죽고 난 다음부터 전 로미오가 싫어지더군요. 그 줄리엣 사촌 이름이 뭐더라?"

"티볼트."

"맞아요, 티볼트."

나는 얼른 되받아 말했다. 나는 지금도 그의 이름을 곧잘 잊곤 한다.

"그건 어디까지나 로미오의 잘못이었어요. 전 그 작품에 나오는 인물 중에 머큐시오가 제일 좋았어요. 대체로 몬타그 집안과 캐플렛 집안 사람들 모두가 괜찮은 것 같았어요. 머큐시오는 뭐라고 딱 달라 말하기가 어렵군요. 그 사람은 머리도 좋고 재미있는 사람 같던데, 살해당하다니, 정말 안타까워서 혼났습니다. 그것도 자기 잘못이 아니라 다른 사람 잘못으로 그렇게 됐으니 얼마나 안됐던지. 하지만 로미오와 줄리엣은 자기들 잘못으로 죽었으니 그리 안타까울 게 없더군요."

"어느 학교에 다니죠?"

안경 낀 수녀가 갑자기 화제를 돌렸다. 아마 로미오와 줄리엣에서 벗어나고 싶었던 모양이었다. 나는 그냥 펜시라고 했다. 그녀는 펜시에 대해 알고 있었다. 매우 좋은 학교라고 했다. 나는 그 말에 가만히 있었다. 굳이 반박할 이유를 느끼지 못했기 때문이었다.

그때 역사와 정치를 가르친다는 수녀가 책을 덮었다. 그만 일어나자는 것이었다. 나는 그들이 먹은 계산서를 집어 들었다. 그러나 그들은 내가 지불하는 것을 허락하지 않았다. 특히 안경 낀 수녀가 그랬다. 그녀는 억지로 내게서 계산서를 되돌려 받았다.

"정말 고마웠어요. 아주 착한 학생이군요."

그녀가 말했다.

그러나 그녀야말로 정말 좋은 여자였다. 지난번 기차에서 만난 어네스트 모로우의 어머니 같은 여자였다. 미소지을 때는 더욱 그녀와 닮아 보였다.

"이야기도 재미있었어요."

"저도 그랬습니다."

그 말은 정말이었다.

사실 그때 불안하지만 않았다면 나는 더욱 재미있는 시간을 보냈을 것이다. 그들과 이야기하는 도중 나는 줄곧 이상한 불안감에 휩싸여 있었다.

그들이 내게 가톨릭 신자 아니냐고 묻지 않을까 싶었던 것이다.

가톨릭 신자들은 상대가 가톨릭 신자인지 아닌지 꼭 확인하려 드는 버릇이 있다. 그러한 경우를 나는 여러 번 당했다. 내 성이 아일랜드 계통이고, 아일랜드 계통은 대부분 가톨릭 신자이기 때문이다.

우리 아버지도 한때는 가톨릭 신자였다. 그러나 어머니와 결혼하면서 버렸다.

가톨릭 신자는 상대의 성보다도 가톨릭 신자냐 아니냐에 더 관심이 많은 것이 사실이다.

후튼 고등학교에 다닐 때였다. 그때 루스스 샤니라는 가톨릭 신자가 있었다. 내가 그 학교에 들어가서 처음 만난 아이였다.

개학 날, 나는 신체검사를 받으러 치료소에 가게 되었다. 그때 치료소 바깥에 놓인 의자에 나는 그애와 나란히 앉았다. 우리는 테니스에 관해 이야기를 하게 되었다. 그애는 테니스에 많은 관심이 있었다. 나 역시 그랬다.

그애는 매년 여름에 폴리스트 힐즈에서 열리는 전국 대회를 보러 간다고 했다. 나도 그렇다고 했다. 그렇게 우리는 테니스에 관한 이야기를 한참 동안 했다. 그애는 나이에 비해 테니스에 대해 많은 것을 알고 있었다.

그런데 한참 이야기를 하던 중이었다.

"너네 마을에 성당 있니?"

갑자기 엉뚱한 것을 묻는 것이었다. 내가 가톨릭 신자인지 알고 싶었던 것이다. 그렇게 묻는 의도야 뻔하지 않는가.

그렇다고 그애가 편견을 가졌다는 것은 아니다. 그애는 다만 내가 가톨릭 신자인지 알고 싶어했을 뿐이었다. 그애는 테니스에 관한 이야기를 하면서도 내가 가톨릭 신자라면 더욱 재미있는 대화를 나눌 수 있으리라 생각했던 것이다.

그러나 가톨릭이니 뭐니 묻는 따위는 내게 맞지 않는다. 나는 그러한 이야기를 들으면 어찌할 줄을 모르겠다. 그렇다고 우리 대화가 끝장난 것은 아니었다. 그저 조금 김이 샜을 뿐이지. 따라서 나는 그 수녀들이 내게 가톨릭 신자냐고 묻지 않은 것에 대해 대단히 기쁘게 생각했다. 물었다 해도 대화를 망치지는 않았겠지만 정신적인 교감은 훨씬 덜했을 것이다.

혹시 독자들은 내가 가톨릭을 비난한다고 생각할지 모르겠다. 그러나 절대 아니다. 내가 가톨릭 신자라도 그렇게 말했을 것이다. 나는 다만 대화를 재미있게 하는데 굳이 가톨릭 신자여야 할 필요는 없다고 말하는 것뿐이다. 그들, 그러니까 두 수녀들이 떠날때 나는 그야말로 어이없는 실수를 저지르고 말았다.

그때 나는 담배를 피우고 있었다. 그런데 수녀들이 일어서자 나는 같이 일어서며 안녕히 가시라고 인사를 했다. 입 속에 담긴 담배 연기를 고스란히 내뿜으면서. 전혀 그럴 의도가 아니었는데, 결과적으로는 큰 실수를 저지른 것이었다.

나는 정신없이 사과를 했다. 그들은 예의바르고 상냥하게 내 사과를 받아 들였지만 나는 한참 동안 어쩔 줄을 몰라했다.

수녀들이 떠나고 나는 10달러밖에 헌금하지 않은 것에 대해 후회하기 시작했다. 그러나 샐리 헤이즈와 연극을 관람하자면 얼마간의 돈은 있어야했다. 그래도 서운한 마음은 쉽게 가시지 않았다. 돈이란 그렇게 항상 사람을 우울하게 만드는 것이다.

16

정오였다. 샐리와 만나려면 아직도 2시간이나 남아 있었다.

나는 천천히 산보를 하기 시작했다. 산보를 하면서도 나는 수녀들에 대한 생각을 떨칠 수가 없었다. 특히 그 조그만 바구니를 잊을 수가 없었다. 그들은 수업이 없는 시간을 골라 그곳에 기부금을 걷으러 다닐 것이 아니겠는가.

나는 우리 어머니나 숙모, 또는 샐리 헤이즈의 어머니 같은 여자들이 가난한 사람들을 위해 백화점 앞에서 그 볼품없는 밀짚 바구니에 모금하는 모습을 상상해 보았다. 그러나 아무래도 불가능했다.

사실 숙모는 자선 사업가이다. 적십자사나 그 밖의 여러 단체에 물심양면으로 지원을 아끼지 않는다. 그러나 옷차림만큼은 그런 것과는 전혀 상관없이 항상 요란했다. 단체와 관련된 일을 할 때에도 멋진 옷에 립스틱을 발랐다.

자선 활동을 하는 동안에는 의당 검은 옷을 입고 립스틱 따위는 바르지 말아야 함에도 불구하고 숙모는 그렇게 하지 않았다. 아마 그렇게 하라면 자선 사업 자체를 그만둘지도 모를 일이었다.

그렇다면 샐리의 어머니는 어떨까? 더구나 말도 안 된다!

그녀가 바구니를 들고 모금 활동을 한다면 아마 사람들은 모두 그녀의 엉덩이에 키스를 해야 할 것이다. 만일 그렇지 않는다면 그녀는 한 시간도 못 되어 그만두고 말 것이다. 자신을 알아주지 않는 일은 결코 하지 않는 사람이니까.

그렇지 않더라도 샐리 어머니는 그 일을 그리 오래 하지는 못할 것이다. 그녀는 곧 바구니를 돌려 주고는 그 큰 엉덩이를 거만하게 흔들며 점심이나 먹으러 갈 것이다.

내가 수녀를 좋아하는 이유는 바로 그러한 점이다. 우선 그들은 점심을 먹으러 식당에 들어갈 때 결코 거들먹거리지 않는다는 것이다.

그러한 생각에 나는 괜히 서글퍼졌다. 수녀들은 으리으리한 곳에서도 식사하지 않을 것이 아닌가. 그것이 나를 우울하게 한 것이다. 대단히 중요한 일은 아니었으나 아무튼 마음은 편치 않았다.

나는 브로드웨이를 향해 걷기 시작했다. 특별한 이유는 없었다. 다만 몇년 동안 가 본 적이 없어 한 번 보고 싶었던 것이다. 그곳에는 일요일에도 문을 여는 레코드 가게가 있었다. '꼬마 셜리 빈즈'라는 레코드를 사서 피비에게 주고 싶었다. 앞니 두 개가 빠져 창피해서 밖에 나가지 않는 어느 어린 소녀를 노래한 것으로서 구입하기 꽤 어려운 레코드였다.

펜시에서 그 곡을 한 번 들은 적이 있었다. 마침 위층에 사는 아이가 그 레코드를 가지고 있었다. 곡을 듣는 즉시 나는 그애를 찾아가 레코드를 팔라고 했다. 피비가 무척 좋아할 것이라는 생각에서였다. 그러나 그애는 팔지 않았다.

'꼬마 셜리 빈즈'는 20여 년 전에 에스텔 프레처라는 흑인 여자가 부른 노래로 아주 오래된 레코드였다. 딕시랜드나 사창굴 냄새가 났지만 노래는 아주 훌륭했다. 만약 백인 여자가 불렀다면 아주 징그러웠을 것이지만 에스텔 프레처의 노래는 내가 들어 본 그 어느 노래보다 훌륭했다.

나는 레코드를 사 가지고 공원으로 갈 셈이었다. 마침 일요일이었다. 일요일마다 피비는 롤러 스케이트를 타러 공원에 가곤 한다. 피비가 잘 다니는 곳을 알고 있었기에 그곳에서 기다리면 만날 수 있으리라 생각한 것이다.

그날은 그렇게 춥지도 않았다. 해가 나지 않아서 산책하기에는 썩 좋지 않았지만 그런대로 걸을 만은 했다. 특히 어느 가족이 산책하는 모습은 그야말로 한 폭의 그림이었다.

그 가족은 교회에서 돌아오는 길 같았다. 아버지와 어머니, 그리고 여섯살쯤 된 여자 아이가 내 앞을 지나갔다. 그리 넉넉한 집안 같아 보이지는 않았다. 아이의 아버지는 가난한 사람들이 그럴 듯하게 보이고 싶을 때 주로 쓰는 회색이 도는 상아빛 모자를 쓰고 있었다. 그는 아이에게는 전혀 신경쓰지 않고 아내와 이야기를 하며 걸어갔다.

그런데 아이가 아주 재미있었다. 그 아이는 인도가 아니라 차도를 걷고 있었는데, 인도와 차도를 경계짓는 화강암턱 바로 옆이었다. 그애는 모든 아이들이 그러하듯 그곳을 아주 똑바로 걸었다. 걸으면서 콧노래까지 불렀다.

나는 그애가 무슨 노래를 부르는가 싶어 가까이 다가갔다. '호밀밭을 걸어가는 누군가를 만난다면'이라는 노래였다. 아이의 목소리는 아주 맑았다. 그 맑은 목소리로 아이는 노래를 아주 열심히 불렀다. 옆에서 차들이 요란하게 소리내며 지나가도, 브레이크를 마구 밟아도 노래만 불렀다.

아이의 부모는 아이에게 아무 신경도 쓰지 않았다. 그애 역시 차도를 따라가며 무심히 노래만 불렀다. 그 광경이 나를 아주 편하게 해 주었다. 덕분에 나는 더 이상 우울하지 않았다.

브로드웨이는 사람들로 들끓었다. 아무리 일요일이라 해도 겨우 2시였건만 거리는 온통 사람들로 그득했다. 사람들은 영화를 보기 위해 파라마운트나 애스터나 스트랜드나 캐피틀로 몰려갔다. 일요일이랍시고 모두들 성장을 하고 있었다. 그것이 그렇게 한심해 보일 수가 없었다.

그러나 그보다 더 한심한 것은 영화를 보고 싶어한다는 그들의 취향이었다. 나는 그들은 더 이상 지켜볼 수가 없었다. 정이 할 일이 없어서 영화를 본다면 이해할 수도 있다. 그러나 오직 영화를 보기 위해 걸음을 재촉 하는 인간들을 보고 있자니 역겨워서 견딜 수가 없었다. 특히 긴 열을 지은 채 무서운 인내력을 발휘하면서 좌석이 나기만을 기다리는 꼴이라니! 그런데도 나는 브로드웨이를 빨리 벗어날 수가 없었다. '꼬마 셜리 빈즈'를 사야 했기 때문이었다.

그래도 그날은 운이 좋은 편이었다. 맨 처음으로 들어간 레코드 가게에서 바로 꼬마 셜리 빈즈'를 살 수 있었던 것이다. 구하기 어려운 것이라 5달러나 했지만 나는 상관하지 않고 돈을 지불했다. 레코드를 사고 나니 참으로 행복했다. 당장 그 길로 공원으로 달려가 피비에게 그것을 주고 싶었다.

레코드 가게에서 나와 약국을 지나칠 때였다. 약국 안에 공중전화가 있었다. 나는 안으로 들어가 제인에게 전화를 걸었다. 그녀가 집에 돌아와 있는지 궁금했다. 그런데 하필이면 그녀의 어머니가 전화를 받는 것이었다. 나는 그대로 수화기를 놓아 버렸다. 그녀의 어머니와 쓸데없는 소리를 지껄이고 싶지 않았던 것이다.

나는 여자 친구 어머니와 말하는 것을 좋아하지 않는다. 그러나 제인이 돌아왔는지 정도는 물어볼 수도 있었다. 내가 그것을 물어본다고 설마 나를 죽이려 들지는 않았을 테니까. 그러나 그날 나는 도저히 그럴 기분이 아니었다. 나는 내키지도 않는데 억지로 제인의 어머니와 말을 하고 싶지는 않았다. 약국에서 나온 후 신문을 샀다. 무슨 연극이 어디에서 공연되고 있는가 살펴보기 위해서였다. 일요일이라 연극은 세 군데에서밖에 하지 않았다. 그 중에서 나는 〈내 애인은 누구 누구〉라는 연극의 표를 특등석으로 두 장을 샀다. 자선 연극이었다. 나는 결코 자선 연극 같은 따위를 좋아하지 않았다. 다만 샐리가 엉터리 중의 엉터리였으므로 일부러 그것을 고른 것이다. 아마 그녀는 분명히 침을 흘리며 좋아할 것이다. 또 그녀는 런트 부부를 아주 좋아했는데 〈내 애인은 누구 누구〉에는 그들이 나왔다.

사실 나는 연극을 썩 좋아하지 않는다. 영화처럼 아주 싫어하는 것은 아니지만 이러쿵저러쿵 떠들어댈 만큼 좋아하지도 않는다. 특히 연극 배우가 싫다. 대부분의 연극 배우들은 너무 꾸민다. 물론 개중에는 썩 연기를 잘하는 배우들도 있기는 하다. 그러나 또 그런 배우들은 자신들이 연기를 잘 한다는 것을 의식해 극을 망치고 만다.

그들이 들으면 내가 너무 까다롭다고 할지 모르겠다. 그러나 로렌스 올리비에 경을 예로 들어보자. 나는 그가 출연하는 〈햄릿〉을 본 적이 있었다. 작년에 D. B.가 피비와 함께 데리고 간 것이었다. D. B.는 이미 보았으므로 점심을 먹기 전에 우리에게 미리 이야기를 해 주었다.

그의 이야기를 듣는 순간 나는 〈햄릿〉이 보고 싶어 견딜 수가 없었다.

그러나 막상 보고 나서는 실망하지 않을 수 없었다. 나는 사람들이 왜 로렌스 올리비에에게 열광하는지 이해할 수가 없었다. 물론 로렌스 올리비에는 대단한 미남이었다. 목소리도 우렁찼다. 걸음걸이도 보기 좋았고 격투도 잘했다. 그러나 D. B. 말과는 딴판이었다. 그는 결코 생활에 찌들은 서글픈 인물이기보다 오히려 무시무시한 장군과 같았다. 그나마 볼 만한 것이 있었다면 오필리어의 오빠가 햄릿과 격투 끝에 먼 곳으로 떠나면서 그의 아버지에게 충고를 듣는 장면이었다. 아버지가 충고를 늘어놓는 동안 오필리어는 오빠의 칼을 칼집에서 꺼내는 등 장난을 친다. 그러면서 아버지의 충고에 귀를 기울이는 오빠를 빈정거린다. 그 장면은 정말 아찔할 정도로 좋았다. 그리 흔치 않은 장면이면서도 재미있는 장면이었다.

피비는 햄릿이 개의 머리를 쓰다듬어 주는 장면을 좋아했다. 사실 그것도 나쁘지는 않았다. 연극표를 산 후 나는 희곡을 직접 읽어 보기로 했다. 배우가 연기로써 보여 줄 테지만 나는 나름대로 작품을 미리 분석해 보고자 했다. 그래야 배우들이 얼마나 엉터리 짓을 하는가 알 수 있지 않겠는가. 그런데 문제는 그것을 혼자 읽어야 한다는 것이다. 나는 택시를 타고 공원으로 갔다. 돈이 얼마 남지 않았으므로 지하철을 타야 했으나 될 수 있는 한 빨리 브로드웨이를 빠져 나가고 싶었다. 공원은 을씨년스러웠다. 해가 비치지 않았기 때문이었다. 보이는 것은 온통 개똥과 가래와 담배꽁초뿐이었다. 벤치는 축축할 것 같아 함부로 앉지도 못했다. 그야말로 우울한 풍경이 아닐 수 없었다. 그러나 그리 춥지는 않았다.

나는 그냥 여기저기 걷기 시작했다. 왠지 자꾸 소름이 끼쳤다. 머잖아 크리스마스이건만 지금 같아서는 크리스마스가 영원히 올 것 같지 않았다. 나는 '나무그늘의 길'까지 걸어갔다. 피비가 공원에 올 때마다 가는 곳이었다. 피비는 특히 음악당 근처에서 롤러 스케이트 타는 것을 좋아했다. 우스운 것은, 나도 어릴 때 그랬다는 것이다.

그러나 그곳에 피비는 없었다. 스케이트를 타는 아이들이 몇

명 있었으나 피비는 없었다. 조금 떨어진 곳에서는 소프트 볼로 공치기를 하는 아이들이 있었다. 그 옆 긴 의자에 피비 또래의 한 소녀가 스케이트를 죄고 있었다. 나는 혹시 그애가 피비를 알고 있지 않을까 싶었다.

"너 혹시 피비 코울필드 모르니?"

"누구요?"

그애가 되물었다. 진 바지에 스웨터를 껴입고 있는 아이였다. 투박한 것으로 보아 그애의 어머니가 손뜨개질한 옷인 모양이었다.

"피비 코울필드. 71번가에 사는 4학년짜리 여자애야. 학교는……."

"피비 코울필드라고요? 알고 있어요."

"내 동생이야. 그애가 지금 어디 있는지 아니?"

"캘론 선생 반에 있는 그애 말이죠?"

"글쎄, 그런 건 난 모르겠는데."

"지금 박물관에 있을 거예요. 우린 지난 토요일에 갔거든요."

"어느 박물관?"

나는 반가워서 얼른 물었다.

"몰라요."

그애는 어깨를 들썩이며 고개를 흔들었다.

"그냥 박물관이오."

"그림이 있는 박물관, 아니면 인디언이 있는 박물관?"

"인디언이 있는 곳요."

"고맙다."

나는 고개를 끄덕여 인사를 했다. 그리곤 박물관으로 가려 하는데 일요일이라는 사실이 떠올랐다.

"오늘은 일요일이잖아?"

나는 어처구니없다는 듯 물었다. 그러자 그애는 나를 빤히 올려다보았다.

"그럼 없을 거예요."

그애는 스케이트 줄을 죄느라 애를 쓰고 있었다. 장갑도 끼지 않은 손이 빨갛게 얼어 있었다. 그래서 나는 그애를 도와주었다. 스케이트를 만져본 지 몇 해가 지났지만 어색한 것도 몰랐다. 아마 50년 후에 어둠 속에서 스케이트를 만지게 된다 해도 바로 알 수 있을 것 같았다.

스케이트를 죄어 주자 그애는 고맙다고 했다. 예의가 아주 바른 아이였다. 나는 그렇게 무엇인가를 해 주었을 때 상냥하게 인사하는 아이들을 아주 좋아한다. 아이들은 다 같다.

나는 같이 따끈한 초콜릿이라도 마시지 않겠냐고 물었다. 그러나 그애는 사양을 했다. 친구들을 만나야 한다는 것이었다. 어린애들은 늘 그렇게 친구들을 만난다. 그 점에서 나는 그만 기가 죽었다.

피비가 박물관에 가지 않은 것은 확실했다. 날씨도 추웠지만 무엇보다도 일요일이었으므로 갈 리가 없었다. 그래도 나는 혹시나 하는 마음에 박물관 쪽으로 걸어갔다. 스케이트를 죄고 있던 소녀가 말한 박물관을 나는 아주 잘 알고 있었다.

피비가 다니는 학교는 어릴 적에 내가 다니던 바로 그 학교였다. 그때는 나도 늘 박물관에 다녔다. 에이글팅거라는 선생이 있었는데 그분은 토요일마다 우리를 이끌고 박물관에 갔다. 동물 박물관에 갈 때도 있었고 인디언 박물관에 갈 때도 있었다. 특히 인디언 박물관에는 옛날에 인디언들이 만든 물건들이 전시되어 있었다. 그때를 생각하면 나는 지금도 참 행복하다.

인디언들이 만든 물건을 보고 난 후 우리는 커다란 강당에 가서 영화를 보았다. 콜룸부스가 아메리카 대륙을 발견하기까지의 과정을 보여주는 영화였다. 콜룸부스가 배를 살 자금을 빌리기 위해 페르디난드와 이사벨라로부터 애를 먹는 내용과 선원들이 배에서 폭동을 일으키는 내용이었다.

사실 나는 콜룸부스에는 관심이 없었다. 오직 사탕과 껌 등에 관심이 있을 뿐이었다. 그때 우리는 모두 사탕과 껌 등을 가져가 극장 안에는 달콤한 냄새로 가득 차 있었다. 그것은 억수같이 퍼붓는 빗속에서 나만 홀로 아득한 곳에 들어앉은 기분이었다.

아무튼 그때의 기억으로 나는 지금도 박물관을 무척 좋아한다.

지금도 기억하는데, 강당으로 가려면 인디언의 방을 통과해야 한다. 굉장히 긴 방이었다. 그 방을 지나는 동안 우리는 아주 작은 소리로 속삭여야 했다. 에이글팅거 선생이 맨 앞에 서고 우리들은 두 줄로 나란히 서서 그 뒤를 따랐다.

그때 내 짝은 거트루드 레빈이라는 여자아이였다. 그애는 나와 손 잡는 것을 무척 좋아했다. 그런데 그애의 손은 언제나 땀에 젖어 끈적거렸다.

그 길고 긴 방을 지나는 동안 누군가 공기돌이라도 떨어뜨리면 아주 요란한 소리가 났다. 그러면 에이글팅거 선생은 우리를 멈춰 세워 놓고 무슨 일인가 확인하러 뒤로 오곤 했다. 그러나 결코 화를 내는 법은 없었다.

인디언의 방을 지난 다음에는 인디언이 전쟁에서 사용했다던 커다란 통나무 배 옆을 지나게 된다. 배는 캐딜락 3대를 세워 놓은 것만큼 길었다. 그 배 안에서 20여 명의 밀랍 인디언들이 노를 젓고 있었다. 그들은 모두 얼굴에 물감을 칠하고 있었다. 강하게 보이고자 함이었으리라. 그 중에서 아주 억센 인상의 인디언이 생각난다. 특히 맨 뒤에 탄 인디언은 귀신처럼 무섭게 생긴 가면을 쓰고 있었다. 그는 마술로 병을 고쳐 준다는 주술사였다. 등골이 오싹할 정도로 무섭게 생겼지만 싫지는 않았다.

우리는 배 옆을 지나다가 노 따위를 슬쩍 건드리기도 했다. 그때마다 관리인이 나타나 "건드리지 마!" 하고 주의를 주었다. 그런데 그 목소리가 경찰과는 달리 아주 부드러웠다. 다음에는 아주 커다란 유리집을 지나갔다. 그 안에는 인디언 남녀가 있었다. 남자는 막대기를 비벼 불을 일으키고 있었고 여자는 모포를 짜고 있었다. 특히 여자는 젖가슴이 온통 드러나 있어 우리는 몰래 그것을 훔쳐보았다. 물론 여자아이들도 그랬다. 여자아이들이라고 해 보았자 아직 어렸기 때문에 남자아이들과 똑같이 호기심을 드러냈다.

강당에 들어서기 바로 전, 문 앞에는 역시 밀랍으로 만든 에스키모가 있었다. 그 에스키모는 얼어붙은 호수에 구멍을 뚫고 낚시를 하고 있었다. 벌써 낚아올린 물고기 두어 마리가 그 옆에 있었다.

박물관에는 유리집이 참으로 많았다. 1층보다는 2층에 더 많았다. 어느 유리집에는 물을 마시는 사슴이 있었고, 어느 집에는 겨울을 보내기 위해 남쪽으로 날아가는 새들이 있었다. 그런데 인디언이나 에스키모와는 달리 사슴이나 새들은 모두 박제된 것이었다.

새들은 실제로 남쪽으로 날아가는 것처럼 보였다. 만일 위에서 그것들을 내려다본다면 아주 서둘러 날아가는 것처럼 보일 것이다.

박물관에서 가장 좋은 점은 바로 모든 것이 항상 제자리에 있다는 것이다. 누구라도 자리를 뜨는 법이 없었다. 천 번 만 번을 본다 해도 에스키모는 여전히 두 마리의 물고기를 낚아올리고 있고, 새들은 여전히 남쪽으로 날아가는 중일 것이다. 또 사슴은 여전히 어여쁜 뿔과 날씬한 다리로 물을 마시고 있을 것이다. 바뀐 것은 오직 관람객뿐이다. 나이를 먹는다는 뜻은 아니다. 그냥 변한다는 뜻이다. 지난번에는 외투를 입고 있었는데 이번에는 블라우스를 입고 있다든지 지난번 짝이었던 아이가 감기가 걸려 이번에는 다른 아이와 짝을 이루었다든지 또 에이글팅거 선생 대신 다른 선생이 인솔한다든지 하는 따위 말이다.

같은 아이일지라도 지난번에는 아버지 어머니가 지독하게 싸우는 소리를 듣고 왔는데 이번에는 무지개가 떠 있는 것을 보고 왔다든지, 아무튼 절대로 같은 경우는 없을 것이다. 그러니까 우리에게는 항상 그 무엇인가가 달라지고 있다. 정확하게 설명할 수는 없지만, 아니 설명할 수 있다고 해도 설명할 기분이 날지 모르겠지만 아무튼 그렇다.

박물관으로 가면서 나는 주머니에서 다시 그 빨간 사냥 모자를 꺼내 썼다. 나를 아는 사람을 만날 리는 없었겠지만 날씨가 너무 추웠기 때문이었다.

나는 걸으면서 예전의 나처럼 피비가 토요일마다 박물관에 가고 있다는 사실을 생각했다. 피비는 박물관에 전시된 것들을 보면서 어떤 생각을 할까. 그리고 그것을 볼 때마다 피비는 어떻게 달라질까. 그러한 생각을 하자니 얼마간 우울했던 기분에서 벗어날 수 있었다. 그렇지만 썩 상쾌해지지는 않았다.

어떤 사물은 언제까지나 그대로 있었으면 좋겠다. 유리집에 넣어서라도 그대로 두고 싶었다. 물론 불가능하다는 것은 알고 있다. 그런데 그 불가능이라는 것이 나를 너무 우울하게 한다.

유원지 근처를 지나게 되었을 때 나는 갑자기 발을 멈췄다. 어린애 둘이서 시소를 타고 있는 것이 보였기 때문이었다. 그 중 한 아이는 무척 뚱뚱했다. 나는 시소의 균형을 맞춰 주기 위해 마른 아이가 있는 쪽에 가서 손을 대었다. 그런데 아이들은 나를 썩 달갑게 여기지 않았다. 나는 할 수 없이 그곳을 떠날 수밖에 없었다.

그런데 참 우스운 일이었다. 막상 박물관에 도착하고 보니 갑자기 그곳에 들어가기 싫어진 것이었다. 백만 달러를 준다 해도 싫었다. 이제 더 이상 그곳은 내게 아무런 감동도 주지 않았다. 그처럼 즐거운 추억에 잠기게 했고 추운 날씨에 공원을 거쳐 왔음에도 불구하고 들어가기가 싫었다. 혹시 피비가 있다면 모를까.

나는 박물관 앞에서 그대로 택시를 잡아 탔다. 빌트모어로 가기 위해서였다. 그곳 역시 가기 싫었지만 샐리와의 약속 때문에 어쩔 수 없었다.

17

약속 시간까지는 한참 더 있어야 했다.

나는 로비의 큰 시계 바로 옆에 있는 긴 의자에 가서 앉았다.

대부분의 학교가 방학에 들어갔으므로 역전은 학생들로 붐볐다. 학생들은 그곳에 앉아 있거나 서성거리면서 친구를 기다렸다. 나는 의자에 앉아 지나가는 여자들을 쳐다보았다. 다리를 꼬고 있는 여자, 꼬지 않은 여자, 다리가 멋진 여자, 못생긴 여자, 완전한 처녀처럼 보이는 여자, 아직 젖비린내가 나는 여자, 창녀 같은 여자 등등 그곳에는 참으로 많은 여자들이 있었다.

다양한 여자들이야말로 진짜 구경거리였다. 그러나 우울한 구경거리였다. 장차 그들에게 닥칠 일을 생각하면 특히 그랬다. 앞으로 저들이 고등학교나 대학교를 졸업하면 과연 어떤 일들을 하고 살게 될까.

대부분은 아마 속물 같은 인간들과 결혼할 것이다. 내 차는 휘발유 1갤런으로 몇 마일을 달릴 수 있어, 하는 말 따위나 하는 인간들과, 또 탁구나 골프 시합에서 지면 곧 화를 내는 속 좁은 인간들, 아니면 치사하기 짝이 없는 인간들이나 책이라곤 아예 들춰 볼 생각조차 하지 않는 인간들이나 또는 따분한 놈들과 할 수도 있을 것이다.

참, 따분하다는 말은 퍽 조심해야 한다. 누군가에게 따분하다고 할 때는 조심하라는 뜻이다.

엘크튼 힐즈에 있을 때였다. 그때 나는 두 달 동안 해리즈 매클린이라는 자식과 같은 방을 썼다. 굉장히 머리가 좋은 놈이었다. 그러나 내가 만난 인간들 중에 가장 따분한 놈이었다.

그는 목소리도 아주 거칠었다. 그런데도 하루 종일 지껄여댔다. 잠시라도 입을 다물면 곰팡이라도 생기는지 절대 입을 다무는 법이 없었다. 그런데 더 지겨운 것은 절대로 상대방이 좋아하는 것을 화젯거리로 삼지 않는다는 것이었다.

그러나 그에게도 잘하는 것이 하나 있었다. 휘파람을 아주 잘 분다는 것이었다. 침대를 정리할 때나 옷장에 옷을 걸 때면 항상 그 쉰 목소리로 지껄이거나 휘파람을 불었다. 클래식을 불 때도 있었지만 대개는 재즈곡을 불었다. 특히 '양철 지붕 위의 블루스'를 기가 막히게 불었다. 그는 그것을 꼭 옷을 걸면서 불었다.

나는 그와 두 달 동안이나 같은 방을 쓰면서 거의 미칠 지경이었다. 그럼에도 불구하고 헤어지지 않은 것은 오직 그 휘파람 소리 때문이었다. 그러나 나는 결코 그의 휘파람에 대해 칭찬하지 않았다.

사실 나는 어떠한 인간이 따분한 인간인지 확실히는 모른다.

또한 괜찮은 여자가 따분한 인간과 결혼하는 것도 너무 비관적으로 생각해서는 안 될지도 모르겠다. 아무리 따분한 인간이라 하더라도 남을 해치지는 않으니까. 또 남모르게 멋진 휘파람 따위를 불지도 모르니까 말이다. 아무튼 잘 모르겠다.

드디어 샐리가 나타났다. 그녀는 천천히 계단으로 올라왔다. 나는 얼른 의자에서 일어나 샐리를 맞으러 갔다.

샐리는 잔뜩 멋을 부리고 있었다. 검은 코트에 검은 베레모를 썼는데 아주 보기 좋았다. 그녀는 평소에 모자를 거의 쓰지 않았지만 그날은 특별히 신경을 쓴 것 같았다. 그러자 엉뚱하게도 나는 갑자기 결혼하고 싶다는 생각이 들었다.

나는 얼빠진 놈이다. 좋아하지도 않으면서 한순간 멋져 보인다고 결혼하고 싶다니. 아무래도 나는 좀 모자라는 모양이다. 그 점은 부정할 수 없는 사실이다.

"홀든!"

샐리가 나를 발견하곤 반갑게 소리쳤다.

"참 반갑다. 이게 얼마 만이니!"

샐리는 아무 데서나 큰 소리로 말하는 버릇이 있다. 그로 인해 당황한 적이 한두 번이 아니다. 아무리 미인이라지만 너무 심하지 않나 싶을 정도다.

"만나서 반가워. 그 동안 잘 지냈니?"

나는 진심으로 말했다.

"물론 잘 지냈지. 내가 좀 늦었나?"

말은 그렇게 했지만 별로 미안한 기색은 아니었다.

나는 그렇지 않다고 대답했다. 사실 10분 가량 늦었지만 아무렇지도 않았다. 「토요일 저녁 통신」을 보면 길모퉁이에서 한 남자가 여자를 기다리며 화를 내고 있는 만화가 있다. 그러나 그것은 엉터리이다. 그런 것에 화를 내는 남자가 세상에 어디 있겠나. 아주 속이 좁은 남자 아니면. 더구나 만나기로 한 여자가 샐리처럼 아주 멋지다면 조금 기다릴 수도 있지 않은가.

"얼른 가자. 2시 40분에 시작하거든."

나는 앞장서며 말했다.

"근데 뭘 보러 가는 거야?"

계단을 내려가 택시 타는 곳으로 가며 샐리가 물었다.

"모르겠어. 그냥 런트 부부가 나오는 거야. 그것밖에 표가 없었어."

"런트 부부가 나온다고? 어머!"

샐리는 런트 부부라는 말에 반색을 했다.

극장으로 가는 택시 안에서 우리는 장난을 좀 쳤다. 샐리는 립스틱을 발랐다고 처음에는 강하게 거부했다. 그러나 워낙 끈질기게 유혹하자 어쩔 수 없다는 듯 응해 주었다.

그런데 택시가 두 번이나 급정거하는 바람에 나는 의자에서 떨어질 뻔하였다. 운전기사들이란 길도 제대로 보지 않고 운전하는 인간들이다. 정말이다. 그때 내가 얼마나 흥분했는지 안다면 독자들도 내 말에 수긍할 것이다. 나는 그녀를 힘껏 껴안은 상태에서 사랑한다고 말했다. 물론 거짓이지만 그 순간만큼은 진심이었다. 나는 참 얼빠진 놈이다. 맹세코 나는 얼빠진 놈이다.

"오. 내 사랑! 나도 사랑해!"

샐리가 달콤한 목소리로 속삭였다.

"그런데 그 머리 좀 어떻게 해. 스포츠형은 너무 촌티가 나. 그렇게 좋은 머리카락을 가지고 왜 그래?"

샐리가 내 머리를 쓰다듬으며 말했다. 내 머리카락이 좋다고? 빌어먹을!

연극은 그리 나쁘지 않았다. 이제까지 본 몇 편에 비하면 좋다고도 할 수 있었다. 어느 노부부의 일생, 그러니까 50만 년이나 되는 세월을 다룬 것이었다.

연극은 두 사람이 젊었을 때부터 시작되었다. 여자는 부모의 반대를 무릅쓰고 한 남자와 결혼하였다. 그리곤 차츰 늙어 갔다. 그 사이 남편은 전쟁에 나가고 여자는 혼자 남게 된다. 그러나 나는 도무지 그러한 설정에 감정이입이 되지 않았다. 가족 중의 누가 죽든지 어쩌든지 해도 심각하게 느껴지지 않았다. 어차피 모두 연극이니까.

아내와 남편은 모범적인 부부였다. 또 재치가 넘치는 부부였다. 그러나 나는 그들에게도 흥미를 느끼지 못했다. 연극이 진행되는 동안 그들은 내내 차만 마시고 있었기 때문이었다. 무대가 바뀔 때마다 하인이 그들 앞으로 차를 내 오거나 아내가 누군가에게 차를 따다 주거나 했다. 그렇게 줄곧 사람들이 들락날락했다. 그렇게 사람들이 끊임없이 일어났다 앉았다 하는 것을 보려니 조금 어지러웠다.

알프렛 런트와 린 폰테인이 노부부로 나왔다. 그들의 연기는 훌륭했지만 나는 그들을 별로 좋아하지 않았다. 하지만 분명히 다른 점은 있었다. 그 점은 짚고 넘어가야겠다. 그들의 연기는 실제 같지 않았으나 그렇다고 연기 같지도 않았다. 뭐라고 설명할까. 그러니까 그들은 자신들이 스타라는 것을 의식하고 있었다는 것이다. 말하자면 잘하기는 했지만 그 정도가 지나쳤다는 것이다.

그들은 상대편이 한바탕 지껄이면 바로 맞받아쳤다. 그것은 실제로 사람들이 말하는 것과 비슷했지만, 문제는 너무 비슷하다는 것이다. 그러니까 그들 연기는 어니의 피아노 연주와 같다고 할 수 있다. 어느 분야에서건 경지에 오르면 오히려 조심해야 하는 법인데, 그렇지 않기 때문에 문제가 생긴다. 그래도 연극에서 가장 돋보인 사람은 런트 부부였다. 그것은 나도 시인하는 바이다.

1막이 끝나자 우리는 다른 사람들과 함께 복도로 나왔다. 복도에는 대단한 광경이 벌어져 있었다. 나는 평생 그토록 많은 멍청이들이 한꺼번에 모인 것을 보지 못했다. 그들은 모두 담배를 피워대며 연극에 관해 떠들고 있었다. 자신들이 얼마나 연극에 대해 잘 이해하고 있는지에 서로 경주하듯 말이다.

우리 옆에는 얼간이 같은 한 영화배우가 담배를 피우고 있었다. 이름은 잘 모르겠지만 전쟁 영화에서 자주 보던 녀석 같았다. 주로 공격이 시작되기 전에 잔뜩 겁을 집어먹고 벌벌 떠는 역이었다. 그는 아주 근사한 금발미녀와 함께 있었는데 사람들이 자신을 보고 있다는 것을 애써 모르는 척했다. 대단한 겸손이라고 하지 않을 수 없다. 그런 그를 보자 나는 한 대 얻어맞은 기분이었다.

샐리는 런트 부부에 대해 조금 지껄였을 뿐이다. 대신 자신의 아름다운 모습을 과시하는 데 바빴다. 그러다 갑자기 눈을 빛냈다. 한쪽 구석에서 아는 얼굴을 발견한 것이었다.

회색 플란넬 옷에 무늬 있는 조끼를 입은 녀석이었다. 아이비리그에 다니는 모양이었다. 그는 벽 앞에 서서 지루하다는 듯이 줄담배를 피워냈다.

"나 저 사람 알아."

샐리가 속삭였다. 그녀는 어디를 가든 꼭 아는 사람이 있었다. 혹은 안다고 생각했다. 번번이 그러는 것이 나는 짜증스러웠다.

"그러면 가서 뜨거운 키스라도 해 주지. 아마 저 녀석도 좋아할 거야."

나는 빈정거리듯 말했다. 샐리는 벌컥 화를 내었다. 그때 그 녀석이 샐리를 알아보곤 다가왔다. 그들은 서로 반갑게 인사를 했다. 참으로 가관이었다. 마치 20년 만에 처음 만나는 듯싶었다. 아니면 어릴 적에 같이 목욕이라도 한 사이 같았다. 정말 웃기는 일이었다. 분명히 어느 너절한 파티에서 만난 사이 같은데 그럴 수 있다니 참으로 웃기는 남녀였다.

그들은 얼마 동안 쇼를 보여 주더니 이윽고 샐리가 우리를 소개했다. 그녀석의 이름은 조지 뭐라고 했다. 이름은 잘 기억나지 않지만 앤도버에 다닌다는 것은 생각난다.

샐리는 그에게 연극에 관해 물었다. 그러자 그 대답하는 꼴이라니!

그 앤도버 멍청이는 말할 때 넓은 공간이 필요했다. 그 녀석은 샐리의 질문을 받자마자 먼저 몇 발자국 뒤로 물러났다. 그러다 뒤에 있던 어느 부인의 발을 밟고 말았다. 아마 발가락이 성치 않았을 것이다.

그 녀석이 말하기를, 연극 자체는 좋지 않다는 것이다. 그러나 런트 부부는 최고라고 했다. 진짜로 최고라고 했다. 나는 어이가 없었다.

연극에 관한 이야기를 끝낸 후, 그는 샐리와 함께 서로 알고 있는 인간들에 대해 말하기 시작했다. 그들은 서로 경쟁이라도 하듯 어느 한 지명을 대곤 그곳에 사는 인간들을 죄 끄집어냈다. 어떻게 그렇게 쓸데없는 이야기에 열을 올릴 수 있는지 나는 도무지 이해할 수 없었다. 마침 2막이 시작되었기에망정이지 그렇지 않았으면 나는 먹은 것을 다 토할 뻔하였다.

그런데 2막이 끝나자 그들은 다시 만나 아까의 대화를 계속하는 것이었다. 그들은 다시 이곳저곳의 지명을 생각해 냈다. 그리고 다시 그곳에 사는 인간들의 이름을 끄집어냈다.

그런데 가장 구역질나는 것은 그 멍청이가 아이비리그 특유의 목소리를 낸다는 것이었다. 약간 늘어지는 듯하면서도 잘난 체하는 그런 목소리 말이다. 어떻게 들으면 약간 계집애 같은 말투 같기도 했다. 눈치도 없이 남의 데이트에 끼어든 주제에 말이다.

나는 연극이 끝나고도 그가 끼어들지 않을까 싶어 심히 걱정스러웠다. 왜냐하면 한두 블럭이나 우리를 쫓아왔기 때문이었다. 그러나 어느 곳에서인가 그는 약속이 있다며 돌아섰다. 친구와 칵테일을 마시기로 했다는 것이다. 돌아서서 가는 그를 보며 나는 무늬 있는 조끼를 걸친 멍청이들이 어느 술집에 모여 있는 꼴을 그려 보았다. 약간 늘어지는 듯하면서도 잘난 체하는 목소리로 연극이니 책이니 여자들을 입에 올리며 술을 마시는 꼴을.

택시를 잡아 탄 것은 그 멍청이의 수다를 10시간이나 들은 후였다. 그래서 나는 조금 화가 나 있었다. 샐리를 그대로 집에 바래다 줄까 싶기도 했다. 그런데 샐리는 정말 눈치가 없었다. 내가 무슨 생각을 하고 있는지 전혀 눈치채지 못하는 것이었다.

"방금 아주 신나는 일이 떠올랐어."

오히려 더 명랑하게 나왔다. 그녀는 항상 그렇게 신나는 일만 생각하는 여자였다.

"몇 시까지 돌아가야 하는데? 저녁 식사 시간 전까지? 왜 그렇게 서두르는 거야? 뭐 특별한 일이라도 있어?"

샐리는 무엇인가 이상하다는 듯이 물었다.

"아니, 없어."

나는 솔직하게 대답했다. 아마 세상에 태어나 그보다 더 솔직하게 말한 적은 없을 것이다.

"신나는 일이란 뭔데?"

"우리 래디오 시로 가자. 거기 가서 스케이트 타자."

"스케이트? 지금 당장?"

"한 시간 정도만, 싫어?"

"싫다고 하진 않았어."

나는 잠시 말을 끊었다.

"좋아, 네가 정 타고 싶다면."

나는 순순히 허락했다.

"싫으면 싫다고 해. 난 안 가도 괜찮으니까."

샐리가 말했다. 그러나 나는 그 말을 믿지 않았다. 괜찮다니, 천만의 말씀을!

"거기 가면 예쁜 스케이트용 치마도 빌려 입을 수 있대."

샐리 얼굴이 금방 환해졌다.

"재닛 컬츠가 지난 주에 빌려 입어 봤대."

샐리가 래디오 시로 가고 싶어한 이유는 거기에 있었다. 그녀는 엉덩이만 살짝 덮는 그 치마가 입고 싶었던 것이다.

그리하여 우리는 래디오 시로 갔다. 스케이트를 빌린 다음 샐리는 짧은 치마를 빌려 입었다. 나는 그녀를 한참 동안 멍하니 보았다. 참으로 멋진 모습이었다. 그 점은 인정하지 않을 수가 없다. 샐리는 본능적으로 내 마음을 눈치챘다. 그리하여 그 작은 엉덩이를 내게 보이려고 내 앞에서 알짱거렸다. 사실 나는 그녀가 너무너무 귀여웠다.

그런데 우스운 것은 나나 샐리나 스케이트를 너무 못 탄다는 것이었다. 아마 그곳에서 가장 못 탔을 것이다. 아주 잘 타는 몇몇 사람과 비교해 볼 때 우리는 최악이었다.

샐리는 발목이 안으로 굽어 얼음판에 닿아 있었다. 보기에는 무척 웃겼지만 본인은 무척 아팠을 것이다. 나 역시 조금도 나을 것이 없었다. 나는 발목이 아파서 죽을 것 같았다. 아마 사람들이 우리를 보고 배꼽을 잡았을 것이다. 사실 그곳에는 우리같이 어설픈 멍청이를 구경하는 인간들이 적어도 2백 명은 되었다.

"저기 가서 뭐라도 마시자."

내가 지친 목소리로 말했다.

"그래, 그게 좋겠다."

샐리는 순순히 내 말에 따랐다. 그녀로서도 한계 상황인 것 같았다. 나는 그녀가 가여웠다. 우리는 스케이트를 벗고 양말만 신은 채 바 안으로 들어갔다. 자리에 앉자마자 샐리가 장갑을 벗었다. 나는 그녀에게 담배를 권했다. 샐리는 잔뜩 찡그린 얼굴로 고개를 끄덕였다.

원래 샐리는 술을 마시지 않았다. 그래서 나는 그녀를 위해 콜라를 주문했다. 그리고 내 몫으로는 스카치 소다를 주문했다. 그러나 웨이터가 도무지 말을 듣지 않았다. 그래서 할 수 없이 나도 콜라를 마셔야 했다.

나는 성냥을 긋기 시작했다. 초조할 때 나오는 버릇이었다. 성냥에 불을 당기곤 더 이상 잡고 있을 수 없을 때까지 타게 하는 것이다. 그런 다음에 재떨이에 떨어뜨렸다.

"꼭 알아야 할 게 있어. 너 이번 크리스마스 이브에 날 도와 줄 거야, 안도와 줄 거야?"

그때 갑자기 샐리가 큰 소리로 말했다. 발목이 아픈지 계속 찡그린 얼굴이었다.

"분명하게 말해!"

그녀가 다그쳤다.

"가겠다고 편지에 썼잖아. 도대체 같은 말을 몇 번이나 시키는 거야? 틀림없이 갈게."

"미심쩍으니까 그렇잖아."

샐리는 살짝 째려보곤 그제야 바 안을 둘러보았다.

나는 갑자기 성냥 장난을 그만두고 그녀에게 몸을 디밀었다. 진짜로 할 이야기가 있었기 때문이었다.

"샐리!"

내가 은근하게 불렀다.

"왜?"

그러나 그녀는 저쪽에 있는 어느 여자를 보며 대수롭지 않게 대답했다.

"넌 괜히 짜증스럽다던가 한 적 없니?"

나는 샐리에게 여전히 몸을 디민 채 물었다.

"무슨 말인가 하면, 모든 것이 엉망진창으로 될지 모른다는 그런 생각 말야. 넌 학교 생활이 마음에 드냔 말야?"

"아니, 지겨워."

"내가 말하는 건 그게 아냐. 학교가 싫지 않느냐는 거지. 물론 지겨운 거야 누구나 같지. 그러나 내 말은 싫지 않느냐는 거야."

"싫지는 않아. 넌?"

"난 싫어해. 아니, 증오해."

나는 얼른 말했다.

"학교뿐만 아냐. 난 모든 게 다 싫어. 뉴욕에서 사는 것도 싫어.

택시도 싫고, 매디슨 가 버스들도 싫어. 또 뒷문으로 내리라고 고함치는 운전 기사들도 싫어. 또 런트 부부를 최고라고 하는 멍청이한테 소개받는 것도 싫고. 잠깐 밖에 나가려 해도 꼭 엘리베이터를 타야 하는 것도 싫고. 항상 '부룩스'라는 고급 옷가게에 가서 바지를 맞춰 입는 자식들도 싫어."

"좀 조용히 말해."

샐리가 주위를 살피며 주의를 주었다. 우스운 일이었다. 나는 전혀 큰 소리로 말하지 않았는데 조용히 하라니.

"자동차를 한번 생각해 봐."

나는 훨씬 작은 목소리로 말했다.

"대부분의 사람들은 자동차에 미쳐 있어. 자동차가 조금만 긁혀도 난리치잖아. 1갤런의 연료로 얼마나 달릴 수 있는지 오직 거기에만 관심이 있고, 새 차를 사고도 또 금방 바꿀 생각이나 하고. 그러나 나는 자동차 전혀 관심이 없어. 아니, 오히려 증오해. 난 차라리 말을 갖고 싶어. 말은 자동차에 비해 감정이 있잖아."

"너 지금 무슨 말을 하고 있니? 도대체 무슨 말인지 모르겠어."

"모르겠다고? 내가 지금 뉴욕에 있는 건 오직 너 때문이야. 너만 아니라면 난 지금쯤 아마 멀리 가 있을 거야. 깊은 숲속 같은 데 말야. 그런데도 내가 지금 여기 이렇게 있는 건 다 너 때문이란 말야."

"그래? 그거 아주 듣기 좋은 소린데!"

샐리가 말했다. 그러나 나는 그녀가 화제를 바꾸고 싶어한다는 것을 알았다.

"언제 시간 있으면 남학교에 한번 가 봐."

샐리의 원대로 나는 화제를 바꾸어 말했다.

"멍청이들이 우글거린다는 걸 알 수 있을 거야. 놈들이 하는 짓이란 오직 장차 캐딜락을 살 수 있는 신분이 되기 위해 공부하는 것뿐이야. 축구팀이 지면 분해 죽겠다는 시늉이나 하고. 또 하루 종일 여자와 술과 섹스에 대해서만 지껄이지. 더구나 한심한 파벌을 형성해 뭉쳐 다니는 꼴이라니. 농구 팀은 농구 팀대로, 천주교 신자들은 천주교 신자들대로 말야. 또 머릿속에 뭣 좀 들었다는 치들은 그런 치들끼리 뭉치지. 심지어는 월간 추천 도서 클럽에 가입한 놈들까지 뭉쳐 다닌단 말야. 그러니까 조금만 지적으로 보이려면……."

"잠깐!"

샐리가 말을 막았다.

"학교 생활에서 많은 것을 얻을 수도 있잖아."

"몇몇은 그렇지. 그러나 내가 얻은 것은 그것뿐이야. 내가 하고 싶은 이야기도 바로 그것이고."

나는 잘라 말했다.

"그러니까 난 어디서건 아무것도 얻지 못해. 나야말로 형편없는 멍청이거든."

"그런 것 같아."

샐리가 실망스러운 얼굴로 말했다. 그때 갑자기 좋은 생각이 떠올랐다.

"샐리, 내게 좋은 생각이 있어, 우리 이곳에서 도망치자. 그리니치 빌리지에 아는 놈이 있는데, 그놈 차를 한 이 주 동안 빌리자. 전에 같은 학교에 다녔는데 그놈한테 10달러 받을 게 있어. 그래서 내일 아침 매사추세츠나 버몬트나 그 근처로 드라이브하는 거야. 그쪽은 경치가 아주 기가 막혀."

말을 하면서 나는 점점 흥분했다. 나는 손을 뻗어 샐리의 손을 잡았다.

"농담 아냐. 그것 말고도 은행에 180달러 정도 예금해 놓은 게 있으니까 내일 아침에 은행 문 열자마자 찾아서 그놈한테 차를 빌리자. 정말이야. 그래서 돈이 다 떨어질 때까지 오두막 같은 데서 머무르는 거야. 돈이 떨어지면 내가 일자리를 구할게. 어때, 우리 둘이서 냇물이 흐르는 곳에 산다면? 그런 다음 결혼이든 뭐든 하면 되잖아. 겨울이 되면 땔나무는 내가 팰게, 우리는 정말 멋지게 살 수 있을 거야. 어때, 나랑 같이 가지 않을래?"

"그런 짓은 절대 할 수 없어!"

샐리가 소리쳤다. 무척 화가 난 목소리였다.

"왜, 왜 못 해?"

"소리치지 마!"

샐리는 새침하게 말했다. 그러나 나는 결코 소리치지 않았다.

"왜 못 한다는 건데?"

"우선 우린 어린애나 마찬가지잖아. 생각해 봐, 돈은 떨어졌는데 일자리는 없다고. 그렇게 되면 아마 우린 굶어 죽겠지? 그러니까 다신 그런 쓸데없는 소린 하지 마."

"쓸데없는 소리가 아냐. 난 일자리를 얻을 수 있어. 그건 염려

마. 절대 염려할 필요가 없어. 너 혹시 나랑 같이 가고 싶지 않은 거 아냐? 그렇다면 그렇다고 말해. 엉뚱한 핑계 대지 말고."

"핑계가 아냐, 정말이야."

샐리가 고개를 저었다. 나는 그녀가 점점 미워졌다.

"그런 일은 앞으로도 얼마든지 할 수 있어. 내 말은 네가 대학에 가고 나서도 얼마든지 할 수 있다는 거야. 좋은 덴 결혼하고 나서도 얼마든지 갈 수 있고."

"그렇지 않아. 그때가 되면 사정은 많이 달라질 거야."

나는 우울해졌다.

"뭐라고? 무슨 소린지 잘 안 들려, 아깐 꽥꽥 소리를 지르더니."

"대학에 간 다음에는 멋진 곳에 갈 수 없을 거라고 했어. 그때가 되면 사정은 아주 많이 달라질 거라고."

나는 조금 목소리를 높여 말하기 시작했다.

"잘 들어. 우린 여행용 가방을 들고 엘리베이터를 탈 거야. 그런 다음 아는 사람들에게 전화를 걸어 작별 인사를 하고, 어느 호텔에 들어가서는 그림엽서를 띄우는 거야. 그 뒤 나는 회사에 취직해서 돈을 벌고 매일매일 택시나 매디슨 가의 버스를 타고 출근하겠지. 퇴근해서는 신문을 읽든지 브릿지 놀이를 하겠지. 휴일에는 극장에 가서 시시한 단편 영화나 뉴스를 보든지. 그런데 영화 뉴스는 좀 어지럽단 말야. 경마나 배의 진수식에 어느 귀부인이 나와 배에 병을 깨뜨리거나 하는 따위나 보여주니까 말야. 침팬지가 팬티를 입고 자전거를 타거나 하는 걸 보여주기도 하지만. 그러니까 내 말은 전혀 다르다는 거야. 넌 내가 말하는 걸 전혀 몰라."

"그럴지도 모르지. 하지만 너도 모르는 게 있어."

샐리가 맞받아쳤다.

그때부터 우리는 서로를 원망하기 시작했다. 화제를 바꾸려 해도 소용없었다. 나는 그런 말을 시작한 것을 후회했다.

"이제 그만 나가자."

나는 자리에서 일어서며 말했다.

"사실 난 너랑 있으면 이상하게 엉덩이가 자꾸 들썩거려."

그 말에 샐리는 엄청나게 화를 냈다. 당연한 일이었다. 그런 말을 해서는 안 된다는 것쯤은 나도 알고 있었다. 그러나 그날 그녀는 나를 너무 우울하게 했다. 여느 때 같으면 그런 말은 절대 하지 않았을 것이다. 더구나 여자에게 말이다. 빌어먹을, 이 말은 사실이다.

샐리는 엄청나게 화를 냈다. 나는 손이 발이 되도록 빌었다. 그러나 그녀는 완고했다. 나중에는 울기까지 했다. 나는 약간 겁이 났다. 나는 샐리가 그 길로 자기 아버지에게 가서 모든 것을 일러바치지 않을까 걱정스러웠다. 내가 자기와 함께 있으면 엉덩이가 들썩거린다고 했다는 말까지. 나는 몹시 겁이 났다.

샐리의 아버지는 몸집도 크고 힘이 좋은 사나이였다. 말은 거의 없었지만 나를 싫어한다는 것쯤은 나도 알고 있었다. 언제인가 나를 시끄러운 자식이라고 한 적도 있었다.

"농담이었어. 정말 미안해."

나는 거듭거듭 사과했다.

"미안하다면 다니? 정말 웃겨."

그녀는 울먹이며 따졌다. 그녀가 우는 모습을 보면서 나는 잘못을 깨달았다.

"집에까지 데려다 줄게."

"너 미쳤니? 내가 너한테 데려다 달라고 할 줄 알아?"

샐리는 냉정하게 거절했다. 나는 갑자기 웃음을 터뜨렸다. 다시 해서는 안될 짓을 하고 만 것이었다. 독자들은 모를 것이다. 내 웃음이 얼마나 요란스러운지. 어느 때는 바보스러울 정도이다. 그래서 극장 같은 데서 웃기라도 하면 영락없이 뒤에 앉은 사람에게 싫은 소리를 들어야 했다.

"좀 조용히 해 줄 수 없소?"

그런 따위의 말 말이다.

샐리는 더욱 심하게 화를 냈다. 나는 다시 한참 동안 사과하지 않을 수 없었다. 그러나 그녀는 들은 척도 않고 혼자 있게 해달라고 소리쳤다. 나는 그녀의 말에 따랐다. 나로서도 더 이상은 어쩔 도리가 없었다. 그래서는 안 되었지만 나도 그만 짜증이 난 것이었다.

지금 생각해도 도무지 모르겠다. 그때 내가 왜 그녀에게 그런 말을 했는지. 매사추세츠나 버몬트 같은 데서 같이 살자고 한 말 말이다. 설사 그녀가 같이 가자고 했어도 절대 안 갔을 것이면서. 다른 사람하고라면 몰라도 그녀와는 절대 아니었다. 그런데 문제는 그때의 내 마음이 진실이었다는 것이다. 그것이 문제이다. 그러니까 얼빠진 놈이라는 것 아닌가.

18

스케이트장에서 나오니 갑자기 허기가 졌다. 나는 치즈 샌드위치와 두유를 사 먹었다.

그렇게 배를 채우고는 제인에게 전화를 걸었다. 집에 돌아왔는지 알고 싶었다. 그날 저녁 나는 아무 할 일이 없었다. 그래서 제인이 와 있다면 같이 춤을 추러 가든지 아무 데나 가고 싶었다. 제인과는 한 번도 춤을 춰 본 적이 없었지만 그녀가 춤추는 것은 본 적이 있다. 꽤 잘 추었던 것 같다.

7월 4일 독립 기념 파티에서였다. 그때는 제인과 별로 친하지 않았다. 그래서 상대편 남자에게 제인을 가로채 올 생각을 못했다. 그때 제인의 상대는 초트에 다니는 알 파이크라는 지독한 녀석이었다. 그를 잘 알지는 못했지만 언제나 수영장 근처에서 서성거린다는 것은 알고 있었다. 그는 흰 수영복에 항상 높은 다이빙을 하였다. 그것도 하루 종일 뒤로 넘는 다이빙만 하였다. 오직 그것만 할 줄 알았다. 그러면서 자신을 최고라고 생각하는 모양이었다. 몸뚱이는 근육투성이지만 머릿속은 텅 빈 족속이었다.

그날 나는 제인을 도저히 이해할 수 없었다. 겨우 그런 녀석과 데이트를 하다니. 한참 뒤 제인과 친해졌을 때 나는 어떻게 알 파이크 따위와 어울릴 수 있냐고 물은 적이 있었다. 제인이 그렇게 잘난 척하는 자식과 어울리다니, 정말 이해할 수 없었다.

제인의 말에 의하면, 알 파이크는 전혀 잘난 척하지 않는다고 했다. 오히려 열등감이 있어 겸손하다고 했다. 제인은 그에게 연민을 느끼는 것 같았다. 그러나 겉으로는 드러내지 않았다.

그러고 보니 여자들은 참 우스운 면이 있다. 분명히 저질인데도, 그것도 아주 야비하고 거만한데도 그렇지 않다고 한다. 오히려 열등감에서 그러는 것이라고 두둔한다. 글쎄, 어쩌면 그 말이 맞을지도 모른다. 그러나 나는 이렇게 생각한다. 그렇다고 저질이 아닌 것은 아니라고. 여자라는 것, 아무튼 그들은 생각이 참 복잡하다.

언제인가 나는 로버타 월슈라는 여자 친구와 같은 방에 있는 여학생을 내 친구에게 소개해 준 적이 있다. 내 친구의 이름은 밥 로빈슨이었다. 그녀석은 정말 열등감이 강했다. 그는 자기 부모가 '토깽이'니 '이마빼기'니 하는 따위의 사투리를 쓰거나 부자가 아니라는 것을 몹시 부끄러워했다. 그러나 그 친구는 저질은 아니었다. 오히려 좋은 녀석이라고 할 수 있었다.

그런데 로버타 월슈의 친구인 그 여학생은 밥 로빈슨을 좋아하지 않았다. 너무 거만하다는 것이었다. 그녀가 밥 로빈슨을 거만하게 본 이유는 정말 아무것도 아니었다. 밥 로빈슨이 변론 부장이라고 자신에 대해 말한 것 때문이었다. 그러나 밥은 그저 무심코 말한 것이었다. 그것은 결코 자랑거리가 아니라고 생각했기 때문이었다. 그런데 그녀는 그렇게 받아들이지 않았으니 얼마나 우스운 일인가.

그래서 여자들에게 문제가 있다는 것이다. 여자들은 상대가 마음에 들면 아무리 저질이라도 열등감으로 이해한다. 그러나 마음에 들지 않으면 아무리 훌륭한 인격자라 해도 거만하다고 말한다. 그것은 머리가 좋은 여자나 멍청한 여자나 다 마찬가지이다.

제인의 집에 전화를 걸었지만 아무도 받지 않았다. 하는 수 없이 나는 전화기를 내려놓고 수첩을 꺼냈다. 그날 밤을 누구와 함께 보낼 것인가 찾아보기 위해서였다.

수첩에 적혀 있는 전화번호는 고작 세 군데였다. 제인과 엘크튼 힐즈의 앤톨리니 선생과 아버지 회사 전화번호였다. 나는 번번이 다른 사람 전화번호 적는 것을 잊곤 한다.

결국 나는 카알 루스에게 전화를 했다. 카알 루스는 내가 퇴학당한 후튼 고등학교를 졸업한 녀석이었다. 나보다는 세 살 정도 위였는데 그다지 좋아하지는 않았다. 그러나 그는 머리가 비상한 녀석이었다. 후튼에서 지능 지수가 제일 높았다. 그래서 나는 카알 루스라면 조금 지적인 대화를 할 수 있지 않을까 싶었다.

카알 루스는 65번가에 살며 콜롬비아에 다니고 있었다. 나는 그라면 집에 있으리라 생각했다. 과연 그는 집에 있었다. 내 전화에 몹시 놀란 모양이었다. 언제인가 뚱뚱보 엉터리라고 놀린

적이 있었기 때문이었다.

카알 루스는 저녁은 같이 먹을 수 없지만 밤 10시쯤이면 잠깐 만날 수 있다고 했다. 그래서 우리는 54번가 워커 바에서 만나기로 했다.

10시까지는 시간이 많이 남아 있었다. 나는 래디오 시의 극장에 갔다. 쓸데없는 짓인 줄은 알았지만 달리 할 일이 없었다. 거리 또한 아주 가까웠다.

극장에 들어가니 마침 쇼를 하고 있었다. 너절한 쇼였다. 더 로케 단원들이 한 줄로 늘어서서 서로의 허리를 감싸 안은 채 다리를 하늘 높이 쳐드는 것이었다. 관객들은 열광적으로 박수를 쳤다.

"뭐가 제일 볼 만한지 알아?"

내 뒤에 앉은 사나이가 자기 아내에게 물었다.

"여러 사람이 똑같이 움직인다는 거야."

그는 자신이 묻고 자신이 대답했다.

더 로켓의 공연이 끝나자 롤러 스케이트를 신은 남자가 나왔다. 그는 무대 위에 작은 탁자를 늘어놓고 그 밑을 요리조리 빠져 나갔다. 그러면서 우스갯소리까지 했다. 재주는 훌륭했지만 나는 도무지 재미를 느낄 수가 없었다. 왜냐하면 그렇게 되기까지 무대 뒤에서 얼마나 많은 연습을 했을까 싶었기 때문이었다. 정말 어리석은 짓이 아닐 수 없다. 아마 그때 내가 좀 정상이 아니었던 것 같다.

다음에는 사방에서 천사들이 무리지어 나왔다. 래디오 시에서 해마다 정기적으로 하는 크리스마스 쇼가 시작되었다. 천사들은 손에 십자가를 든 채 일제히 '기쁘다 구주 오셨네'를 합창했다. 굉장한 광경이었다. 종교적이며 동시에 서정적인 느낌을 주었다.

그러나 십자가를 든 것은 결국 천사가 아니라 배우였다. 그렇다면 그 종교적이고 서정적인 느낌은 한낱 겉발림에 지나지 않는다는 말 아닌가. 공연이 끝나면 그들은 무대 뒤로 가기 바쁘게 담배를 피워댈 것이었다.

나는 1년 전에도 샐리와 함께 같은 공연을 본 적이 있었다. 그때 샐리는 무대 의상이 아름답다고 감탄했다. 그러나 나는 예수가 그런 호화찬란한 의상을 본다면 구역질을 할 것이라고 말했다. 그러자 샐리는 나에게 신을 모독한다고 했다. 그 말은 사실일지도 모르겠다.

그 오케스트라에서 예수가 인정하는 사람이 있다면 아마 반구형의 큰북을 치는 사람일 것이다. 그 사람은 내가 여덟 살 때부터 보아온 사람이었다. 언제인가 아버지 어머니와 함께 보러 갔을 때 나와 앨리는 그 사람을 더 잘 보기 위해 맨 앞자리로 옮겼다.

나는 지금까지 그렇게 멋들어 지게 북을 치는 사람을 보지 못했다. 원래 곡이 하나 연주를 때 북은 한두 번 밖에 칠 기회가 없다. 그런데도 그는 절대로 지루하다거나 느슨한 모습을 보이지 않았다. 항상 진지한 표정으로 자기 차례를 기다렸다. 그러다가 차례가 오면 그야말로 멋들어지게 북을 쳤다.

언제인가 앨리는 아버지와 함께 워싱턴에 갔을 때 그 사람에게 그림엽서를 띄운 적이 있었다. 그러나 전달되지는 않았을 것이다. 이 곳 저곳으로 항상 옮겨 다니는 사람이니까.

크리스마스 쇼가 끝나자 영화가 시작되었다. 너무 끔찍한 영화였다. 나는 영화를 싫어함에도 불구하고 화면에서 눈을 뗄 수가 없었다.

알렉인가 하는 영국인에 관한 이야기였다. 그가 전쟁에 나갔다가 기억을 상실한 채 병원에 후송된 것에서부터 이야기는 시작되었다. 그는 지팡이를 짚고 병원을 나와 런던 시내를 돌아다니는데 자기가 누구인지도 모른다.

어느 날 그는 우연히 버스 안에서 한 진실한 여인을 만난다. 여자의 모자가 바람에 날아가는 것을 그가 잡아 준 것이다. 그들은 버스 위층에 앉아서 찰스 디킨스에 관해 이야기를 시작한다. 디킨스는 그들이 가장 좋아하는 작가였다. 그 남자는 디킨스의 《올리버 트위스터》를 갖고 다녔는데 여자도 그것을 가지고 있었다. 그 대목에서 나는 구역질이 날 것 같았다. 그러나 그들은 그것을 계기로 서로 사랑을 하게 된다. 여자는 출판 사업을 하는 사람이었다. 그러나 주정뱅이인 그녀의 오빠로 인해 여자는 제대로 돈을 벌지 못한다. 남자는 그녀의 출판 사업을 도와준다.

여자의 오빠는 한이 많은 사람이었다. 전쟁 중에 군의관으로 근무하다가 신경을 다친 것이다. 그로 인해 실의에 잠겨 매일 술을 마셔댔다. 그러나 재치와 유머는 많은 인물이었다. 아무튼 알렉이 글을 쓰고, 여자는 그것을 책으로 내어 두 사람은 많은 돈을 벌게 된다.

그런데 두 사람이 결혼할 즈음에 한 여자가 나타난다. 그녀는 알렉의 약혼녀로 이름은 마샤였다. 알렉이 팬 사인회에서 책에 서명하고 있을 때 그녀가 그를 알아본 것이다.

그녀는 알렉에게 그의 과거에 대해 일러 준다. 그녀의 말에 의하면 알렉은 귀족 중에서도 공작이었다. 어머니도 있다고 했다. 그러나 알렉은 마샤의 말을 믿지 않았다. 어머니에게 가자고 해도 듣지 않았다. 그의 어머니는 앞을 못 보는 장님이었다. 그러나 출판 사업을 하는 여자가 그에게 가라고 한다. 그녀는 원래 진실하고 고운 여자니까.

집에 도착한 알렉은 아무것도 알아보지 못했다. 기르던 개가 반갑게 짖어도, 어머니가 손으로 자신의 얼굴을 더듬어도, 어렸을 때 가지고 놀던 장난감 곰을 가져와도 아무것도 기억하지 못했다.

그러던 어느 날, 잔디밭에서 아이들의 크리켓 시합을 보던 중 갑자기 날아온 공이 그의 머리를 갈긴다. 그로 인해 그의 기억은 돌아오고, 그는 당장 집으로 달려가 어머니에게 키스를 하는 등 온통 축제 분위기가 된다. 그리하여 그는 다시 예전의 공작으로 돌아가고, 출판 사업을 하는 여자는 깨끗이 잊는다.

그 뒤의 이야기도 해야 할까. 안 하자니 무엇인가 개운치 않고, 하자니 구역질이 난다. 혹평하자는 것이 아니다. 혹평이고 뭐고 할 것도 없는 영화니까.

결론부터 말하자면, 알렉은 출판 사업을 하는 여자와 결혼한다. 술주정뱅이 오빠는 다시 신경이 복원되고, 그는 알렉의 어머니를 수술한다. 그래서 알렉의 어머니도 눈을 뜨게 된다. 또 여자의 오빠는 알렉의 약혼녀였던 마샤와 사랑에 빠지게 된다.

마지막 장면은 그 집의 개가 한 무리의 강아지를 거느리고 들어오는 것이다. 그때 식탁에 앉았던 모든 등장인물들은 배를 잡고 웃는다. 모두들 그 개가 수놈인 줄 알고 있었던 것이다.

아무튼 토사물로 온몸을 더럽히고 싶지 않다면 그따위 영화는 보지 말아야 할 것이다. 정말이다. 그런데 영화 못지않게 짜증나게 한 것은 바로 옆에 앉아 있던 어떤 여자였다. 그녀는 처음부터 끝까지 계속 울어댔다. 말도 안 되는 소리를 할 때는 더 심하게 울었다.

그렇게 우는 것을 보면 아마 착한 여자이기 때문이라고 생각할지도 모르겠다. 그러나 그녀는 절대로 그런 여자가 아니었다. 그녀는 아주 어린 아이를 데리고 있었다. 그런데 그 아이는 얼마나 지루했던지 몸을 마구 꼬았다. 그런데도 끝까지 모르는 척하는 것이었다. 심지어는 화장실에 가고 싶다고 했는데도 데려가지 않았다. 그저 가만히 있으라고 윽박지를 뿐이었다.

그래도 그녀가 착한 여자라면 아마 늑대의 착함일 것이다. 그런 말도 안되는 영화에 눈이 붓도록 우는 사람들은 착하다기보다는 비열하다. 이것은 절대로 거짓이 아니다. 독자들도 한번 잘 관찰해 보라.

영화가 끝난 후, 나는 카알 루스와 만나기로 한 워커 바를 향해 걷기 시작했다. 가는 도중 나는 전쟁에 대해 곰곰이 생각해 보았다. 전쟁 영화를 보면 늘 하는 버릇이다.

만약 내가 전쟁터에 나가야 한다면 어떨까. 도저히 참을 수 없을 것 같다. 차라리 죽는 편이 더 나을 것이다. 특히 군대 생활은 상상할 수조차 없다.

형 D. B.는 4년 동안이나 군대에 있었다. 전쟁터에도 나갔다. 그는 D데이 상륙 작전에도 참가했다. 그런데 그 역시 전쟁보다 군대를 더 싫어했다.

내가 아직 어렸을 때, 형은 휴가차 집에 오면 거의 침대에만 누워 있었다. 거실이나 그 밖의 어느 곳에도 나와 보지 않았다.

다른 나라에서 벌어진 전쟁에도 참가했지만 그는 그때도 멀쩡한 몸으로 돌아왔다. 그곳에서는 총 한 방 쏘아 보지 못했다고 했다. 그저 하루 종일 사령관의 차를 운전하며 카우보이처럼 생긴 사령관을 모시고 다녔다는 것이다. 나와 앨리에게 살짝 해 준 말에 의하면, 그는 만일 누구를 쏘아야 할 경우가 닥쳤다 해도 아마 못 쏘았을 것이라고 했다. 어느 방향으로 어떻게 쏠지 모른다는 것이다. 그 만큼 군대는 나치스와 같이 엉터리들이 많다고 했다.

지금도 기억난다. 그때 앨리는 형에게 이렇게 물었다. 형은 작가니까 전쟁에 참가하면 그만큼 좋은 소재를 얻을 수 있지도 않느냐고. 그때 형은 먼저 앨리의 야구 장갑을 가져 오게 했다. 그리곤 이렇게 되물었다. 루퍼트 부루크와 에밀리 디킨슨 중에 누가 더 전쟁에 관해 훌륭한 시를 썼냐고. 앨리는 에밀리 디킨슨이라고 대답했다.

나는 시를 많이 읽지 않아 누가 누구인지 잘 몰랐다. 그러나 아무튼 군대에 들어가 애클리나 스트라드레이터나 모리스 같은 인간들과 함께 지내면서 행군인가 무엇인가를 한다면 미쳐 버릴 것이다. 나는 나를 잘 안다.

예전에 1주일 동안 보이스카웃에 들어간 적이 있었다. 그때 나는 바로 앞에 있는 놈 모가지도 쳐다보기 싫었다. 그런데 그곳에서는 밤낮 앞사람의 목을 보라고 했다. 그러니 만일 전쟁이 난다면 나 같은 놈은 차라리 총알받이로 쓰는 것이 나을 것이다. 그런다고 해도 나는 절대로 싫다고 하지 않을 것이다.

형 D. B.가 못마땅한 것은 자신 역시 그토록 전쟁을 싫어하면서도 지난 여름에 내게 〈무기여 잘 있거라〉를 읽게 한 것이다. 형은 아주 좋은 작품이라고 했지만 나로서는 이해할 수가 없었다. 형은 특히 헨리 중위가 아주 멋진 인물이라고 했다.

군대나 전쟁은 싫어하는 사람이 어떻게 그런 엉터리 같은 책을 칭찬하는지 나는 도무지 이해할 수가 없다. 그러니까 내 말은 그런 엉터리 같은 책을 좋아하면서 동시에 링 라드너 작품이나 〈위대한 개츠비〉 같은 것을 좋아할 수 있냐는 말이다.

그때 형은 화를 내면서 내가 아직 어려서 그 작품을 이해하지 못하는 것이라고 했다. 그러나 나는 그렇게 생각하지 않는다. 링 라드너나 〈위대한 개츠비〉 같은 작품은 나도 좋아한다. 그리고 이해한다. 그러나 〈무기여 잘 있거라〉는 절대 아니다.

사실 나는 〈위대한 개츠비〉를 읽고 무척 감동했었다. 개츠비, 그의 기지, 나는 그것에 푹 빠져들고 말았다.

원자폭탄이 개발되었다니 기쁘다. 전쟁이 나면 나는 필히 그 폭탄 꼭대기에 설 것이다. 그것도 지원해서.

19

뉴욕에 살지 않으면 잘 모르겠지만 워커 바는 시튼 호텔 안에 있는 술집이다. 시튼 호텔은 뉴욕에서도 좋은 호텔로 손꼽히는 곳이다. 매우 낭만적이고 세련되게 꾸며져 있어 온갖 속물들이 다 모이는 곳이기도 하다.

나도 전에는 여러 번 갔었다. 그러나 요사이는 잘 가지 않는다.

전에는 티나와 재니느라는 프랑스 여자들이 매일 세 번씩 나와 피아노를 치며 노래를 했다. 티나는 피아노를 치고 재니느는 노래를 불렀다. 그런데 피아노 연주 솜씨는 형편없었다. 노래는 그런대로 불렀지만 대부분 저속한 것이거나 프랑스 어로 불렀다.

재니느는 노래를 부르기 전에 먼저 마이크에 대고 이렇게 말했다.

"지금 부를 곡은 '부울리 부 프랑스'입니다. 이 곡은 프랑스의 한 아가씨가 뉴욕 같은 대도시에 와서 브루클린의 한 젊은 남자와 사랑에 빠지는 내용입니다. 그럼 마음껏 즐기시기를!"

재니느의 목소리는 마치 속삭이는 듯했다. 몸놀림도 꽤 귀여웠다.

그렇게 말한 후 그녀는 곡의 반은 영어로, 반은 프랑스 어로 불렀다. 그러면 객석의 속물들은 열광하며 날뛰었다. 그러한 광경을 한참 보고 있노라면 나는 세상의 모든 인간들이 싫어진다.

더구나 그곳의 바텐더는 얼마나 더러운 놈인지 모른다. 그는 속물 중에서도 속물이었다. 아무리 손님이라도 거물급 인사나 명사가 아니면 아예 말도 하지 않는다. 그러나 거물급 인사가 나타나면 얼마나 굽신거리는지 구역질이 날 정도이다.

그는 그런 인간들과 상대하면 자신도 그런 인간이 되는 줄 아는 모양이었다. 고작 "코네티컷은 어떤가요?" 혹은 "플로리다는요?" 따위나 물으면서 대단한 일이라도 한 일이라도 하는 양 거들먹거리는 꼴이라니!

그래서 서서히 발을 끊은 것이었다.

그곳에 닿았을 때 많은 사람이 복작대고 있었지만 카알 루스는 없었다. 약속 시간이 되려면 한참 더 있어야 했다.

나는 혼자 바에 앉았다. 그리곤 스카치 소다를 몇 잔 마셨다. 주문할 때 나는 일부러 일어서서 했다. 키가 얼마나 큰지 알려서 미성년자에 대한 시비를 미연에 막고자 함이었다.

내 옆에는 어떤 엉터리 같은 녀석이 여자와 함께 앉아 있었다. 그 엉터리는 여자를 마구 치켜 세웠다. 손이 귀족적이라는 것이었다. 정말 웃기는 일이었다.

저쪽에는 또 다른 엉터리들이 잔뜩 모여 있었다. 그러나 그들은 그다지 색골처럼 보이지는 않았다. 머리도 기르지 않았다. 그러나 그들이 엉터리라는 것은 한눈에 알 수 있었다. 그들은 멍청한 여자가 걸려들기만을 바라고 있었다.

드디어 루스가 나타났다. 대단한 녀석. 후튼 고등학교에 다닐 때 그는 나의 지도 학생이었다. 그러나 그가 지도한 일이라곤 밤이 이슥하도록 섹스에 관해 이야기한 것뿐이었다.

그는 섹스에 대해 많이 알고 있었다. 특히 변태에 관한 한 전문가 수준이었다. 양(羊)하고 그 짓을 하는 인간들이나 여자 팬티를 모자 안에 넣고 다니는 인간들에 대해 설명해 주었다. 뿐만 아니라 여자 동성연애자들에 대해서도 많은 것을 알고 있었다.

카알 루스는 미국의 유명한 사람들 중 누가 동성연애자인지도 알고 있었다. 이름만 대면 그냥 줄줄 나왔다. 그의 말을 듣다 보면 동성연애자인지 연예인인지 나중에는 헛갈리기까지 했다. 그러나 믿을 수 없는 경우도 있었다. 그가 말한 사람 중에는 버젓이 결혼하여 잘 사는 사람도 있었으니 말이다.

"조 브로우가 변태란 말야? 그 갱이나 카우보이로 나오는 그 조 브로우가?"

우리는 조 브로우란 배우의 큰 덩치와 남자다움을 생각하고 선뜻 믿지못했다. 그러면 루스는 고개를 저었다.

"분명한 사실이야."

루스의 말에 의하면 변태는 결혼을 했건 안 했건 상관없다는 것이었다. 세상에서 결혼한 사람의 반은 변태성욕자이지만 본인들은 그것을 모른다고 했다. 그러다 어느 날 갑자기 진짜 변태가 된다는 것이다. 원래 그런 기질이 있었기에 조그만 자극에도 쉽게 본색이 드러난다는 것이다. 그의 말대로라면 나도 언젠가는 변태성욕자가 될지 모르는 일 아닌가. 그런데 우스운 것은 그렇게 말하고 있는 루스 자신도 변태성욕자 기질이 있을지 모른다는 사실이다.

루스는 복도를 걸어갈 때 항상 손가락으로 다른 사람의 엉덩이를 찔렀다. 그러면서, "이 사이즈가 맞나 실험해 봐." 하고 은근히 속삭였다.

또 세면장에서 우리가 이를 닦거나 면도를 하고 있으면 화장실 문을 연 채 용무를 보면서 말을 걸어오기도 했다. 그의 말대로라면 그런 것도 일종의 변태 아니겠는가.

사실 나는 학교와 다른 곳에서도 변태성욕자들을 많이 보았다. 그들은 늘 그 짓을 하고 있었다. 그래서 루스도 변태가 아닐까 의심했던 것이다.

루스는 오랜만에 만났으면서 잘 있었냐는 따위의 말은 하지 않았다. 앉자마자 한다는 소리가 고작 몇 분밖에 시간이 없다는 것이었다. 데이트 약속이 있다나 뭐라나.

루스는 드라이 마티니를 주문했다. 올리브는 넣지 말라고 했다.

"사실 내가 말예요. 형을 위해서 동성연애자 하나 알아 놨어요."

나는 먼저 운을 띄워 보았다.

"저쪽에 앉아 있어요. 보지는 마세요. 하지만 분명 형을 위해 알아 놓은 거라고요."

"미친 놈, 넌 대체 언제 어른이 되니?"

루스는 짜증스레 말했다. 내가 하고 있는 짓이 한심한 모양이었다. 그러나 나는 상당히 재미있었다. 역시 그는 유쾌한 친구였다.

"성생활은 어때요?"

나는 다시 이죽거렸다. 그런 것을 물으면 싫어한다는 것을 알았지만 상관하지 않았다.

"그만둬라, 제발."

그가 다시 인상을 썼다.

"이렇게 가만 있잖아요. 그런데 콜롬비아는 어때요? 좋아요?"

"당연하지. 맘에 들지 않으면 다니겠니?"

그가 대답했다. 그도 그렇게 진부한 말을 할 때가 있었다.

"전공은 뭔데요? 변태성욕자?"

나는 자꾸 그를 놀리고 싶었다.

"자꾸 왜 이러냐? 날 놀리는 거냐?"

"아녜요, 그냥 농담한 거예요."

나는 얼른 손사래를 쳤다. 그리곤 말을 이었다.

"형은 머리가 좋잖아요. 그래서 하는 말인데, 난 지금 형 충고가 필요해요. 난 지금 몹시……."

나는 한숨을 길게 내쉬었다.

"코울필드, 우리 그냥 술이나 마시며 조용히 얘기나 하자. 뭐 그런……."

"알았어요, 알았어."

나는 그의 말을 끊으며 얼른 대답했다. 나와 심각한 이야기를 할 생각이 없다는 뜻이었다. 그것이 바로 소위 머리 좋은 작자들의 인간성이었다. 그런 인간들은 스스로 내키지 않으면 절대로 진지하게 대화하지 않는다.

나는 할 수 없이 그렇고 그런 이야기를 시작했다.

“이건 농담이 아녜요. 그래, 요즘 성생활은 어때요? 후튼에 다닐 때 사귀던 그 여자애랑 지금도 만나요? 왜 있잖아 그 지독한…….”

“아니, 안 만나.”

루스가 고개를 저었다.

“왜요? 여자한테 무슨 일이라도 생겼어요?”

“몰라. 하지만 네가 물으니까 하는 말인데, 아마 지금쯤 뉴 햄프셔의 거물급 창녀가 돼 있을 거야.”

“너무 심하다. 항상 형하고만 상대하던 얌전한 애였잖아요? 그런데 그렇게 말해도 돼요?”

“아이쿠, 또 시작이네.”

루스는 주먹으로 자기 이마를 쳤다.

“이거 전형적인 코울필드 식 대화로군. 너 정말 그런 말이 그렇게도 하고 싶냐?”

“그게 아니고, 난 그저 그애가 얌전한 거 같아서…….”

“야, 우리가 꼭 이런 한심한 대화를 계속 해야겠냐?”

루스는 나를 아주 한심한 듯 보았다.

나는 더 이상 아무 말도 하지 않았다. 그러나 계속 입을 다물고 있으면 벌떡 일어나 나 혼자만 남겨두고 가 버릴 것 같았다.

나는 그것이 걱정이었다. 그래서 얼른 술을 한 잔 더 시켰다. 그가 가기 전에 왕창 취하고 싶었다.

"그럼 지금은 누구와 사귀는데요? 말하고 싶지 않다면 안 해도 되고요."

"넌 모르는 여자야."

"알지도 모르잖아요. 이름만 알려 주세요."

"빌리지에 사는 여자야. 조각 하는."

"몇 살인데요?"

"물어 보지 않았어."

"그래도 대강 알 거 아녜요."

"삼십대 후반쯤 됐을 거야."

"삼십대 후반! 정말! 그래도 괜찮아요? 그렇게 늙은 여잔데?"

내가 그렇게 물은 것은 다름아니었다. 루스가 섹스에 대해 너무 잘 알고 있었기 때문이었다. 그는 분명히 그것에 대해 아주 많이 알고 있었다. 열네 살에 벌써 동정을 잃은 녀석이었으니까.

"네 말뜻이 그런 거라면 난 노련한 여자가 좋아."

"그건 왜요? 정말 몰라서 그런 건데, 그런 여자랑 섹스하는 게 더 좋은가요?"

"분명히 말해 두는데, 오늘밤 절대로 코울필드 식 질문에는 대답하지 않겠어. 넌 언제 어른이 되니?"

루스의 책망에 나는 그만 입을 다물었다. 잠깐 동안이라도 그의 비위를 건드리지 않기로 한 것이다.

루스는 다시 마티니를 주문했다. 그는 바텐더에게 더 진하게 해 달라고 부탁했다.

"사귄 지는 얼마나 됐는데요? 그 조각한다는 여자 말예요."

나는 정말 궁금했다. 루스 녀석, 참으로 대단했다.

"후튼에서부터 사귄 거예요?"

"아냐, 그 여잔 우리 나라 사람이 아냐. 여기 온 지도 얼마 안 돼."

"그래요? 어디서 왔는데요?"

나는 점점 호기심이 더해졌다.

"상하이에서 왔대."

"농담 아니죠? 그럼 중국 여자란 말예요?"

"맞아."

"정말? 언제부터 그런 데 취미가 있었어요? 중국 말예요."

"글쎄."

"말해 줘요. 난 정말 궁금하단 말예요."

"사실 우연한 기회에 서양철학보다 동양철학이 더 심오하다는 걸 알게 됐어. 네가 물어서 하는 말이지만."

"형이 말하는 철학이란 무슨 뜻이죠? 섹스 같은 거 말예요? 아니면 중국 말예요? 형 말뜻을 분명하게 모르겠어요."

"중국이라고는 안 했어, 동양이라고 했지. 그런데 넌 이런 말도 안 되는 얘길 계속하고 싶냐?"

"난 진지하게 말하고 있어요. 장난으로 이러는 게 아니라고요."

나는 정색을 하며 말했다.

"정말 궁금하다니까요. 대체 뭐가 동양이 낫다는 거죠?"

"한 마디로 설명할 수 없어. 동양인은 섹스라는 것도 육체적인 결합과 동시에 정신적인 결합으로 생각하고 있어. 만약 네가 나를 생각하기를……."

"그건 나도 같은 생각이에요. 사실 나도 섹스란, 그러니까 형이 말하는 그 육체적인 결합과 정신적인 결합이라는 걸 이해한다는 거죠. 그러나 그건 상대가 누구냐에 따라 다르다고 생각해요. 그러니까 만약 좋아하지 않는 여자와 한다면 난 아마……."

"좀 조용히 해! 이런 말을 그렇게 큰 소리로 하면 어떡해!"

"알았어요."

그러나 나는 더욱 목소리를 높여 말했다. 꽤 흥분해 있었던 것이다. 나는 원래 흥분하면 목소리가 커졌다.

"그러니까 내 말뜻은 이런 거예요. 섹스란 정신적 육체적인 결합뿐 아니라 예술적이기도 하다는 것, 그래서 그건 아무하고나 할 수 없다는 거죠. 어떤 여자하고 껴안았다고 해서 다 섹스로 연결되는 것은 아니잖아요. 형은 어때요?"

"이제 그만하자."

루스가 흥미없다는 듯 말했다.

"알았어요. 그런데 그 중국 여자 어디가 그렇게 좋아요?"

"그만하자니까!"

루스는 그만 짜증을 내었다. 그러고 보니 내가 루스의 사생활에 대해 너무 깊이 파고들고자 했다. 그것이 루스를 화나게 했다.

후튼에 다닐 때부터 루스는 다른 사람의 사생활에 대해서는 이러쿵 저러쿵 말이 많았지만 자신의 사생활에 대해서는 일절 말이 없었다. 누가 캐묻거나 하면 버럭 화를 내기도 했다.

루스처럼 잘난 자식들은 원래 모든 것을 휘두르려고 한다. 그러지 못할 경우에는 아예 낄 생각을 하지 않는다. 자기가 말을 하지 않으면 상대도 하지 못하게 하고, 자기가 방에 들어가면 상대도 들어가게 한다. 후튼에 다닐 때 루스가 그랬다. 우리는 때때로 루스의 방에 가서 섹스에 대한 강의를 들었다. 루스의 강의가 끝나면 우리는 끼리끼리 모여 좀더 얘기하고 싶어했다. 그러나 루스는 그것을 싫어했다. 그것도 아주 노골적으로. 루스는 우리가 다른 아이의 방에 가서 노는 것도 싫어했다. 여기에서 우리란 루스를 제외한 나머지를 말한다. 그는 자신이 주연으로 나오는 공연이 끝나면 각자 방으로 돌아가 얌전히 있기를 바랐다. 그때 루스가 두려워한 것은 무엇이었을까. 누구인가 자신보다 더 멋진 말을 하지 않을까 싶었던 것이 아닐까.

"나도 중국에 가게 될지 모르겠어요. 성생활이 너무 엉망이라서."

"그래, 넌 아직 어른이 되려면 멀었으니까."

"그건 나도 알아요."

나는 수긍하지 않을 수 없었다.

"그런데 문제가 있어요. 뭔지 알겠어요? 난 좋아하지 않는 여자완 그게 하고 싶지 않아요. 그러니까 난 상대가 꼭 맘에 들어야 할 수 있어요. 맘에들지 않으면 욕정이고 뭐고 다 사라져 버린다니까요. 그래서 마음껏 성생활을 할 수가 없어요."

"당연하지. 그래서 내가 지난번에 만났을 때 말했잖아. 생각 안 나?"

"정신분석인지 뭔지 받아 보라는 거요?"

루스의 아버지는 정신분석인가 무엇인가 하는 의사였다. 그래서 그 녀석이 내게 그런 말을 했는지 모르겠지만.

"모든 건 네 맘에 달려 있어. 네가 네 인생을 어떻게 요리하든 난 상관할바 없어."

루스는 분명하게 말했다. 나는 입을 다물었다. 좀 생각해야 할 것 같았다.

"만약에 내가 형 아버지한테 정신분석인가 뭔가 받는다면 말야. 어떻게 되는 거예요? 형 아버지가 나한테 어떻게 하는 거냔 말예요?"

"특별히 하는 건 없어. 우리 아버진 그냥 너랑 얘기할 거야. 그러니까 너도 그냥 얘기만 하면 돼. 그럼 내가 옆에서 네가 어떤 유형인지 말해 주겠지"

"어떤 유형이라뇨?"

"너를 작용시키는 정신적인 틀 말야. 난 정신분석학 기초 이론에 대해 네게 강의할 생각은 없어. 그러니까 혹시 관심이 있다면 우리 아버지한테 전화해서 예약해. 관심 없으면 하지 말고, 솔직히 말해서 난 전혀 흥미가 없으니까."

루스는 정말 흥미가 없다는 듯 멀뚱한 표정을 지었다.

나는 루스의 어깨에 손을 얹었다. 그는 정말 재미있는 친구였다.

"형은 내 친구예요. 형도 그렇게 생각하죠?"

나는 진지하게 말했다. 그러나 그는 시계를 보며 슬쩍 일어섰다.

"이젠 가야겠다. 만나서 반가웠다."

루스는 바텐더에게 계산서를 가져오게 했다.

"형!"

나는 서두르는 그를 은근하게 불렀다.

"형도 정신분석을 받아 봤어요? 형 아버지한테 말예요."

"그건 왜 묻지?"

"그냥요. 받아 봤어요?"

"정확하게 말하면 받았다고 할 순 없어. 아버지가 하고 싶어 하셔서 적당히 응하는 척은 했지만, 나한테는 그런 게 필요 없거든. 그런데 그런 건 왜 묻는 거니?"

"그냥이라니까요."

"그럼 놀다 가라."

그는 팁을 놓곤 막 나가려 했다.

"한 잔만 더 하고 가요. 너무 외로워서 그래요. 거짓말 아네요."

나는 아주 간절하게 말했다. 그러나 루스는 그럴 시간이 없다고 했다. 이미 늦었다는 것이었다. 그리고는 쏜살같이 가 버렸다. 루스, 그 녀석은 정말 나를 화나게 했다. 그가 이야깃거리가 많은 것은 사실이었다. 그 어떤 녀석보다 어휘력도 풍부했다. 하기는 후튼은 어휘력 시험이 있었으니까.

20

루스가 나간 후에도 나는 계속 그곳에 있었다. 티나와 재니느의 노래라도 들을 셈이었다. 그러나 그들은 그곳에 없었다. 대신 곱슬머리의 사내가 나왔다. 몹시 색골로 보였는데, 피아노를 치는 사내였다. 곱슬머리 사내가 들어가자 이번에는 발렌시아라는 여자가 나왔다. 그녀는 노래를 불렀다. 그다지 잘하는 편은 아니었으나 그래도 티나와 제니느보다는 나았다. 그들보다 좋은 노래를 불렀기 때문이었다.

피아노가 바로 내 옆에 있었기 때문에 나는 발렌시아를 바로 옆에서 보게 되었다. 나는 그녀에게 눈짓을 해 보였다. 그러나 그녀는 거들떠보지도 않았다. 평소 같으면 나도 그런 짓 따위는 하지 않았으련만 그날은 몹시 취해 있었다.

노래가 끝나자마자 그녀는 무대 뒤로 곧장 사라졌다. 한 잔 하자고 청하고 싶었지만 그럴 틈이 없었다. 나는 웨이터를 불러 같이 한 잔 하게 그녀를 불러 달라고 했다. 웨이터는 순순히 그러겠다고 했다. 그러나 그것은 거짓이었다. 그들이 그런 심부름을 할 리는 없었다.

나는 잔뜩 취한 채 새벽 1시까지 그곳에 앉아 있었다. 거의 똑바로 앞을 볼 수도 없을 정도였다. 그러나 그 상태에서도 절대 잊지 않았던 것은 떠들지 말자는 것이었다. 공연히 소란을 피워 몇 살이냐고 묻는다면 귀찮은 일이 생길 것이기 때문이었다. 그런데 도무지 앞이 안 보였다.

그렇게 취한 상태에서 나는 내 창자에 탄알이 박혔다고 생각하기 시작했다. 바에서 창자에 총알 박힌 사람은 오직 나뿐이었다. 나는 자켓 밑에 손을 넣어 바닥에 피가 떨어지지 않도록 배를 움켜쥐었다. 부상당한 사실을 사람들에게 알리고 싶지 않았기 때문이었다.

나는 다시 제인에게 전화를 걸고 싶었다. 그리하여 계산을 하고 나와 전화가 있는 곳까지 걸어갔다. 피가 떨어지지 않도록 배를 움켜쥔 상태로 말이다.

그런데 막상 전화기 앞에 서니 전화 걸고 싶은 생각이 싹 사라지는 것이었다. 그리하여 엉뚱하게도 샐리 헤이즈에게 전화를 걸고 말았다. 샐리네에 전화하기까지도 다이얼을 무려 스무 번은 돌렸을 것이다. 앞이 통 보이지 않았던 것이다.

"여보세요."

전화 받은 사람이 누구인지도 모르고 나는 고함치듯 말했다.

"누구냐!"

매우 차가운 음성이 저쪽에서 들려 왔다.

"홀든 코울필드입니다. 샐리 좀 바꿔 주세요."

"샐린 자고 있어. 난 샐리 할머니다. 그런데 홀든, 이런 시간에 전화를 걸다니, 지금이 몇 신지 알고 있니?"

"알고 있습니다. 그런데 너무 중요한 일이 있어서요. 좀 바꿔 주세요."

"샐린 자고 있다니까. 그럼 내일 다시 걸어라."

"깨우세요! 깨워 달라고요!"

전화가 끊길지 모른다고 생각하고 나는 마구 소리쳤다. 그때 다른 목소리가 들려 왔다.

"홀든, 나야."

샐리 목소리였다.

"도대체 어떻게 된 거니?"

"샐리니?

"그래, 나야. 소리지르지 마."

샐리가 소리를 죽여가며 말했다.

"그래. 알았어. 그럼 내 말 잘 들어. 크리스마스 이브에 갈 테니 기다려. 알았지? 크리스마스 트리에 장식해 주러 말야. 샐리, 듣고 있니?"

"너 취했구나. 얼른 가서 자. 그런데 너 지금 어디 있니? 누구랑 있어?"

"샐리, 크리스마스 트리에 장식하러 갈게. 알았지?"

"알았어. 이제 가서 자. 어디서 누구랑 있는지 모르겠지만 말야."

"나 혼자 있어. 그러니까 여긴 나와 나뿐이야."

정말 취해도 보통 취한 것이 아니었다. 그때까지도 나는 여전히 창자를 움켜쥐고 있었다.

"근데 샐리, 나 로키 패들한테 맞았어. 알겠어?"

"잘 안 들려. 이제 그만 끊어."

"샐리, 내가 크리스마스 트리 장식하는 거 도와주길 바래?"

"응, 그러니까 얼른 가서 자."

샐리는 그만 전화를 끊고 말았다.

"잘 자. 잘 자, 귀여운 샐리. 내 사랑 샐리. 내 사랑하는……."

나는 그렇게 중얼거리며 전화를 끊었다. 내가 얼마나 취했는지 상상할 수 있겠는가.

나는 샐리가 데이트를 하고 막 돌아왔다고 생각했다. 런트 부부와 함께 어디인가 갔을 것이라고 상상했다. 다음에는 앤도버 녀석과 함께 있는 것을 상상했다. 찻잔을 앞에 두고 서로 닳아빠진 이야기를 나누며 노는 꼴을 상상했다. 나는 갑자기 그녀에게 전화한 것이 몹시 후회되었다. 아무튼 취하면 나는 더욱 얼빠진 놈이 된다.

전화 부스 안에서 나는 한참 동안 있었다. 전화통에 매달려 있었던 것이다. 정신을 잃지 않기 위해서였다. 기분이 몹시 나빴다.

그곳에서 나온 것은 화장실에 가기 위해서였다. 화장실에 들어가 세면대에 찬물을 가득 채웠다. 그리곤 그곳에 머리를 처박았다. 귀에까지 물이 오도록 깊이 박았다. 그러다 머리를 불쑥 쳐들었다. 그리곤 그대로 두었다. 닦지도 않았다. 물이 뚝뚝 떨어졌지만 상관하지 않았다.

잠시 후, 나는 창가에 있는 라디에이터에 가서 그곳에 걸터앉았다. 따뜻했다. 그곳에 앉아 있으려니 생쥐처럼 떨렸다. 그러나 추워서 떤 것이 아니라 취해서 떤 것이었다. 원래 나는 취하면 떠는 버릇이 있다.

달리 할 일도 없고 해서 나는 라디에이터에 앉아 바닥의 타일 수를 헤아렸다. 네모꼴의 타일이었다. 그 사이에 머리에서 흘러내린 물로 온몸이 흠뻑 젖고 말았다. 1갤런 정도의 물이 목덜미를 따라 셔츠 칼라니 넥타이니 가리지 않고 적셨다. 그러나 나는 조금도 개의치 않았다. 너무 취해 있었기에 그런 것에는 관심도 없었다.

그때 피아노 연주를 하던 곱슬머리의 사내가 들어왔다. 그는 거울을 보고 자신의 금발머리를 빗기 시작했다. 그가 빗질하는 동안 나는 이것저것 말을 시켰다. 그는 썩 내켜하지는 않았지만 그래도 대꾸는 해 주었다.

"바에 들어가면 발렌시아를 만날 수 있을까요?"

"아마 그럴 거요."

자식, 그래도 재치있게 대꾸할 줄은 알았다.

"그 여자한테 안부 좀 전해 줘요. 그리고 웨이터가 내 말을 전했는지도 물어 봐 주시고."

"몇 살이나 먹었소? 집에는 왜 안 들어가는 거요?"

"여든여섯, 그 여자한테 안부 좀 꼭 전해 주시오."

"집에는 왜 안 들어가냐니까?"

"원래 집에 잘 안 들어가요. 그런데 피아노를 참 잘 치대요."

나는 괜히 기분이 좋아져 그를 추켜 주었다. 사실은 그 반대였지만.

"방송에 나가도 되겠어요. 그렇게 잘생겼는데. 금발에다."

"그만 집에 돌아가지. 가서 얌전하게 자라고."

"돌아갈 집이 없다니까. 농담이 아냐. 매니저가 필요해요?"

나는 끝없이 지껄여댔다.

그는 결국 대답없이 나가 버렸다. 머리를 빗고는 한참 쓰다듬다 나가 버린 것이다. 스트라드레이터처럼 말이다. 소위 잘생겼다는 인간들은 다 그랬다. 머리만 빗으면 그냥 나가 버린다.

나는 라디에이터에서 내려와 물품 보관소로 갔다. 가는 도중 마구 울었다. 왜 울었는지는 생각나지 않는다. 아무튼 울었다. 아마 무섭고 외로워서 그랬던 모양이다.

그런데 막상 보관소에 가서 보니 표가 없었다. 어디에 두었는지 도무지 생각이 나지 않았다. 다행히 옷을 맡아 주는 여자가 아주 친절했다. 그녀는 표가 없는데도 코트를 내주었다. '꼬마 셜리 빈즈' 레코드도 내주었다. 그때까지도 그것을 들고 다닌 것이었다.

친절의 대가로 나는 1달러를 내밀었다. 그러나 그녀는 받지 않았다. 그러면서 얼른 집에 가서 자라고 말했다. 나는 근무 시간 후에 데이트를 좀 하자고 했다. 그러나 그녀는 그것도 사양했다. 자신은 내 어머니뻘 되는 나이라고 하면서, 나는 흰머리를 보여주면서 마흔두 살이라고 우겼다. 물론 농담이었다. 그녀가 너무 좋아 그냥 해본 소리였다.

그녀는 사냥 모자를 보여주자 멋지다고 했다. 모자를 씌워 주기까지 했다. 머리가 젖어 그대로 밖에 나가면 감기에 걸릴 거라면서. 아무튼 무척 친절한 여자였다. 나는 그런 여자가 좋았다.

밖으로 나오자 이가 덜덜 떨렸다. 술은 어느 정도 깨었건만 사정없이 떨렸다. 도저히 멈출 수가 없을 정도였다.

매디슨 가로 가려면 버스를 타야 했다. 이제 돈이 얼마 남지 않아 택시는 탈 수가 없었다. 그런데 버스는 타기가 싫었다. 더구나 어디로 갈지 확실하게 결정하지도 않은 상태였다. 갈 곳도 없었고 가고 싶은 곳도 없었다. 피곤하지도 않았다. 다만 우울할 뿐이었다.

나는 천천히 공원을 향해 걷기 시작했다. 그 작은 연못에 오리들이 무엇을 하고 있을지 궁금했다. 그때까지 그냥 그곳에 있는지도 궁금했다.

공원까지는 그리 멀지 않은 거리였다. 그런데 막상 공원에 들어서는 순간 나는 그만 실수를 하고 말았다. 피비에게 줄 레코드를 떨어뜨리고 만 것이다. 레코드는 그 자리에서 산산이 부서졌다. 종이 봉투에 넣었는데도 무참히 부서졌다.

나는 서러움이 치밀어 올랐다. 그리하여 그만 소리내어 엉엉 울어 버리고 말았다. 부서진 조각들을 봉투에서 꺼내어 코트 주머니에 넣으며 울었다. 소용없는 짓인 줄 알았지만 그대로 버리고 싶지가 않았다.

공원 안은 캄캄했다. 도무지 연못이 어디 있는지 알 수가 없었다.

나는 태어난 후 줄곧 뉴욕에서 살았다. 그래서 중앙 공원은 내 손금 보듯 훤했다. 어릴 때부터 롤러 스케이트를 타거나 자전거를 탔기 때문이었다. 그런데도 그날 밤에는 어디가 어딘지 알 수가 없었다.

대충 짐작으로 내가 어디에 있는지는 알고 있었다. 바로 연못 근처에 있었던 것이다. 그러나 연못은 좀처럼 보이지 않았다. 아마 생각했던 것보다 훨씬 더 취한 모양이었다.

어쩔 수 없이 계속 걸었다. 그런데 걸으면 걸을수록 앞이 안 보이고 점점 더 삭막해지는 것 같았다. 주위에는 아무것도 없었다. 개미 새끼 한 마리 보이지 않았다. 그러나 아무도 없는 것이 오히려 마음은 편했다.

마침내 연못을 발견했다. 반은 얼어 있었고 반은 얼지 않은 상태였다. 그러나 오리는 보이지 않았다. 연못을 빙 둘러보아도 마찬가지였다. 그러다가 하마터면 연못에 빠질 뻔하기도 했다.

약간 불빛이 닿는 의자가 있어 나는 그곳으로 가서 앉았다. 여전히 몸은 사시나무 떨리듯 떨렸다. 빨간 사냥 모자를 쓰고 있었음에도 머리에 얼음덩어리를 이고 있는 듯했다. 겁이 나기도 했다. 그러다 폐렴에라도 걸리면 어쩌나 싶었던 것이다. 그 나이에 죽어 버리면 억울하지 않겠는가.

내 장례식에는 아마 멍청이들이 구름떼처럼 몰려올 것이다. 먼저 디트로이트에 있는 할아버지가 올 것이다. 할아버지는 버스를 타고 가면서 거리의 번호를 일일이 읽는 버릇이 있다. 그것도 아주 큰 소리로 말이다.

숙모나 외숙모, 고모, 이모 등 친척 아주머니들도 올 것이다. 나는 친척 아주머니가 아주 많다. 아마 50명은 될 것이다. 그 중 한 아주머니는 입냄새가 아주 지독했다. 그 아주머니는 앨리가 마치 잠든 것처럼 죽었다고 몇번이나 말했다고 한다. D. B.가 그랬다. 그때 나는 손을 다쳐 병원에 있었기 때문에 직접 듣지 못했다.

사촌들도 올 것이다. 동생 앨리가 죽었을 때도 모두 왔으니까. 그 멍청이들은 마치 구름떼 같았다.

머리에 얼음 덩어리가 매달려 있다면 폐렴에 걸릴 것이고, 그러면 죽을 것이니 그런 상상도 무리는 아니었다. 나는 은근히 걱정이 되었다. 어머니 아버지가 불쌍하다는 생각이 들었다. 특히 어머니가 불쌍했다. 어머니는 아직 앨리의 죽음으로 인한 충격에서 벗어나지 못하고 있었다. 그런데 나까지 죽는다면? 자꾸 내 옷이나 운동기구 따위를 어떻게 할지 몰라 쩔쩔매는 어머니의 모습이 아른거렸다.

한 가지 다행인 것은, 아직 피비가 어리다는 것이다. 따라서 내가 죽더라도 절대로 장례식에는 오지 못할 것이다. 그것은 진정 불행 중 다행이었다.

다음에는 여러 사람이 내 시체를 무덤에 던져 넣고 묘비에 이름을 새기는 장면을 상상했다. 그렇게 되면 내 주위는 온통 죽은 사람들로 가득할 것이다. 아, 내가 죽으면 부디 강물 같은 데 던져 넣기를!

나는 무덤 속에 갇히는 것이 싫다. 땅에 파묻힌다면 사람들이 일요일마다 찾아와 배 위에 꽃다발을 얹어 놓고 그럴 것이 아닌가. 그런 멍청한 짓을 죽어서까지 봐야 하다니, 정말 지겨운 노릇이다. 세상에 죽어서까지 꽃을 원하는 사람이 있을까. 한번들 생각해 보시라.

날씨가 좋으면 어머니와 아버지도 앨리의 무덤에 가서 꽃다발을 얹어 놓았다. 나도 같이 간 적이 있지만 나는 결코 꽃다발 따위는 얹어 놓지 않았다. 무엇보다도 나는 그런 엉뚱한 곳에서 앨리를 보는 것이 싫었다. 죽은 사람들이니 비석이니 하는 것들에 앨리가 둘러싸여 있다는 것을 도저히 인정할 수가 없었다.

그래도 날씨가 좋을 때는 나았다. 그런데 두 번인가 세 번 비를 만난 적이 있다. 너무 무서웠다. 앨리의 비석에도 비가 내리고 앨리의 무덤에도 비가 내렸다. 아니, 전체 무덤에 비가 내렸다.

비가 내리자 무덤에 있던 수많은 사람들이 정신없이 차 있는 곳으로 달려갔다. 그 광경에 나는 울컥 서러움이 치밀어 올랐다. 차를 타고 사람들은 라디오를 틀고 어디에서 저녁을 먹을까 생각했다. 앨리만 빼놓고 말이다. 그것은 참을 수 없는 일이었다. 무덤에 있는 것은 앨리의 썩은 시신이고 그 영혼은 천국인가 어디인가에 있다는 시시껄렁한 소리는 나도 알고 있다. 그러나 그것은 어디까지나 생각뿐 감정은 아니었다.

나는 앨리가 그곳에 없기를 바랐다. 다른 사람들은 그애를 모른다. 그렇기 때문에 아마 나를 이해하지 못할 것이다. 그러나 만일 그애를 안다면 충분히 이해할 것이다.

아무튼 무덤은 날씨가 좋을 때는 괜찮다. 그러나 날씨는 내 마음대로 되지 않으니 문제이다.

나는 폐렴과 죽음이라는 생각에서 벗어나기 위해서 주머니를 뒤져 돈을 꺼내 보았다. 그리곤 가로등 밑으로 가서 세기 시작했다. 겨우 1달러짜리 지폐 세 장과 25센트짜리 은화 다섯 개, 5센트짜리 동전 한 개뿐이었다. 그러니까 나는 펜시를 떠난 이후부터 막대한 재산을 탕진한 것이었다.

나는 돈을 쥐고 연못가로 갔다. 그리곤 25센트짜리 은화를 얼지 않은 부분을 향해 힘껏 던졌다. 수면을 가로지르며 평행으로 던졌다. 왜 그랬는지는 확실하게 모르겠다. 다만 폐렴이나 죽음의 공포로부터 확실하게 벗어나기 위해서 그런 것이 아니었나 싶다.

그러나 동전을 던진 후에도 폐렴과 죽음의 공포에서 벗어날 수는 없었다. 내가 폐렴으로 죽는다면 피비의 심정이 어떨까 하는 생각이 떠오른 것이다. 유치한 생각이었다. 그러나 어쨌든 그런 일이 생기면 피비는 몹시 슬퍼할 것이다. 나를 좋아하고 따르니 당연한 일이었다.

그래서 생각한 것이 피비를 미리 만나보자는 것이었다. 죽을 경우를 대비해서 어머니 아버지 몰래 말이다. 잠시 이야기라도 나눈다면 훨씬 편하게 죽을 것 같았다.

그런데 문제는 현관문이었다. 우리 집 현관문은 엄청나게 삐걱거린다. 아파트가 워낙 오래된 터에 관리인이 지독하게 게을러서 성한 것이 없었다. 그래도 나는 한번 시도해 보기로 했다.

한번 결심을 하자 거칠 것이 없었다. 나는 주저하지 않고 공원을 빠져 나왔다. 그리곤 곧장 집을 향해 걸었다. 그다지 먼 거리가 아니었으므로 다리 아픈 것도 몰랐다. 또 피곤하지도 않았다. 다만 좀 추웠을 뿐이었다.

어디를 둘러보아도 사람은 그림자도 없었다.

21

최근 들어 가장 운이 좋았던 일을 꼽으라면 그날 엘리베이터 안내원인 피트가 없었다는 것이리라. 피트가 그날 야근을 하지 않은 것이다.

엘리베이터는 처음 보는 사람이 운행하고 있었다. 따라서 나는 어머니 아버지와 부딪히지 않고 피비에게 살짝 인사만 하고 나오면 되었다. 그렇더라도 내가 다녀갔다는 사실을 아무도 모를 것이다. 그것은 정말 대단한 행운이었다.

더욱 다행인 것은 그 새로운 엘리베이터 안내원이 좀 모자란다는 것이었다. 나는 시치미를 뚝 떼고 디크스타인의 집앞에 내려 달라고 했다. 디크스타인이란 우리와 같은 층에 살고 있는 사람이었다. 그때 나는 그 빨간 사냥 모자를 벗고 있었다. 공연히 의심할까 싶었기 때문이었다. 그러나 초조한 기색은 감추지 못했다.

엘리베이터 문이 닫히고 막 올라가려는 순간 엘리베이터 안내원이 갑자기 돌아섰다.

"디크스타인 씨는 지금 집에 안 계십니다. 14층 파티에 가셨습니다."

엘리베이터가 그대로 멈춰 섰다.

"괜찮아요. 기다리면 되니까. 난 그분 조카랍니다."

"그렇다면 로비에서 기다리시는 게 좋지 않겠어요?"

엘리베이터 안내원은 약간 의심스러운 듯 말했다.

"그랬으면 좋겠지만 난 지금 다리가 아파요. 좀 편한 자세로 있고 싶군요. 그러니까 입구에 있는 의자에 앉아 있고 싶어요."

"그래요?"

그는 내 말을 이해하지 못한 듯싶었다. 그래서 그냥 그렇게 한마디 던지곤 위로 올라갔다. 우습지 않은가. 대체로 보통 사람들은 상대가 이해할 수 없는 말을 해도 되묻지 않는다. 무식이 드러날까 싶기 때문인 모양이었다. 그럴 경우 대체로 상대가 원하는 대로 일이 되었다.

나는 우리 집이 있는 층에서 내렸다. 다리를 절면서 말이다. 그리곤 디크스타인의 집 쪽으로 걸어갔다. 엘리베이터 문이 닫히자 곧바로 우리 집쪽으로 방향을 틀었지만. 그때까지는 모든 것이 순조롭게 진행되었다. 술도 서서히 깨고 있었다.

나는 열쇠를 꺼내 들고는 살짝 현관문을 열었다. 마치 도둑과 같은 행동이었다.

현관에 딸린 큰 방은 불이 꺼져 있었다. 당연한 일이었다. 나는 감히 불을 켤 생각을 못했다. 그것도 당연한 일이었다. 다만 아무 소리가 나지 않도록 조심할 뿐이었다. 무엇에 부딪히기라도 한다면 모든 일이 허사가 되지 않겠는가.

현관에 딸린 큰 방에서는 아주 독특한 냄새가 났다. 다른 곳에서는 도저히 맡을 수 없는 냄새였다. 나는 아직도 그것이 무슨 냄새인지 모른다. 콜리꽃 냄새도 아니고 그렇다고 향수 냄새도 아니다. 아무튼 그로 인해 나는 집으로 돌아왔다는 것을 확실하게 인식할 수 있었다.

나는 코트를 벗어 현관 옷장에 걸려고 했다. 그러나 워낙 옷이 많아 조금만 건드려도 삐거덕하는 소리가 났다. 그리하여 코트를 입은 채 들어갈 수밖에 없었다.

하녀에게 들킬 염려는 없었다. 그녀는 한쪽 고막이 없어서 무슨 소리도 잘 듣지 못했다. 어릴 적 그녀의 오빠가 귀에다 지푸라기를 집어넣어 그렇게 되었다고 했다. 그래서 귀머거리나 다름없었다.

대신 어머니는 사냥개처럼 귀가 밝았다. 그래서 어머니 아버지 방을 지날 때는 서두르지 않고 조심조심 걸었다. 숨소리조차 죽였다. 아버지는 벼락이 쳐도 일어날 리 없지만 어머니는 시베리아에서 하는 기침 소리에도 깨어날 것이다. 밤새도록 자지 않고 담배만 피울 때도 있다.

피비의 방에 도착하기까지는 한 시간 정도나 걸린 것 같았다. 그러나 피비는 방에 없었다. 형 D. B.의 방에서 잔다는 것을 까맣게 잊은 것이었다. D. B.가 헐리우드에 간 뒤로 피비는 항상 그 방에서 잤다. 그 방이 좋다는 것이다. 우리 집에서 제일 큰 방이기 때문이었다. 그 방에는 D. B.가 필라델피아의 한 알콜 중독자로부터 샀다는 커다란 책상과 10마일이나 되는 침대가 있었다. 도대체 D. B.는 어디에서 그 침대를 산 것일까.

어쨌든 피비는 D. B.가 없을 때는 그 방에서 자기로 했고 D. B.도 허락했다. 피비가 그 책상에 앉아 공부하는 것을 보면 참으로 우스웠다. 한번 상상해 보라. 거의 침대만한 책상에 자그마한 몸집으로 앉아 있는 피비를. 얼마나 우습겠는가.

피비는 그 책상을 무척 좋아했다. 자기의 것은 너무 작아 싫다는 것이었다. 자기는 무엇이든 잔뜩 늘어놓기를 좋아한다나. 그때 나는 그만 고개를 저으며 웃고 말았다. 도대체 피비가 늘어놓을 것이 어디 있다는 말인가.

나는 다시 D. B.의 방으로 갔다. 그리곤 책상 위의 전등을 켰다. 얼마나 깊이 잠들었는지 피비는 눈도 깜박이지 않았다. 나는 피비의 잠든 모습을 들여다보았다.

피비는 베개에 얼굴을 묻고 있었다. 입이 약간 헤 벌어진 상태였다. 만약 어른이 그렇게 잔다면 꼴불견일 것이다. 그러나 어린애는 그렇지 않다. 어린애는 침을 흘려도 아무렇지도 않게 느껴진다. 오히려 귀엽게만 보인다.

나는 방 안을 걸어다니면서 여러 가지를 살펴보았다. 전혀 다른 세상에 온 느낌이었다. 폐렴이나 죽음 따위에 대한 공포는 이미 사라진 지 오래였다.

피비가 벗어 놓은 옷은 침대 바로 옆에 있었다. 어머니가 캐나다에서 사다 준 노란 색 슈트에 잘 어울리는 자켓은 의자 등받이에 걸어 놓았고, 블라우스는 시트 위에 놓여 있었다. 구두와 양말은 의자 밑에 가지런히 놓여있었다. 내가 신고 있는 것과 비슷한 갈색 운동화였다. 그것 역시 노란 색 슈트와 잘 어울렸다.

피비는 어린애치고 깔끔한 편이었다. 그애는 옷을 함부로 벗어 놓는 일이 절대로 없다. 또 어머니는 어머니대로 옷을 입히는데 일가견이 있다. 이것은 내 말이 아니라 모든 사람의 말이다. 스케이트 같은 것을 사는 눈은 없었지만 옷을 고르는 데에는 정말 감탄할 지경이었다.

보통 어린애들의 차림새를 보면 어설픈 경우가 많다. 그것은 부모가 부자라도 마찬가지이다. 그러나 피비는 그렇지 않다 특히 어머니가 캐나다에서 사온 옷을 입고 있는 모습은 혼자 보기 아까울 정도이다.

나는 책상에 걸터앉아 이것저것 살펴보았다. 대부분 책이었다. 맨 위에 있는 것은 '재미있는 수학'이었다. 책장을 넘겨 보니 첫 페이지에 피비의 이름이 적혀 있었다.

'피비 웨더필드 코울필드 4B-1'

나는 피식 웃고 말았다. 피비의 가운데 이름은 조세핀이다. 그러나 피비는 그 조세핀이라는 이름을 아주 싫어했다. 그리하여 늘 새로운 이름을 지어내어 가운데 이름으로 썼다. 그런데 이번에는 웨더필드라니!

수학책 밑에는 지리책이 있었고 지리책 밑에는 철자 교본이 있었다. 피비는 글을 쓸 때 철자가 틀리는 법이 거의 없다. 물론 모든 과목을 다 잘했지만 특히 철자법에는 아주 뛰어나다.

철자 교본 밑에는 공책이 몇 권 있었다. 피비는 공책을 5천권 정도 가지고 있다. 아마 그처럼 공책을 많이 갖고 있는 애도 드물 것이다.

나는 맨 위에 있는 공책을 넘겨 보았다. 거기에는 다음과 같은 글이 적혀 있었다.

'버니스야, 점심 시간에 와. 꼭 할 말이 있어.'

첫 페이지에는 그것이 전부였다. 나는 다음 페이지로 공책을 넘겼다.

알래스카 동남부에 통조림 공장이 많은 이유는 무엇일까?

연어가 많이 잡히기 때문이지.

산림이 우거진 이유는 무엇일까?

기후가 알맞기 때문이지.

우리 정부는 알래스카 에스키모를 위해 무엇을 해 주었을까?

내일 조사해 올 것!

피비 웨더필드 코울필드

피비 웨더필드 코울필드

피비 웨더필드 코울필드

피비 W. 코울필드

피비 웨더필드 코울필드

셜리에게 전해!

셜리, 넌 네가 사수자리라고 했지?

아냐, 넌 황소자리야.

우리 집에 올 때 스케이트 가져와.

책상에 걸터앉은 채 나는 공책에 적힌 것을 처음부터 끝까지 다 읽어 보았다. 재미있었다. 하기야 나는 피비의 것이 아니라도 아이들의 공책은 밤을 새워서라도 읽을 수 있다. 아무튼 나는 피비의 공책을 읽고 그만 헛웃음을 짓고 말았다.

공책을 덮고 담배갑에서 담배를 꺼내 물었다. 마지막으로 남은 개비였다. 그날 아마 세 갑은 피웠을 것이다.

담배를 피우곤 피비를 깨웠다. 어머니나 아버지한테 들키기 전에 피비에게 인사라도 하고 나가야 했다. 그렇지 않다고 해도 평생 책상 위에서 지낼 수는 없지 않은가.

피비는 원래 잠귀가 밝았다. 덕분에 아주 쉽게 깨울 수 있었다. 큰 소리 따위는 지르지 않아도 되었다.

"피비야!"

침대에 걸터앉아 살짝 불렀을 뿐이었다.

"오빠!"

피비는 어김없이 눈을 떴다. 그리곤 벌떡 일어나 팔로 내 목을 껴안았다. 피비는 정말 정이 많은 아이다. 어린애치고 속정이 깊었다. 가끔 지나치지 않은가 싶은 때가 있을 정도이다. 나는 피비에게 살짝 키스를 했다.

"언제 왔어?"

피비가 물었다. 아주 반가운 눈치였다.

"큰 소리 내지 마. 방금 왔어. 그 동안 어떻게 지냈니?"

"잘 지냈어. 근데 오빠 내 편지 받았어? 다섯 장이나 썼는데."

"응, 받았어. 정말 고마워. 근데 그렇게 큰 소리로 말하지 마."

피비의 편지는 받았지만 답장할 시간이 없었다. 아니, 기회가 없었다. 피비의 편지는 항상 학교 연극제에 관한 이야기로 메워져 있었다. 직접 출연하기 때문이었다. 피비는 자신이 출연하는 모습을 내게 보여주고 싶어했다. 그래서 항상 금요일 밤에는 아무 약속도 하지 말라고 쓰여 있었다.

"연극은 어땠니? 제목이 뭐였더라?"

"〈미국인을 위한 크리스마스 행사〉. 근데 되게 재미없어. 거기서 난 베니딕트 아놀드 역을 맡았는데 제일 중요한 역이야."

피비는 연극 이야기를 하면 몹시 흥분했다. 덕분에 그애는 완전히 잠에서 깨어났다.

"내가 죽어가는 데서부터 시작하는 연극이야. 크리스마스 이브에 저승사자가 찾아와 사는 동안 부끄러운 일을 하지 않았냐고 묻는 거야. 왜냐하면 나는 나라를 배신한 적이 있거든. 근데 오빠, 꼭 보러 올 거지?"

피비는 똑바로 일어나 앉았다.

"그래서 편지 썼는데. 올 거지?"

"물론 가야지. 꼭 갈게."

"아빠 못 오신대. 캘리포니아에 가셔야 한 대, 비행기로."

피비는 눈을 말똥거리며 말했다. 잠에서 완전히 깨어나는데 그애는 2초도 걸리지 않는 모양이었다. 피비는 침대에서 일어나 앉아 무릎을 꿇은 채 내 손을 꽉 잡았다.

"엄마는 오빠가 수요일에나 돌아온다고 했는데?"

"조금 빨리 왔어. 그렇게 큰 소리로 말하지 마. 다들 깨겠다."

"지금 몇 시야? 엄만 늦게 온다고 했다. 아빠랑 코네티커스 씨 파티에 갔어."

피비가 상관없다는 듯이 말했다.

"오늘 오후에 내가 뭐 했는지 알아? 영화 봤는데, 무슨 영화 봤게?"

"글쎄, 모르겠는데. 그런데 어머닌 언제 돌아오시니?"

"〈의사〉란 영화야. 리스터 재단에서 특별히 상영한 거야. 근데 오늘 하루만 했어. 켄터키의 어느 의사 얘긴데, 그는 걸음을 잘 못 걷는 어느 절름발이 어린애 얼굴에 담요를 씌운 죄로 감옥에 갔어. 얼마나 멋진 영화인지 아마 오빤 모를 거야."

"피비, 언제 돌아오신다고 말씀 없으셨어?"

"그 의사는 아이를 불쌍하게 여긴 거야. 그래서 담요를 씌워 죽인 거지. 그 의사는 종신형을 받고 교도소에 갇혔어. 그런데 머리에 담요를 썼던 그 앤 항상 그 의사를 찾아가. 그리고 그 의사한테 감사해. 그러니까 그 의사는 자비로운 마음에서 살인을 한 거야. 물론 그 의사는 자기가 죄를 지었다는 걸 알고 있어. 아무리 의사라도 신이 하는 일을 가로챘으니까. 우리반 어떤 애 엄마가 데려갔었는데, 나랑 제일 친한 애야. 이름은 앨리스 홈보그라고 하고."

"잠깐!"

나는 얼른 피비의 말을 가로챘다.

"먼저 대답해. 엄마 아빠가 몇 시에 온다고 말 안 했어?"

"몇 시라곤 않고 그냥 늦을 거라고만 했어. 지하철이 끊어질까 봐 차를 갖고 가셨어. 차에는 라디오를 달았어. 근데 운전 중에는 틀지 못한대."

피비의 설명에 나는 다소 마음이 놓였다. 집에 온 뒤로 어머니한테 들킬까 봐 노심초사했는데 안심이었다. 오히려 될 대로 되라는 생각까지 하게 되었다. 들키면 들키는 것이지 어쩌겠는가.

독자들에게 피비의 모습을 보여 주고 싶다. 그때 피비는 코끼리 무늬가 있는 파란 파자마를 입고 있었다. 코끼리는 피비가 가장 좋아하는 동물이다.

"그렇게 좋은 영화였어?"

나는 좀 편안한 마음으로 물었다.

"되게 좋았어. 근데 앨리스 엄마가 자꾸 앨리스한테 춥지 않냐고 해서 좀 짜증났어. 앨리스가 감기에 걸렸거든. 그래도 그렇지, 재미있는 데서 자꾸 나한테 몸을 기대고 물어 보니까 신경질 나잖아."

"내가 너 주려고 레코드를 한 장 샀는데. 그만 여기 오다 깨뜨려 버렸어. 좀 취했었거든."

나는 주머니에서 레코드 조각을 꺼내 보여 주었다.

"어디 줘 봐."

피비가 손을 내밀었다.

"내가 갖고 있을게."

피비는 레코드 조각을 책상 서랍에 넣었다. 나는 웃고 말았다.

"형은 크리스마스에 돌아온대?"

내가 물었다.

"올지도 모르고 안 올지도 몰라. 엄마가 그랬어. 어떻게 될지 모른대. 헐리우드에 남아서 아나폴리스에 대한 시나리오를 써야 할지 모른다고."

"아나폴리스에 대한 영화?"

"응, 무슨 사랑 얘기래. 근데 누가 주연으로 나오는지 알아? 알아맞혀 봐."

"몰라, 흥미없어. 아나폴리스라고? 형이 아나폴리스에 대해 뭘 안다고? 형이 쓰는 소설하고 무슨 관계가 있다는 거지?"

나는 그만 화가 났다. 빌어먹을 헐리우드!

"팔이 왜 그러니?"

나는 피비 팔에 붙은 커다란 파스를 보고 물었다. 그때 피비는 소매가 짧은 파자마를 입고 있었다.

"공원 계단에서 내려오는데 우리 반 커티스 웨인트로브라는 애가 밀었어."

피비가 다친 팔을 감싸 잡으며 말했다.

"보여 줄까?"

그러면서 파스를 떼내려 했다.

"아냐, 그냥 놔둬. 근데 그 애가 왜 널 밀었어?"

"모르겠어. 내가 미워서 그랬겠지."

피비가 입을 비죽였다.

"나랑 셀마 애터베리가 그애 체육복에 잉크를 묻혀 놨거든."

"그러면 못 쓰지. 아무리 어린애라도."

"알아. 하지만 그앤 내가 공원에 갈 때마나 따라온단 말야. 귀찮아 죽겠어."

"널 좋아하는 모양이지. 그렇다고 잉크를 묻히면 어떡해."

"누가 날 좋아하래?"

피비가 다시 입을 비죽였다. 그러다가 갑자기 고개를 갸우뚱하는 것이었다.

"근데 왜 벌써 왔어? 수요일에 오지 않고?"

"방학을 일찍 했어. 아까 말했잖아."

나는 계속 둘러댔다. 그러나 피비는 속지 않았다.

"아냐, 퇴학당한 거야!"

피비는 나를 한참 살펴보더니 그렇게 말했다. 세상에 영리하기도 하지! 아무튼 피비 앞에서는 함부로 거짓말도 못 한다. 그렇게 영리한 아이를 어떻게 어린애로만 볼 것인가.

피비는 주먹으로 마구 때리기 시작했다. 그렇게 피비는 아무때나 주먹질을 했다.

"그렇지? 퇴학당한 거지?"

피비는 또 흥분도 잘 한다.

"누가 퇴학당했다고 그래? 난 그저……."

나는 우물우물 변명했다.

"아냐, 틀림없이 퇴학당했어."

피비는 계속 주먹으로 쳤다. 나는 무척 아팠다. 어린 여자애가 때리는데 무슨 엄살이냐고 하는 독자가 있으면 한번 맞아 보시라. 어린애일수록 때릴 때는 인정이 없다는 것을 아마 모르고 하는 소리이리라.

"아빠가 가만 안 둘 거야. 아마 죽일지도 몰라."

피비는 침대에 푹 엎어지며 말했다. 그리곤 베개를 머리 위로 끌어당겼다. 흥분할 때 나오는 버릇이었다.

"그만해."

내가 달래듯 말했다.

"아무도 날 어쩌지 못해. 피비, 아무도 날 죽이지 못해."

그러나 피비는 얼굴을 들지 않았다. 그애는 하기 싫은 일은 절대 하지 않았다.

"아빤 오빨 죽일 거야."

그 말만 계속 되풀이했다. 나는 아무래도 피비를 달래야겠다는 생각을 했다. 답답하게 머리 위로 베개를 뒤집어쓰다니.

"아무도 날 죽이지 못한다니까. 피비, 난 여기 있지 않을 거야. 어떻게 할 거냐면, 얼마 동안 농장 같은 데서 일할 거야. 할아버지가 콜로라도에서 농장을 하고 계신 친구가 하나 있어. 거기 가서 일자리를 얻으면 돼."

나는 아주 부드럽게 말했다.

"하지만 너한테는 계속 연락할 거야. 자, 이젠 그걸 머리에서 치워. 응?"

그러나 피비는 꼼짝도 하지 않았다. 베개를 빼내려 했지만 피비는 완강하게 저항했다. 그렇게 피비와 싸우면 항상 상대방이 지게 되어 있다.

"피비, 이제 그만 얼굴을 들어."

나는 계속 사정했다.

"웨더필드, 그만 얼굴을 들라니까."

그래도 피비는 얼굴을 들지 않았다. 무슨 말을 해도 소용없었다.

나는 잠깐 거실로 나왔다. 그리곤 탁자에서 담배를 몇 개비 꺼내 주머니에 넣었다.

22

다시 돌아가 보니 베개는 치워진 상태였다. 그러나 여전히 나에게는 눈길을 주지 않았다. 천장을 향한 채 반듯하게 누워 있으면서도 눈길조차 돌리지 않았다. 내가 다가가자 오히려 반대편으로 얼굴을 돌렸다. 완전히 나를 무시하는 태도였다. 지하철에 펜싱 도구를 놓고 내렸을 때 펜싱 팀 녀석들이 했던 행동과 똑같았다.

"헤이즈 웨더필드는 어떻게 됐니?"

나는 피비가 쓰고 있는 글에 대해 물어 보았다.

"새로운 얘기 좀 썼니? 네가 보낸 준 건 여행용 가방에 있어. 아주 잘 썼더라."

"아빠 오빨 죽일 거야."

빌어먹을, 피비는 한번 무슨 생각을 하면 거기에서 쉽게 벗어나지 못했다.

"그렇지 않아. 기껏해야 잔소리나 좀 하시겠지. 그리고 군관학교 같은데 보내실 거고. 하지만 난 그런 데완 맞지 않아. 그래서 콜로라도 농장에 가려는 거야."

"오빤 말도 못 타잖아."

"내가 말을 왜 못 타? 얼마나 잘 타는데? 아마 1, 2분만 배우면 선수보다도 잘 탈 거야."

나는 장난스레 말했다. 피비의 마음을 풀어 주기 위해서였다.

"그건 왜 떼?"

피비는 팔꿈치에 붙인 파스를 떼고 있었다.

"머리는 누가 잘라 줬니?"

나는 그제야 피비의 머리가 너무 짧다는 것을 알았다. 도대체 어떤 멍청이가 머리를 그따위로 자른단 말인가.

"참견하지 마!"

피비가 잘라 말했다. 대단한 심술이었다. 그애는 정말 심술이 대단하다.

"오빠, 또 전과목 낙제했지?"

그렇게 묻는 말투도 대단히 심술궂었다. 그러나 한편으로는 우습기도 했다. 꼭 학교 선생 같은 말투였다. 아직 젖비린내 나는 어린 것이……

"영어는 통과했어."

나는 피비의 엉덩이를 꼬집으며 말했다. 엉덩이가 계속 내 쪽을 향해 있었기 때문이었다.

피비는 뒤로 내 손을 내리치려 했다. 그러나 나는 맞지 않았다.

"도대체 오빤 왜 그래? 왜 자꾸 그러난 말야?"

왜 자꾸 퇴학당하냐는 뜻이었다. 나는 좀 서글픈 생각이 들었다.

"제발 그만! 피비, 다들 그러는 통에 정말 죽겠어."

나는 사정했다.

"이유는 많아. 그 학교는 이제껏 다니던 학교 중에 가장 나빠. 멍청이와 저질이 우글거리지. 게다가 얼마나 치사한 자식들이 많은데. 넌 아마 그렇게 치사한 자식들을 본 적이 없을 거야. 방에서 재미있는 말을 하고 있을 때 누군가 들어오고 싶어한다고 생각해 봐. 그런데 그는 여드름투성이에 너무 멍청해서 아무도 반기질 않는 거야. 그래도 들어오려고 하자 방에 자물쇠를 채우는 거야 그게 비밀 동지회라는 거야. 사실 난 들어가고 싶지 않았지만 어쩔 수 없이 들어가게 됐어. 그런데 로버트 애클리라는 여드름투성이 자식은 거길 못 들어와서 안달이었어. 몇 번이나 시도했지만 다들 싫다고 했어. 여드름이 너무 많이 나고 멍청하다는 이유로 말야. 더 말하고 싶지 않아. 아무튼 아주 지독한 학교야. 정말이야."

피비는 아무 말도 하지 않았다. 그러나 분명히 듣고 있었다. 그 애의 목을 보고 나는 그 사실을 알 수 있었다.

"물론 훌륭한 선생님도 계셨어. 두 분이나. 그러나 그분들도 엉터리이긴 마찬가지였어. 스펜서라는 늙은 선생이 있었거든. 그 사모님은 내가 가면 항상 뜨거운 초콜릿을 대접해 주셨어. 그러니까 부부가 다 좋은 분이지. 그런데 교장이 역사 시간에 교실에 들어와 뒤에 자리 잡고 앉으면 어떤지 알아? 아주 볼만해. 교장은 항상 30분 정도 앉아 있곤 했는데 마치 감시관 같은 자세였어. 비스듬히 기대앉은 채 너절한 농담을 하면서 수업을 방해하는데 얼마나 웃기는지. 그런데도 스펜서 선생은 왕이라도 납신 것처럼 쩔쩔매며 연신 싱글벙글 웃는 거야. 빌어먹을!"

"그런 상스러운 말 좀 하지 마."

"아마 너도 보면 구역질을 할 거야."

나는 말을 하면서도 비위가 상했다.

"동창의 날이라고 있거든. 그날엔 1776년에 졸업한 선배들까지 다 와. 식구들을 다 데리고. 그 중에서 쉰 살쯤 된 사람이 있는데, 얼마나 웃기는지 너한테 꼭 보여주고 싶어. 하루는 그 사람이 우리 방문을 노크하면서 세면장을 사용해도 되겠냐고 묻는 거야. 세면장은 복도 끝에 있는데 그걸 왜 우리한테 물었는지 난 지금도 이해할 수가 없어. 그런데 그 사람이 왜 세면장을 쓰겠다고 했는지 알아? 글쎄 자기 이름이 아직도 화장실 문에 남아 있는지 보고 싶다는 거야. 그 어리석고 슬픈 이름을 말야. 그래서 난 같은 방을 쓰고 있는 친구와 함께 그 사람을 세면장까지 안내했단다."

피비는 여전히 말이 없었다.

"그 사람이 자기 이름을 찾아 화장실에서 헤매고 있는 동안 우리는 내내 거기에 서 있었어. 그 사람은 계속 우리에게 말을 시켰지. 펜시에 다닐 때가 그래도 가장 행복했다느니 뭐니 하면서 말야. 또 장래에 대해 충고까지 해 주더군. 정말 따분한 사람이었어. 그렇다고 나쁜 사람이라는 뜻은 아냐. 하지만 사람을 우울하게 하는 데는 착한 사람 악한 사람이 따로 없거든. 오히려 착한 사람일수록 더 따분하게 할 수 있지. 아무튼 난 그때 알았어. 사람을 우울하게 하려면 화장실에 세워 놓고 계속 엉터리 같은 충고를 하면 된다고 말야. 아냐, 그 사람이 가쁜 숨만 쉬지 않았다면 그렇게까지 따분하지 않았을지도 모르겠다. 그 사람은 계단을 올라올 때부터 헐떡거렸거든. 물론 스트라드레이터와 나한테 펜시에서 얻을 수 있는 것은 모두 얻으라고 충고할 때도 숨을 가쁘게 몰아 쉬었지만. 참, 어떻게 설명해야 할지…… 아무튼 난 펜시의 모든 게 싫었어. 도저히 말로는 설명할 수 없지만 아무튼……."

그때 피비가 뭐라고 했다. 그러나 나는 알아듣지 못했다. 피비가 한쪽 입을 베개 위에 붙이고 있었기 때문에 정확하게 발음이 안 되었던 것이다.

"제대로 말을 해야지, 그렇게 하고 말하면 무슨 말인지 어떻게 알아들어?"

"그러니까 오빤 세상에서 일어나는 일이 다 싫다는 거 아니냐고!"

피비가 버럭 소리를 질렀다. 나는 점점 우울해졌다.

"그건 아냐. 왜 그렇게 말하니?"

"사실이니까. 오빤 어느 학교든 다 싫다고 했잖아. 아마 오빠가 싫어하는 건 백만 가지도 넘을 거야. 안 그래?"

"아냐. 네가 잘못 안 게 바로 그거야. 도대체 너 왜 그러니?"

나는 안타깝게 물었다. 빌어먹을, 피비는 계속 나를 우울하게 했다.

“내 말이 사실이잖아. 어디 오빠가 좋아하는 게 있으면 한 가지만 말해봐.”

“한 가지? 좋아.”

나는 자신있게 대답했다. 그러나 막상 대답하려니 도무지 생각이 나지 않았다. 정신을 집중시킬 수가 없었던 것이다.

“내가 정말 좋아하는 거 말야?”

나는 어쩔 수 없이 피비에게 되물었다. 피비는 대답하지 않았다. 오히려 침대 저쪽으로 가서 새침한 표정을 짓는 것이었다. 나는 그애와 마치 천마일이나 떨어져 있는 느낌이었다.

“그럼 대답할게. 그런데 정말 좋아하는 걸 말하는 거니, 아니면 조금이라도 좋아하는 걸 말하라는 거니?”

“정말 좋아하는 거.”

“알았어.”

나는 다시 대답했다. 그런데 여전히 생각는 것이 없었다. 정신이 산란하여 도무지 아무 생각도 할 수가 없었다. 나는 문득 낡은 짚 바구니에 성금을 모으러 다니는 수녀들이 생각났다. 특히 안경 쓴 수녀가 생각났다.

엘크튼 힐즈에서 알게 된 친구도 생각났다. 제임스 캐슬이라는 친구였는데, 그는 필 스태빌이라는 아주 거만한 녀석에 대해 자신이 한 말을 끝까지 취소하지 않았다. 건방진 자식이라고 한 말을. 그런데 스태빌의 친구하나가 가서 고자질을 했다. 그래서 스태빌은 여러 명을 이끌고 그의 방으로 쳐들어간 것이다.

스태빌은 문을 잠그고 제임스 캐슬에게 그 말을 취소하라고 했다. 그러나 제임스는 결코 취소하지 않았다. 스태빌이 친구들과 함께 때려도 취소하지 않았다. 얼마나 심하게 때렸는지는 말하기 싫다. 너무나 진저리쳐지는 일이기 때문이다.

그 제임스 캐슬이라는 친구, 몸집도 작고 마르긴 왜 그렇게 말랐는지, 손목이 연필 굵기 정도밖에 안 되었다.

결국 제임스 캐슬은 자기가 한 말을 취소하지 않은 채 창문으로 뛰어 내렸다. 그때 나는 샤워를 하고 있었다. 샤워를 하는데 갑자기 쿵, 하고 무엇인가 떨어지는 소리가 나기에 나는 라디오나 책상 같은 것이 떨어진 줄 알았다. 설마 사람이 떨어졌으리라곤 상상도 못 했다.

나는 얼른 목욕 가운을 입고 뛰어 내려가 보았다. 다른 아이들도 일제히 뛰어왔다. 그런데 돌계단 위에 제임스 캐슬이 쓰러져 있는 것이었다. 이미 숨이 끊어진 상태였다. 내가 빌려준 터틀넥 스웨터를 입은 채로 말이다. 그 주위에는 피와 이가 사방으로 흩어져 있었다.

그런데 학교에서 그들에게 취한 조치는 고작 퇴학이었다. 교도소로 보내야 할 놈들을 겨우 퇴학이라니.

아무튼 내가 생각해 낸 것은 그것뿐이었다. 가장 좋아하는 것이라고 생각해 낸 것이 아침 식사 때 만난 수녀들과 제임스 캐슬이라니, 웃기는 일 아닌가.

사실 나는 제임스 캐슬을 잘 알지 못한다. 워낙 말이 적은 데다 공부 시간에도 한쪽 구석에 앉아 있을 뿐 일어서서 대답한다거나 칠판 앞에 나가 문제를 푸는 일도 없었다. 그런 류의 학생은 어느 학교에나 있는 법이다.

꼭 한 번 이야기한 적은 있었다. 제임스가 내게 터틀넥 스웨터를 빌려 달라고 왔을 때였다. 나는 그 말을 들었을 때 기절할 뻔하였다. 어떻게 내게 터틀넥 스웨터가 있다는 것을 알았을까, 그때까지 우리는 서로 출석부를 통해 이름만 알았을 뿐인데. R. 베이블, W. 캐이블, 캐슬, 코울필드…… 대충 이런 순서였다.

지금도 기억난다. 그때 나는 스웨터를 빌려 주지 않으려고 했다. 친한 사이가 아니었기 때문이었다. 그런데 결국 빌려 주었다. 왜 그랬을까.

피비가 다시 무슨 말인가 했다. 그러나 나는 알아듣지 못했다.

"뭐라고?"

"오빤 한 가지도 생각하지 못하잖아!"

"아냐, 할 수 있어."

"그럼 해 봐."

"난 앨리가 좋아."

나는 얼른 대답했다.

"그리고 지금 내가 하고 있는 게 좋아. 너랑 얘기하고 무엇인가 생각하고, 그리고……."

"앨리 오빤 죽었어. 사람은 죽어서 천국에 가면 그건 실제로……."

"앨리가 죽은 건 나도 알아. 그래도 좋아할 순 있잖아. 죽었다고 좋아하던 것까지 그만둘 순 없어. 죽은 사람이 살아 있는 사람보다 천 배나 좋은 사람이라면 더 그래."

나는 서글픈 목소리로 말했다. 피비는 아무 말도 하지 않았다. 얼른 할말이 생각나지 않은 모양이었다.

"그래서 난 지금 같은 상황을 좋아해. 너하고 이렇게 앉아 있는……."

"그건 실제가 아냐."

"아냐, 실제야. 분명히 실제야. 사람들은 실제를 실제로 여기지 않는데, 난 그게 구역질 나. 빌어먹을!"

"또 상스런 말 쓴다."

피비가 질색을 했다.

"그럼 이젠 오빠가 되고 싶은 거 말해 봐. 과학자라든가 변호사 같은 거 말야."

"과학자는 될 수 없을 거야. 과학하곤 담을 쌓았으니까."

"그럼 변호사는 어때? 아빠처럼."

"변호사라면 괜찮지. 하지만 별로 끌리진 않아."

나는 고개를 저었다.

"그러니까 내 말을 변호사가 꼭 죄 없는 사람을 구해 주는 것은 아니라는 거야. 그런 일보다는 돈을 모은다든지 골프를 친다든지 브릿지 놀이를 한다든지 차를 산다든지 마티니를 마신다든지 명사인 체한다든지 그런 짓을 더 많이 한다는 거지. 더구나 사람을 구해 주고 싶어 변호사가 된 게 아니라 이름을 날리고 싶어서 됐다면 좀 더 문제겠지. 말하자면 재판이 끝나면 신문기자

나 여러 사람에게 유치한 영화에서처럼 칭송을 받는 그런 변호사가 되겠다는 야망 말야. 만일 그렇게 된다면 자기가 엉터리인지 아닌지 어떻게 알겠니?"

나는 내 말을 피비가 알아듣는지 의심스러웠다. 그러나 피비는 심각한 표정으로 듣고 있었다.

"아빤 오빠를 죽이고 말 거야."

피비는 다시 말했다.

그러나 나는 그 말을 미처 못 들었다. 다른 생각을 하고 있었기 때문이었다. 나는 정말 얼빠진 놈이었다.

"내가 뭐가 되고 싶은지 말해 줄까?"

나는 다른 곳을 보며 실없이 물었다.

"만약 내가 선택할 수 있다면 난 말야……."

"뭐가 되고 싶은데?"

"너 그 노래 알지? '호밀밭을 걸어가는 누군가를 잡는다면'하는 노래 말야."

"틀렸어. '호밀밭을 걸어가는 누군가를 만난다면'이야."

피비가 정정했다.

"그건 시야. 로버트 번즈가 쓴 시 말야."

"알아."

그러나 사실은 알지 못했다.

"그러니까 '잡는다면'이 아니라 '만난다면'이겠구나. 아무튼 난 그 노랠 들으면 넓은 호밀밭 같은 데서 어린아이들이 노는 것이 떠올라. 어린아이들만 잔뜩 있고 어른은 아무도 없는 거지.

그러니까 어린아이들과 나만 있는 그런 풍경. 그런데 나는 까마득한 낭떠러지 옆에 서 있는 거야. 어린아이들을 지키기 위해서 말야. 어린아이들은 놀다 보면 자신이 어디로 가는지도 모르잖아. 그럴 때 내가 있다가 얼른 붙잡아 주는 거지. 하루 종일 그 일만 하면 돼. 그러니까 나는 호밀밭의 파수꾼인 셈이지. 내가 정말 하고 싶은 건 그런 거야. 물론 바보 같은 생각인 줄은 알아."

나는 꿈을 꾸듯 말했다.

피비는 한동안 아무 말도 없었다. 그러다 다시,

"아빤 오빠를 죽일 거야."

하고 되뇌이는 것이다.

"죽여도 좋아."

결국 나는 그렇게 말했다. 그리곤 침대에서 일어났다. 갑자기 엘크튼 힐즈에서 영어를 가르치던 앤톨리니 선생에게 전화를 걸어야겠다는 생각이 들어서였다. 앤톨리니 선생은 뉴욕에 살고 있었다. 엘크튼 힐즈 고등학교를 그만두고 뉴욕 대학의 영어 교수로 와 있었던 것이다.

"전화 좀 걸고 올게."

나는 피비에게 말했다.

"곧 올 거니까 자지 마."

나는 피비가 잠드는 것을 원치 않았다. 물론 자지 않으리라는 것은 알았지만 그래도 확실히 해 두고 싶었다.

"오빠."

막 나가려는데 피비가 불러 세웠다. 나는 잠깐 돌아보았다. 피비는 어느새 일어나 앉아 있었다. 그 모습이 어찌나 귀여운지 꼭 껴안아 주고 싶을 정도였다.

"나 필리스 마글리즈라는 애한테 트림하는 법 배웠다. 들어볼래?"

그러면서 피비는 무슨 소리인가를 냈다.

"잘 하네."

사실 잘 들리지 않았지만 나는 그렇게 말했다.

23

앤톨리니 선생은 매우 친절했다. 자는 중이었지만 전혀 짜증스러워하지도 않았다. 오히려 무슨 일이 있냐고 걱정까지 했다. 나는 솔직하게 펜시에서 퇴학당했다고 했다. 앤톨리니 선생에게까지 사실을 숨기고 싶지 않았다.

"정말? 정말 퇴학당했어?"

앤톨리니 선생은 믿기지 않은 눈치였다. 나는 가만히 있었다. 그러자 앤톨리니 선생은 한번 찾아오라고 했다. 언제라도 좋다고 했다. 참 너그러운 사람이었다.

나는 그 동안 만났던 모든 선생들 중에 앤톨리니 선생을 가장 좋아한다. 그는 우선 젊었다. 아마 형 D. B.보다 나이가 조금 더 많을 것이다. 그래서 그런지 앤톨리니 선생과는 말이 잘 통했다. 농담도 잘 받아 주었다. 그러면서도 존경심을 잃지 않게 했다.

제임스 캐슬이 창문에서 떨어졌을 때 안아 올린 사람도 앤톨리니 선생이었다. 그때 앤톨리니 선생은 제임스 캐슬의 맥박을

짚어 보고는 자신의 옷을 벗어 덮어 주었다. 그리곤 그대로 안고 양호실로 갔다. 옷이 피투성이가 되었지만 개의치 않았다.

나는 전화를 오래 걸 수가 없었다. 언제 어머니 아버지가 들이닥칠지 몰랐기 때문이었다. 나는 서둘러 전화를 끊곤 다시 D. B.의 방으로 들어갔다.

피비는 라디오를 틀어 놓고 있었다. 마침 춤곡이 나오고 있었다. 하녀가 듣지 못하도록 소리는 최대한도로 낮춰 놓았다. 그리곤 이불을 걷어젖힌 침대 한가운데에 요가의 구도자처럼 똑바로 앉아 있었다. 참으로 기가 막힐 노릇이었다.

"춤추고 싶어?"

내가 물었다. 피비가 더 어렸을 적에 나는 그애에게 춤을 가르쳐 주었다. 피비는 춤을 아주 잘 추었다. 몇 번 가르쳐 주지 않아도 스스로 터득하여 잘 추었다.

"오빤 신을 신고 있잖아."

피비가 내 발을 내려다보고 말했다.

"벗으면 되지 뭐."

내가 말하자 피비는 바로 침대에서 뛰어 내렸다. 그리하여 우리는 춤을 추기 시작했다. 피비는 여전히 춤을 잘 추었다.

나는 어린애와 춤추는 어른을 아주 싫어한다. 보기 싫기 때문이다. 보통 음식점 같은 곳에 가 보면 나이 먹은 사람이 어린애를 무대 위로 끌어내는 경우가 종종 있다. 그때 어른들은 자신도 모르게 어린애의 등을 추켜올리게 되는데 그러면 아이들은 춤추기가 아주 곤란하다. 보기에도 안쓰러울 정도다.

피비와 나는 사람들 앞에서는 절대 춤을 추지 않는다. 집에서만 장난삼아 가끔 할 뿐이다. 그러나 사람들 앞에서 춤을 춘다 해도 피비는 별로 상관없을 것이다. 워낙 춤을 잘 추기 때문이다.

피비는 상대가 어떤 동작을 취하든 잘 따라온다. 꼭 껴안고 추어도 다리가 길어서 불편해하지 않는다. 그래서 크로스 오버를 하든, 디프를 하든, 지르바를 하든 잘 따라온다. 탱고까지도 출 수 있다.

우리는 네 곡 정도 춤을 추었다. 그런데 한 곡이 끝나고 다른 곡이 시작 될 때마다 꼼짝도 하지 않는 것이었다. 표정도 바꾸지 않고 그냥 그대로 서 있었다.

피비에게 맞추기 위해 나도 가만히 서 있을 수밖에 없었다. 그런 상태로 오케스트라가 다음 곡을 연주할 때까지 기다렸다. 분위기를 깰 것 같아 웃지도 않았다.

네 곡 정도 추고 나자 피비는 라디오를 껐다. 그리곤 침대로 뛰어올라 이불 속으로 기어들어 갔다.

"어때, 나 춤 잘 추지?"

피비가 물었다.

"최고야."

내가 칭찬해 주었다. 그리고는 옆으로 가서 앉았다. 숨이 조금 가빴다.

아마 담배를 너무 많이 피워서 그런 것 같았다. 피비는 아무렇지 않아 하는 것을 보니 확실히 그랬다.

"내 이마 좀 짚어 봐."

피비가 내 손을 끌어 당겼다.

"왜?"

"그냥 만져 봐."

피비는 내 손을 자기 이마에 갖다 댔다. 아무렇지도 않았다.

"나 열 나지?"

"아니, 왜 머리가 아파?"

나는 손을 떼며 물었다.

"그게 아니라, 내가 지금 열을 나게 만들고 있거든. 다시 만져 봐."

피비는 다시 이마를 갖다 대었다. 그러나 여전히 아무렇지도 않았다.

"글쎄, 열이 좀 있는 것 같기도 하고……."

나는 결코 피비를 실망시키고 싶지 않았다. 피비는 고개를 끄덕였다.

"온도계로 잴 수 없을 정도로 뜨겁게 할 수도 있어."

"그래? 그런 건 누구한테 배웠니?"

"앨리스 홈보그. 어떻게 하냐면, 이렇게 다리를 꼬고 숨을 멈춘 상태에서 굉장히 더운 것을 생각하면 돼. 라디에이터 같은 거 말야. 그러면 이마가 손을 댈 수 없을 정도로 뜨거워진대."

피비는 아주 진지하게 설명했다. 나는 어이가 없었다. 그러나 겉으로는 깜짝 놀란 듯 얼른 손을 뗐다.

"큰일날 뻔했네!"

나는 손을 호 부는 시늉을 했다.

"아냐, 난 그렇게 뜨겁게 하지 않았어. 내가 왜 오빠 손을 데게 하겠어? 그 전에 멈추지. 쉿!"

피비가 재빨리 침대 위에서 일어나 앉았다.

"왜 그래?"

나는 깜짝 놀라며 소리를 죽여 물었다.

"현관문!"

피비는 입에 손가락을 대고 말했다.

"엄마 아빠야!"

피비의 말이 떨어지는 것과 동시에 나는 얼른 일어나 책상의 불을 껐다. 그리곤 담배를 구두로 비벼 끄고 꽁초는 주머니에 넣었다. 담배 연기는 손으로 부채질하여 허공으로 날렸다. 그런 다음에는 구두를 벗어 움켜쥐고 옷장 안으로 뛰어들어갔다. 심장이 미친 듯이 뛰기 시작했다. 그때 문이 딸깍, 열렸다.

"피비, 불빛을 보고 들어 왔어. 요 깍쟁이!"

어머니 목소리였다.

"안녕히 다녀오셨어요?"

피비가 어설프게 물었다.

"잠이 오지 않아서요. 파티는 재미있었어요?"

"응, 아주."

그러나 목소리는 썩 유쾌한 것 같지 않았다. 뻔한 것이, 원래 어머니는 다른 곳에서는 즐거움을 느끼지 못하는 사람이었다.

"그런데 왜 벌써 깼니? 추웠니?"

"아니오, 그냥 잠이 오지 않았어요."

"잠깐, 너 담배 피웠니?"

어머니의 놀란 목소리에 나는 가슴이 철렁했다. 그때 담배를 피우지 말았어야 했는데. 아, 얼빠진 인간!

"네에?"

피비의 당황한 목소리였다.

"내 말 못 들었니?"

"심심해서 딱 한 모금 빨아 보았어요. 그런데 너무 써서 바로 창 밖에 던져 버렸어요."

"왜!"

"잠도 안 오고 심심해서요."

"피비, 엄마가 그런 거 얼마나 싫어하는지 알지?"

좀 누그러진 목소리로 어머니가 말했다.

"담요 한 장 더 줄까?"

"아녜요, 그냥 주무세요."

피비가 어머니로부터 벗어나려고 애쓰는 모습이 눈앞에 그려졌다.

"참, 영화는 어땠니?"

어머니가 물었다.

"재미있었어요. 앨리스 엄마가 자꾸 앨리스한테 춥지 않냐고 물어서 그렇지. 그럴 때마다 나한테 몸을 기대잖아요."

"어디 이마 좀 짚어 보자."

"괜찮아요. 감기 같은 건 안 걸렸어요. 앨리스도요. 감기에 걸린 건 앨리스 엄마뿐이에요."

"그럼 잘 자거라. 참, 저녁 식사는 어땠니?"

"꼬졌었어요."

"또 그런 말투! 아빠가 들으면 어쩌려고? 근데 뭐가 그렇게 형편없었다는 거냐. 맛있는 양고기를 먹었을 텐데. 엄마가 그걸 사려고 일부러 렉싱튼을 돌아다녔잖니."

"양고기 때문이 아니라 찰린 때문이에요. 찰린은 뭘 내 놓건 꼭 숨을 내뿜어요. 음식이든 뭐든 온통 입김에 닿게 한다니까요."

"알았다. 그만 자거라. 엄마한테 뽀뽀하고. 기도는 했니?"

"목욕탕에 들어갔을 때 했어요. 엄마 안녕."

"그래, 빨리 자도록 해라. 엄만 머리가 좀 아파서."

사실 어머니는 항상 머리가 아팠다.

"아스피린 드세요."

피비가 말했다.

"오빤 수요일에 돌아오나요?"

"그렇게 알고 있다. 자, 얼른 이불 덮어라. 더 푹."

곧 문 닫히는 소리가 들렸다. 그러나 나는 바로 나가지 않았다. 2, 3분 더 기다렸다가 나갔다. 그런데 옷장에서 내려설 때 그만 피비와 부딪히고 말았다. 캄캄해서 아무것도 보이지 않는 데다 피비가 침대에서 나와 옷장쪽으로 오고 있던 중이기 때문이었다.

"아프니?"

내가 속삭이듯 물었다. 어머니 아버지가 돌아왔기 때문에 더 이상 큰 소리로 말할 수 없었던 것이다.

"이제 그만 가야겠다."

나는 어둠 속에서 침대 쪽으로 더듬더듬 갔다. 그리곤 침대에 걸터앉아 구두를 신기 시작했다. 몹시 초조했다.

"지금 가면 안 돼."

피비가 속삭였다.

"엄마가 잠들 때까지 기다려야지."

"아냐, 지금이 좋아. 어머닌 목욕을 하실 거고 아버진 라디오를 들으실테니까."

나는 구두끈을 매며 대답했다. 그런데 구두끈이 잘 매지지 않았다. 너무 긴장해서 손이 떨렸기 때문이었다. 그렇다고 특별히 겁나는 것은 아니었다. 들킨다 해도 피비 말처럼 설마 아버지가 나를 죽이겠는가. 단지 시끄러운 일이 생기는 것이 싫었을 뿐이지.

"어디 있니?"

구두끈을 매고 나는 낮게 속삭였다.

"여기."

피비는 바로 내 옆에 있었다. 그래도 보이지 않았다.

"피비, 너 돈 좀 있니? 사실 오빠가 지금 빈털터리거든."

"크리스마스에 쓸 돈인데. 선물 살 돈이야. 아직 하나도 사지 않았어."

"그러니?"

크리스마스 선물 살 돈이라면 받고 싶지 않았다.

"그래도 줄까?"

피비가 물었다.

"아냐, 크리스마스 선물을 사야지."

"그래도 조금은 줄 수 있어."

피비가 말했다. 그러더니 책상으로 가서 서랍을 여는 것이었다. 깜깜한 방 안에 피비가 서랍 안을 더듬는 소리가 들렸다.

"내 연극은 못 보겠네."

피비가 서운한 듯 말했다. 그 목소리가 참으로 우스꽝스럽게 들렸다.

"아냐, 보러 갈 거야. 그걸 보기 전에는 절대 다른 곳에 안 갈 거야. 오빠가 설마 피비가 연극하는 걸 놓치겠니?"

나는 부드럽게 말했다.

"아마 화요일까진 앤톨리니 선생 댁에 있을 거야. 그런 다음 집에 올 거야. 시간 있으면 전화할게."

"자, 받아."

피비가 손을 내밀었다. 그러나 잘 보이지 않았다.

"어디?"

나는 손을 휘저어 피비의 손을 잡았다. 피비가 돈을 쥐어 주었다.

"이렇게 많이는 필요없어. 2달러 정도만 있으면 돼."

나는 나머지 돈을 돌려주려 했다. 그러나 피비는 받으려고 하지 않았다.

"다 가져도 괜찮다. 나중에 갚아 주기만 하면 돼. 연극할 때 말야."

"얼만데?"

"8달러 85센트. 아니, 65센트야. 조금 썼거든."

나는 눈물이 핑 돌았다. 순간적인 일이었다. 소리내어 울지는 않았지만 눈물이 쉴 새 없이 흘러 내렸다. 피비가 깜짝 놀라 바짝 다가왔다. 그러나 나는 쉽게 울음을 멈추지 않았다. 한번 울기 시작하면 좀처럼 멈추지 못하는 것이 내 울음의 특징이었다.

나는 침대에 걸터앉아 한없이 울었다. 피비가 내 목을 감싸 안았고 나도 피비를 감싸 안았다. 그대로 숨이 막혀 죽을 것 같았다. 피비는 잔뜩 겁에 질린 듯했다. 열려진 창문으로 들어온 빛을 통해 나는 어렴풋이나마 피비를 볼 수 있었다.

피비는 파자마만 입고 있었다. 나는 피비를 침대에 눕히려 했다. 그러나 그애는 말을 듣지 않았다. 결국 내가 울음을 멈추는 수밖에 없었다. 그러기 위해 나는 무진 애를 써야 했다.

외투 단추를 채우며 연락하겠다고 하자 피비는 같이 가자고 했다. 그러나 그럴 수는 없었다. 나는 앤톨리니 선생이 기다리고 있어서 빨리 가야 한다고 말했다. 그런 다음 그 빨간 사냥 모자를 꺼내 피비에게 주었다. 피비는 특이한 모자를 아주 좋아한다.

그러나 그날 피비는 모자를 받으려고 하지 않았다. 그래도 억지로 쥐어주었다. 그리고 연락하겠다고 말하곤 밖으로 나왔다. 아마 피비는 그날 그것을 쓰고 잤을 것이다.

웬일인지 나가는 것이 들어가는 것보다 훨씬 쉬웠다. 들켜도 상관없으리라 생각해서 그런 것 같았다. 사실 나는 아무렇지도 않았다. 들킬 테면 들키라지 하는 심정이었다. 어쩌면 은근히 들키기를 기대했는지도 모르겠다.

나는 엘리베이터를 타지 않고 계단을 이용해서 내려갔다. 또 앞으로 가지 않고 뒤로 갔다. 뒤쪽에는 쓰레기통이 천만 개나 있었다. 그리하여 하마터면 그것에 걸려 모가지가 부러질 뻔했다.

엘리베이터 안내원은 그때까지도 내가 디크스타인 댁에 있는 줄 알고 있었을 것이다.

24

앤톨리지 선생은 서튼 프레이스에 있는 화려한 아파트에 살고 있었다. 거실로 가는 계단도 두 군데나 있었고 바를 비롯하여 없는 것이 없었다. 그전에도 몇 번 가 본 적이 있어 잘 알고 있었다. 당연한 것이, 엘크튼 힐즈를 그만두고 난 다음에도 앤톨리니 선생은 내가 어떻게 지내는지 궁금하면 우리 집에 들러 식사를 했다. 그때만 해도 앤톨리니 선생은 총각이었다.

앤톨리니 선생이 결혼한 후, 나는 선생 부부와 함께 롱 아일랜드의 포리스트 힐즈 서부에 있는 클럽에 가서 함께 테니스를 치곤 했다. 사모님은 그 클럽의 회원이었다.

또한 사모님은 엄청난 부자였다. 앤톨리니 선생보다 열여섯 살이나 연상이었지만 금슬은 무척이나 좋아 보였다. 두 사람 다 지성적이고 사교적인 것이 맞았던 것이다. 두 사람은 D. B.의 소설도 모두 읽었다고 했다. 특히 앤톨리니 선생은 사람이 많은 곳에서 재치와 기지를 발휘했다. 그런 점에서 D. B.와 많이 비슷했다.

D. B.가 헐리우드에 간다고 했을 때 가장 적극적으로 말린 사람도 앤톨리니 선생이었다. 그래도 D. B.는 결국 가 버렸지만. 앤톨리니 선생의 말로는 D. B.처럼 작품을 쓰는 사람은 헐리우드에서 빛을 보지 못한다는 것이었다. 그것은 바로 내가 하고 싶은 말이기도 했다.

나는 가능하면 피비의 돈을 쓰고 싶지 않았다. 그래서 앤톨리니 선생 댁까지 걸어가려고 했다. 그런데 막상 밖으로 나오니 머리가 핑 돌았다. 그래서 할 수 없이 택시를 잡았다. 택시를 잡는 데도 아주 오랜 시간이 걸렸다.

앤톨리니 선생 댁에 도착하여 벨을 누르자 선생이 직접 문을 열어 주었다. 목욕용 가운에 슬리퍼 차림이었다. 한 손에는 하이볼이 쥐어져 있었다. 무척 세련된 사람이었지만 또한 술을 무척 좋아하는 사람이었다.

"홀든, 잘 왔다!"

앤톨리니 선생이 먼저 반갑게 인사를 했다.

"어이쿠, 또 20인치나 자랐구나! 어서 들어오너라."

"안녕하세요? 사모님도 건강하시구요?"

"우린 잘 지낸다. 옷 벗으렴."

앤톨리니 선생은 내 외투를 벗겨 옷걸이에 걸었다.

"난 네가 갓난아이라도 안고 오는 줄 알았다. 눈썹엔 눈송이가 달리는데 갈 곳은 없고 해서."

앤톨리니 선생은 항상 그렇게 멋진 농담을 했다.

"릴리언, 커피 다 됐소?"

릴리언이란 사모님 이름이었다.

"다 됐어요."

사모님이 큰 소리로 대답했다.

"홀든, 잘 있었니?"

"안녕하세요? 사모님?"

앤톨리니 선생 댁에서는 항상 큰 소리로 말해야 했다 부부가 동시에 같은 방에 있는 법이 없기 때문이었다. 좀 우스운 일이었다.

"앉아."

앤톨리니 선생이 약간 꼬부라진 혀로 말했다. 나는 의자에 앉으며 거실을 둘러보았다. 집안은 막 술판을 끝낸 분위기였다. 여기 저기 유리잔이 흩어져 있었고 접시가 널려 있었다.

"너무 지저분하지?"

앤톨리니 선생이 웃으며 말했다.

"방금 버팔로에서 집사람 친구들이 왔었거든. 그런데 버팔로에서 와서 그런지 완전히 들소들이더군."

너무 웃기는 표현에 나는 그만 쿡 웃고 말았다. 그때 사모님에 뭐라고 하는 소리가 들렸다. 그러나 웃는 바람에 제대로 듣지 못했다.

"사모님께서 지금 뭐라고 하셨어요?"

나는 앤톨리니 선생에게 물었다.

"지금 이리로 올 테니 쳐다보지 말래. 막 잠자리에서 일어났거든. 참, 담배 피울래? 담배 피우지?"

"고맙습니다."

나는 얼른 대답했다. 그리곤 앤톨리니 선생이 내민 담배갑에서 담배를 한 개비 집었다.

"이따금씩 피웁니다. 많이는 안 피워요."

"그래야지."

앤톨리니 선생은 탁자에서 큼직한 라이터를 집어 들었다. 그리곤 불을 붙여 주었다.

"이젠 너와 펜시도 한 몸이 아니구나."

앤톨리니 선생이 말했다.

앤톨리니 선생은 늘 그런 식으로 표현하곤 했다. 그런데 그런 말투가 재미있을 때도 있지만 전혀 그렇지 않을 때도 있었다. 어떤 때는 너무 지나치게 느껴지기 때문이다. 그렇다고 앤톨리니 선생의 기지나 유머를 탓하는 것이 아니다. 다만 나와 펜시가 한 몸이니 뭐니 하는 따위는 신경에 거슬리는 표현이었다. D. B.도 가끔 그렇게 지나친 표현을 할 때가 있지만.

"뭐가 문제였니?"

앤톨리니 선생이 물었다.

"영어는 어땠니? 영어까지 낙제를 했다면 당장 쫓아낼 거다, 요 작문의 천재야."

"작문은 통과했어요. 거의 영문학에 관한 거였지만요. 작문은 학기에 두 번밖에 하지 않아요. 그런데 연설법이라는 게 있는데 거기에서는 낙제를 했어요. 필수과목인데요."

"왜?"

"잘 모르겠어요."

나는 더 이상 말을 하고 싶지 않았다. 조금 어지러운데다 갑자기 머리가 아파왔기 때문이었다. 그러나 앤톨리니 선생은 내 말에 흥미를 느끼는 것 같았다.

"그 시간이 되면 학생들은 모두 한 사람씩 일어나 연설을 해야 해요. 그냥 즉흥적으로요. 말하다 조금이라도 주제에서 벗어나면 나머지 학생들 중 누구라도 '탈선!'하고 외치는 거예요. 정말 미칠 지경이었어요. 그래서 낙제를 했어요."

"왜?"

"잘 모르겠어요. 그 '탈선'하고 외치는 게 신경에 거슬렸나 봐요. 그런데 진짜 문제는 누군가 '탈선'하고 외치면 저는 그게 그렇게 듣기 좋을 수 없다는 거예요. 재미있기도 하고요."

"그럼 주제에서 벗어나는 것이 재미있단 말이냐?"

"그게 아녜요. 주제에서 벗어나면 곤란하죠. 너무 주제에 매달려도 재미없지만요. 저는 원래 처음부터 끝까지 주제에만 매달리는 것을 좋아하지 않아요. 그런데 최고점을 받는 애들을 보면 처음부터 끝까지 주제에서 벗어나지 않는 애들이죠. 리처드 킨셀러라는 아이가 있어요. 그애는 항상 처음부터 주제와는 상관없는 얘기를 해요. 그러면 나머지 애들은 일제히 '탈선'하고 외치죠. 인정사정없이 말예요. 그런데 워낙 소심한 애라서 나중에는 제 차례가 오면 부들부들 떨기까지 하는 거예요. 그래서 리처드 킨셀러가 연설할 때는 앞쪽에 앉아야 해요. 뒤에 앉으면 거의 들리지 않거든요. 하지만 전 리처드 킨셀러의 연설이 마음에 들었어요. 결국 그애도 낙제를 했지만요. 아이들이 계속 리처드 킨셀러한테 '탈선'하고 외쳤으니 당연한 결과죠. 리처드 킨셀러는 D 플러스를 받았어요."

앤톨리니 선생은 진지하게 내 이야기를 들었다.

"언젠가 리처드 킨셀러는 자기 아버지가 버몬트에 구입한 농장 얘기를 한 적이 있어요. 그때 아이들은 처음부터 끝까지 '탈선!'하고 외쳤어요. 그리고 또 빈슨 선생은 농장에서 어떤 동물을 기르며 어떤 채소를 재배하는지 말하지 않았다고 낙제 점수를 주었고요. 리처드 킨셀러가 어떻게 했냐면, 처음에는 농장 얘기를 하다가 갑자기 자기 어머니가 삼촌한테 받은 편지 얘기를 하는 거예요. 삼촌은 마흔 두 살에 소아마비에 걸렸는데 부목을 댄 모습을 보여주기 싫어 아무도 병원에 못 오게 한다는 얘기였어요. 저도 그건 농장과 관계없는 얘기라는 건 인정해요. 하지만 아주 재미있는 얘기였어요. 그 삼촌 얘기요, 얼마나 안타까운 얘기예요. 농장 얘기를 하다 삼촌으로 넘어간다. 흥미있지 않나요? 그런데 잔뜩 흥분하여 연설하는 애한테 '탈선!'하고 외치다니, 너무 잔인하고 야비하잖아요. 아무튼 전 잘 모르겠어요."

나는 몹시 머리가 아팠다. 그래서 마지막에는 대충 얼버무렸다.

나는 사모님이 커피 가져오기를 학수고대했다. 거의 다 되었다고 하지 않았는가. 그래서 내내 기다렸는데 도무지 소식이 없는 것이었다. 알고 보니 다 되었다고 한 그때에는 준비조차 안 된 상태였다.

"홀든, 한 가지만 묻자. 좀 답답한 질문일 듯싶은데, 모든 것에는 일정한 방법이 필요하다고 생각하지 않니? 그러니까 내 말은, 처음에 아버지 농장 얘기를 했으면 끝까지 그 주제로 얘기해야 한다는 말이다. 정이나 삼촌 얘기가 하고 싶었으면 처음부터 삼촌 얘기를 하든가."

앤톨리니 선생은 진지하게 물었지만 나는 도무지 대답할 기분이 아니었다. 머리도 아프고 기분도 좋지 않았을 뿐만 아니라 배까지 아파왔던 것이다.

"그럴지도 모르죠. 아니, 그래야죠. 제목도 농장이 아니라 삼촌으로 했어야 했어요. 하고 싶었던 말이 그거였다면 말이죠. 그러나 제가 하고 싶은 말은, 얘기를 하다 보면 나중에 가서 재미있는 말이 생각난다 이겁니다. 그리고 누구라도 한창 흥분해서 말할 때는 그대로 내버려 둬야 한다는 거죠. 선생님이 그 빈슨 선생을 몰라서 그러시는데, 한 마디로 골 때리는 사람이에요. 빈슨 선생이 하는 말은 오직 한 가지뿐이에요. 말을 통일되게 하고 간결하게 하라는 거죠. 하지만 그게 그렇게 쉬운 건 아니잖아요. 아무튼 빈슨 선생은 지성인임에는 틀림없지만 그렇게 머리가 잘 돌아가는 사람은 아녜요."

"커피 나왔습니다."

그때 막 사모님이 커피를 내왔다. 쟁반에는 커피 외에도 케이크 등 다른 먹을 것이 많이 있었다.

"홀든, 보지 마. 지금 내 꼴이 엉망이야."

"안녕하세요?"

나는 자리에서 일어나서 인사를 하려 했다. 그러나 앤톨리니 선생이 내 옷을 당겨 앉혔다. 사모님은 머리를 곱실거리게 하려고 컬로 머리를 만 상태였다. 립스틱도 바르지 않았다. 그러니까 맨 얼굴이었다. 그러니까 완전히 제 나이가 나타났다. 잔주름에 축 늘어진 얼굴 근육과 함께.

"여기 놓고 갈게요."

사모님은 유리잔들을 치우고 쟁반을 탁자 위에 올려놓았다.

"어머니 안녕하시지?"

"네, 요즘엔 만나뵙지 못했지만……."

"여보, 필요한 게 있으면 옷장에서 꺼내세요. 맨 위 선반에서요. 그럼 난 이만 잘게요. 너무 피곤해요."

정말 사모님은 무척 피곤해 보였다.

"자리는 두 사람이 깔 수 있죠?"

"알았소. 나머진 우리가 다 할 테니 그만 들어가요."

앤톨리니 선생이 말했다. 그리곤 사모님에게 키스를 했다. 앤톨리니 선생 부부는 원래 그렇게 아무 앞에서나 스스럼없이 키스를 했다.

사모님이 들어가고, 나는 커피를 마시고 딱딱하게 굳은 케이크를 먹었다. 앤톨리니 선생은 하이볼을 마셨다. 아주 진한 것이었다. 앞으로 특별히 주의하지 않는다면 앤톨리니 선생은 아마 알콜 중독자가 될지도 모르겠다.

"2주 전에 네 아버지랑 점심을 같이 한 적이 있단다. 알고 있었니?"

앤톨리니 선생이 갑자기 화제를 바꿨다.

"아니오."

"아버지가 너에 대해 염려하는 건 알지?"

"그건 알고 있어요."

"아마 네 교장 선생한테서 편지가 온 모양이더라. 네가 전혀 노력하지 않는다는 그런 내용 말이다. 수업은 빼 먹기 일쑤고 노력은 전혀 하지 않고, 대체로 그런 내용인가 보더라."

"전 수업을 빼 먹지 않았어요. 출결 사항은 학교에서 철저하게 관리하니까요. 가끔 연설법 수업에는 빠진 적이 있지만요. 그렇지만 다른 수업은 절대 빼 먹지 않았어요."

사실 그런 이야기도 하고 싶지 않았다. 커피를 마셔도 머리가 여전히 아팠기 때문이었다. 앤톨리니 선생은 담배에 불을 당겼다. 그리곤 아주 길게 들이마셨다.

"홀든, 솔직히 말해서 할 말이 없구나. 네게 뭐라고 말해 주어야 할까?"

"그러실 거예요. 저도 제가 이야기하기 어려운 상대란 건 알아요."

"내 생각으로는 네가 지금 인간에 대해 몹시 갈등을 하고 있는 것 같구나. 어떤 식의 갈등인지는 잘 모르겠지만. 홀든, 내 말 듣고 있니?"

"네."

나는 고개를 끄덕였다.

"그대로 나가다간 혹시 이렇게 될지 모르겠다. 서른 살쯤 되어서 말이다. 어느 바에 앉아 있으면서 대학시절에 축구를 한 것처럼 보이는 사람들이 들어오면 증오의 눈길을 보내는 그런 인간 말이다. 아니면 '이건 그 사람과 나만의 비밀이야.'하고 말하는 사람을 혐오하는 그런 인간이나, 아니면 또 회사에 근무하면서 옆에 앉은 속기사에게 서류나 집어던지는 그런 인간이나. 내 말이 틀리다고 생각하니? 하지만 내가 말하는 취지는 알겠지?"

"네, 잘 알고 있어요."

나는 분명하게 대답했다. 사실 나는 앤톨리니 선생이 하고자 하는 말의 의미를 잘 알고 있었다.

"그러나 제가 사람을 싫어한다고 생각하시는 건 오해예요. 제가 많은 사람을 싫어하는 건 사실이지만 그건 대부분 순간이에요. 이를 테면 펜시에서 스트라드레이터라는 놈이나 로버트 애클리 같은 놈을 잠깐 싫어한 거 같은 거예요. 하지만 대부분 전 금방 잊어요. 한동안 만나지 않으면 오히려 그리워할 정도니까요. 그러니까 그들이 내 방에 오지 않거나 식당에서 두세 번 못 마주치거나 그러면 섭섭하기까지 하다구요."

나는 나름대로 변명을 했다. 앤톨리니 선생은 아무 말도 하지 않았다. 그러다 갑자기 일어나 얼음 덩어리를 집어 유리잔에 넣었다. 내 말에 대해 깊이 생각하는 것이 분명했다.

나는 그만 자고 싶었다. 남은 이야기는 다음날 아침에 했으면 싶었다. 그러나 앤톨리니 선생은 이미 나와의 대화에 흥이 나 있었다. 앤톨리니 선생은 원래 상대가 시큰둥할수록 더욱 열을 올리는 사람이었다.

"들어 봐라. 네가 공감할 만한 말이 될지 모르겠지만 아무튼 들어 봐라. 하루 이틀 안으로 내 다시 편지를 보내겠지만 일단은 들어 봐라."

앤톨리니 선생은 잠깐 목을 가다듬었다.

"난 지금 네가 아주 특수한 경험을 하고 있다고 생각한다. 하지만 그 경험은 아주 무서운 경험 같구나. 대부분의 갈등에는 그 끝이 있지만 네 경우는 그렇지 않은 거 같아. 그러니까 무서운 거지. 이 세상에는 도저히 얻을 수 없는 것을 얻고자 노력하는 사람이 있다. 그런데 네가 바로 그런 사람인 것 같구나. 그런데 문제는 그런 사람일수록 자신이 생각해 봐도 아무래도 못 찾을 거 같으니 그냥 단념해 버린다는 것이다. 실제로는 찾으려고 노력도 해 보지 않고 말이다. 내 말 알겠니?"

"네."

"정말?"

"정말입니다."

앤톨리니 선생은 다시 술을 따랐다. 그리곤 한참 동안 그대로 앉아 있었다.

"널 나무라고 싶진 않다."

얼마 만에 앤톨리니 선생이 한숨을 쉬듯 말했다.

"넌 아무 가치도 없는 일에 목숨을 내놓으려 하는 게 분명해. 내가 뭘 좀 써 줄 테니 읽어 보겠니? 그리고 항상 잊지 않겠니?"

"물론이죠."

나는 분명하게 대답을 했다. 그리고 실제로 그렇게 했다. 그때 앤톨리니 선생이 준 글은 지금도 잘 간직하고 있다.

앤톨리니 선생은 한쪽에 있는 방으로 들어갔다. 그리곤 그대로 서서 무엇인가 쓰기 시작했다.

"이건 시인의 글이 아니라 빌헬름 스테켈이라는 정신분석학자의 말이다. 듣고 있니?"

"네, 듣고 있어요."

"그는 이렇게 말했다. '현명하지 못한 인간은 사소한 일에도 목숨을 바치고자 하나 현명한 인간은 겸허한 삶을 살고자 한다.'"

앤톨리니 선생은 몸을 앞으로 숙여 쪽지를 내게 건네주었다.

나는 감사의 뜻을 표하곤 쪽지를 받아 주머니에 넣었다. 그런 수고까지 마다 않는 앤톨리니 선생에게 나는 진정으로 감사했다. 그런데 문제는 자꾸 정신이 산만해진다는 것이었다. 너무 피곤했기 때문이었다.

"머잖아 네가 가야 할 길을 찾아야 할 텐데."

앤톨리니 선생은 뒤로 기대앉으며 말했다. 조금도 피곤하지 않은 기색이었다.

"그 길을 찾으면 넌 곧장 앞으로 나가야 해. 곧장 말야. 지체할 시간이 없어. 네 경우는 특히 그래."

앤톨리니 선생은 내 얼굴을 똑바로 보며 말했다. 나는 고개를 끄덕였다. 나는 앤톨리니 선생이 무슨 말을 하는지 정확하게 파악할 수가 없었다. 대충 짐작은 갔지만 확실하지가 않았다. 그것도 너무 피곤했기 때문이었다.

"이런 말은 하고 싶지 않다만, 네가 가야 할 길을 찾으려면 먼저 학교에 들어가야 할 것 같다. 그렇지 않으면 넌 아무것도 할 수가 없어. 이런 말이 듣기 싫을지 모르겠지만 네겐 분명히 지적인 열망이 있어. 그 바인즈 선생의 연설법 학점을 딴다면 ……."

"빈슨 선생이에요."

나는 얼른 정정해 주었다. 그러나 공연한 짓이었다.

"그래, 빈슨 선생이었지. 아무튼 그 빈슨 선생과 그와 비슷한 선생들 과목에서 네가 학점을 딴다면 넌 훨씬 여유로운 마음으로 사물을 대할 수 있을 거야. 물론 거기에는 네 스스로 그것을 바라고 기대하고 기다린다는 조건이 따르지만 말야. 그러나 더 중요한 것은, 네가 인간의 행위에 대해 염증을 느낀 최초의 인간이 아니라는 거야. 그런 점에서 넌 혼자가 아냐. 사실 네가 겪고 있는 고통은 이전에도 수많은 사람이 겪은 거야. 그 중 몇몇 사람은 그것을 기록으로 남기기도 했지. 한번 사서 읽어 봐라. 아마 큰 도움이 될 거다. 그런 다음 너도 남에게 뭔가 줄 게 있다고 생각되면 네가 그들에게서 배운 것을 다른 사람이 네게서 배우게 하는 거지. 그야말로 상부상조 아니겠니? 그런데 이건 교육이 아니라는 거야, 역사이고 시지."

앤톨리니 선생은 하이볼을 한 모금 마시고 다시 말을 이었다. 말하는 데 이미 열이 오른 상태였다. 그래서 내가 말을 가로채지 않는 것을 아주 기뻐하는 눈치였다.

"그렇다고 교육을 받고 학식이 있는 사람만이 이 세상에 공헌할 수 있다는 건 아냐. 내가 말하는 건, 교육을 받고 학식이 있는 사람이 재능과 창의력까지 겸비했다면, 이런 경우는 보기 드물지만, 단지 재능과 창의력만 있는 사람에 비해 훨씬 가치 있는 일을 할 수 있다는 거지. 그런 사람은 보다 정확하게 자신의 사상을 표현하고, 자신의 사상을 끝까지 밀고 나가는 경향이 있지. 그런데 중요한 것은 그러한 사람들이 학식이 없는 사상가들보다 더 겸손하다는 거야. 알겠니, 내말?"

"잘 알겠습니다."

나는 조금 딱딱하게 대답했다. 앤톨리니 선생은 다시 아무 말이 없었다. 독자들도 그런 경험이 있는지 모르겠지만, 생각에 잠겨 있는 사람을 보면서 그가 말하기를 기다린다는 것은 참으로 힘겨운 일이다. 이것은 분명한 사실이다.

나는 하품을 하지 않으려고 무던히 애를 썼다. 그렇다고 지루한 것은 아니었다. 몹시 졸렸을 뿐이었다.

"그 밖에도 학교 교육이 도움이 되는 경우는 아주 많아. 학교 교육을 받다 보면 무엇보다도 자신의 두뇌 용량을 알게 돼. 즉 적성을 알게 된다는 뜻이지. 무엇이 자기에게 맞으며 무엇이 맞지 않는가를 말야. 그러니까 내말은 자신의 길을 찾는 데 학교 교육이 많은 시간을 절약해 준다는 거야. 그렇지 않으면 일일이 다 시험해 보는 수밖에 없어."

그때 나는 그만 하품을 하고 말았다. 얼마나 무례한 짓인지, 나는 민망해서 어쩔 줄을 몰라했다. 그러나 앤톨리니 선생은 웃을 뿐이었다.

"이제 그만 잠자리를 만들까?"

앤톨리니 선생이 유리잔을 쥔 채 자리에서 일어나며 말했다.

나는 얼른 옷장으로 가 선반에 있는 이불과 침대 커버를 내리고자 했다. 그러자 앤톨리니 선생은 술을 단숨에 마시곤 유리잔을 바닥에 내려놓았다. 그리곤 얼른 나서서 이불과 침대 커버를 내렸다. 나는 그것들을 침대까지 날랐다.

앤톨리니 선생은 침대 커버를 대충대충 깔았다. 그래도 나는 전혀 상관하지 않았다. 너무 피곤해서 아무 데서나 잘 수 있을 것 같았기 때문이었다.

"여자 친구들은 어떤 애들이니?"

앤톨리니 선생이 침대 커버를 깔다 말고 불쑥 물었다.

"그저 그런 애들이에요."

나는 건성으로 대답했다. 도저히 말할 기분이 아니었던 것이다.

"샐리는 어때?"

앤톨리니 선생은 샐리를 알고 있었다. 언제인가 내가 소개한 적이 있었던 것이다.

"잘 있어요. 오늘 오후에도 잠깐 만났어요."

오늘 오후에 만났다고 말했지만 나는 거의 20년 전 일처럼 까마득히 느껴졌다.

"하지만 우린 서로 통하는 게 없어요."

"그 귀여운 애는 누구였더라? 언젠가 내게 말한 그 메인 주에 사는 애 말이다."

"아, 제인 갤러허요? 잘 있어요. 안 그래도 내일쯤 전화할 거예요."

나는 얼른 말했다. 그 사이에 잠자리는 다 마련되었다.

“이게 네 잠자린데, 그 긴 다리를 어떡하지?”

앤톨리니 선생이 침대와 내 다리를 번갈아 보며 물었다.

“괜찮아요. 전 원래 작은 침대에서도 잘 자요.”

나는 웃으며 말했다.

“고맙습니다. 선생님과 사모님은 오늘밤 제 은인이세요.”

“화장실은 어디 있는지 알지? 필요한 게 있으면 소리 질러. 난 잠깐 부엌에 있을 거야. 참, 불빛이 방해될까?”

“아녜요.”

“그럼 잘 자거라.”

“안녕히 주무세요.”

나는 살짝 고개를 끄덕였다.

앤톨리니 선생은 부엌으로 가고, 나는 욕실로 들어갔다.

욕실에서 나는 입고 있던 옷을 몽땅 벗었다. 그러나 칫솔이 없어서 이를 닦을 수가 없었다. 파자마도 없었다. 앤톨리니 선생이 파자마 빌려 주는 것을 잊은 것이었다.

나는 그대로 거실로 돌아와 침대 옆의 작은 전등을 껐다. 그리곤 팬티 바람으로 침대 속으로 들어갔다. 아닌게아니라 침대가 매우 작았다. 그러나 나는 정말 서서라도 잘 수 있을 만큼 피곤했다.

나는 자리에 누워 2, 3초 가량 앤톨리니 선생이 한 말에 대해 생각해 보았다. 두뇌의 용량을 알게 된다느니 하는 따위의 말들 말이다. 앤톨리니 선생은 정말 아는 것이 많은 사람이었다. 하지만 나는 너무 졸려서 바로 잠이 들고 말았다.

그런데 그날 나는 정말 큰 사건을 겪고 말았다. 정말 끔찍한 사건이었다. 이야기하고 싶지 않지만 그것은 결코 꿈이 아니었다.

자다가 나는 갑자기 눈을 떴다. 몇 시인지는 몰랐지만 어쨌든 눈을 떴다. 내 그것에 무엇인가 닿는 느낌이 들었던 것이다. 나는 깜짝 놀랐다. 그런데 정신을 차리고 가만 보니 그것은 다름 아닌 앤톨리니 선생의 손이었다. 앤톨리니 선생은 침대 밑에 앉아 내 그것을 만지고 있었다. 빌어먹을, 나는 정말 천 피트나 뛰어 올랐다.

"뭐 하세요!"

놀란 목소리로 물었다.

"아무것도 아냐. 난 그저 앉아서……."

"뭘 하시냐고요!"

나는 너무 당황했다. 더 이상 뭐라고 물어야 할지도 몰랐다.

"목소리 좀 낮춰. 난 그냥 여기 앉아 있었다니까."

"그만 가야겠어요."

나는 얼른 일어났다. 그리곤 어둠 속에서 옷을 입기 시작했다. 어찌나 당황했는지 잘 꿰어지지가 않았다. 나는 학교에서부터 수많은 변태들을 알고 있었다. 그런데 이상한 것이 그놈들이 나만 보면 유난히 변태 기질을 드러낸다는 것이었다.

"어디로 간다는 거야?"

앤톨리니 선생이 물었다. 태연한 척하고자 했지만 그 역시 당황한 기색이 역력했다.

"역에다 가방이랑 짐을 몽땅 두고 왔어요. 그걸 가지러 가야겠어요."

"아침에 가면 되잖아. 자, 그만 자도록 해라. 나도 가서 잘 테니. 대체 왜 이러는 거지?"

"아무것도 아녜요. 그냥 돈이 들어 있는 가방을 두고 온 게 생각나서. 곧 돌아오겠어요. 택시를 타고 바로 돌아올 거예요."

나는 허둥거리며 말했다. 그러다 어둠 속에서 넘어질 뻔하기도 했다.

"실은 그게 어머니 돈이라……."

"홀든, 바보같이 굴지 마라. 나도 잘 테니 그만 자거라. 돈은 내일 아침까지 안전할 거야."

"농담이 아녜요. 전 정말 가야 해요."

옷은 거의 다 찾아 입었지만 넥타이는 도무지 찾을 수가 없었다. 할 수 없이 와이셔츠 위에 그대로 자켓을 입었다.

앤톨리니 선생은 조금 떨어진 큰 의자에 앉아 나를 지켜보고 있었다. 어두워서 표정은 잘 볼 수 없었지만 분명히 나를 보고 있었다. 그는 여전히 술을 마시고 있었다. 어둠 속에서도 어렴풋이 그것이 보였다.

"너 정말 이상하구나."

"저도 그렇게 생각해요."

넥타이는 찾을 생각도 하지 않았다. 그저 나가는 것만이 급했다.

"그럼 안녕히 계세요. 정말 고마웠습니다."

나는 얼른 인사를 하고 돌아서 나왔다. 현관에 나왔을 때 앤톨리니 선생이 따라 나왔다. 그리곤 엘리베이터가 올 때까지 현관 입구에 그대로 서 있었다.

"너 아무래도 이상하다."

앤톨리니 선생이 한 말은 고작 그것뿐이었다. 그러나 내게는 전혀 들리지 않았다. 나는 오직 엘리베이터가 빨리 올라오기만을 기다렸다. 그런데 그날은 유난히 엘리베이터가 늦게 올라왔다.

엘리베이터를 기다리는 동안 나는 무슨 말을 어떻게 해야 할지 몰랐다. 앤톨리니 선생은 여전히 현관 입구에 서 있었다.

"이제부터 저도 좋은 책을 많이 읽겠습니다. 정말입니다."

초조했지만 나는 그렇게 말했다.

"그래, 가방 찾거든 바로 돌아와라. 문 잠그지 않으마."

"고맙습니다. 그리고 감사합니다."

드디어 엘리베이터가 올라왔다. 나는 얼른 안으로 뛰어들었다. 온몸이 덜덜 떨렸다. 등과 이마에서는 땀이 흘러내리고 있었다. 이상하게도 나는 변태만 보면 바보처럼 땀을 흘렸다. 사실 그 동안 변태를 스무 번 가량 보았지만 그때마다 참을 수 없을 정도로 구역질이 났다.

25

날이 서서히 밝아오고 있었다. 몹시 추웠지만 워낙 땀을 많이 흘린 터라 기분이 몹시 상쾌했다. 이제 어디로 가야 하나. 호텔에 가서 피비가 준 돈을 써 버리고 싶지는 않은데.

나는 렉싱톤까지 걸어가 그곳에서 지하철을 탔다. 그리곤 그랜드 센트럴 역으로 갔다. 여행용 가방이 그곳에 있기도 했지만 무엇보다도 대합실이 있어서 잠깐 눈을 붙일 수 있으리라 생각했기 때문이었다.

역 대합실에는 사람들이 많지 않았다. 덕분에 다리를 쭉 뻗고 잘 수 있었다. 그런데 그곳에서도 나는 불쾌한 경험을 하고 말았다. 그 이야기는 하고 싶지 않다. 이런 이야기를 들으면 독자들 역시 우울해질 테니.

아무튼 나는 9시까지 잤다. 그 이후에는 수백만 명이 역으로 밀려들었다. 나는 그만 다리를 내려놓을 수밖에 없었다. 그때까지도 머리가 계속 아팠다. 나아지기는커녕 오히려 점점 더 심해지는 것 같았다. 마음마저 편치 않았다. 여러 가지 일로 몹시 울적한 것이었다. 그때처럼 울적했던 적은 아마 평생 한 번도 없었으리라.

결코 하고 싶지 않았지만 나는 앤톨리니 선생에 대해 생각하기 시작했다. 내가 떠난 것을 알면 사모님은 어떻게 생각할까. 그러나 그 점에 대해서는 염려할 것이 없었다. 앤톨리니 선생은 워낙 머리가 좋아 얼마든지 꾸며댈 수 있을 것이었다.

정말 걱정되는 것은 내가 왜 눈을 떴으며, 앤톨리니 선생이 왜 내 그것을 만지고 있었을까 하는 것이었다. 그러니까 내가 혹시 앤톨리니 선생을 오해한 것이 아니었을까 하는 것이었다. 앤톨리니 선생은 분명히 내게 이상한 짓을 하고 있었지만 그것은 단지 그가 아이들의 그것을 어루만지기 좋아해서 그런 것인지도 몰랐다. 아무래도 그것은 쉽게 단정지을 일이 아니었다.

나는 여행용 가방을 찾아 앤톨리니 선생에게 돌아가야 하지 않을까 생각했다. 설혹 그가 변태라 해도 나에게는 전정으로 잘해 주지 않았는가 말이다. 그처럼 늦은 시간에 전화해도 귀찮아하지 않고, 오히려 언제든지 오라고 하지 않았던가. 또 나 같은 얼간이를 한심하게 여기지 않고 두뇌의 용량에 대해서도 말해 주지 않았던가. 무엇보다도 제임스 캐슬이 죽었을 때 가까이 간 사람이 아니었던가.

머리가 복잡했다. 그리고 점점 우울해졌다. 어쩌면 앤톨리니 선생은 별다른 이유없이 내 그것을 어루만졌는지 모른다. 그런데 그렇게 생각할수록 자꾸 머리가 혼란해지고 어지러워지는 것이었다. 설상가상으로 눈까지 아팠다. 잠이 부족해서 그런지 눈에 불이라도 난 것 같았다.

그때 나는 감기에 걸려 있었다. 그러나 손수건 하나 없었다. 물론 여행용 가방에는 몇 개 있었지만 보관함까지 가서 꺼내 오기가 귀찮았다. 특히 여러 사람 앞에서 가방을 열어 보인다는 것이 내키지 않았다.

마침 옆에 잡지가 한 권 있었다. 누구인가 두고 간 것이 틀림없었다. 나는 그것을 읽기 시작했다. 잡지라도 읽고 있으면 앤톨리니 선생에 대한 생각에서 벗어날 수 있으리라 생각했기 때문이었다.

그러나 잡지 기사는 나를 더욱 우울하게 했다. 온통 호르몬에 관한 기사뿐이었다. 호르몬의 상태에 따라 얼굴과 눈이 어떻게 보이는지에 대해 자세히 기술하고 있었던 것이다. 기사에 의하면 나는 호르몬 상태가 나쁜 전형적인 인간이었다. 그래서 나는 그때부터 호르몬에 대한 걱정을 하기 시작했다.

암에 관한 기사도 있었다. 암을 자가진단하는 방법이었다. 기사에 의하면 입 안의 쉽게 낫지 않는 염증은 암일 확률이 높다는 것이다. 그런데 내 입술 안쪽에는 2주일이나 된 염증이 있었다. 나는 암에 걸렸구나, 생각했다.

나는 잡지를 던져 놓고 밖으로 나왔다. 산책을 하기 위해서였다. 이제 암에 걸렸으니 얼마 살지 못할 것 아닌가. 나는 착잡하였다.

금방이라도 비가 쏟아질 것 같았다. 그러나 나는 상관하지 않고 걷기 시작했다. 어차피 아침 식사도 해야 했다. 배는 고프지 않았지만 그래도 무엇인가 먹어야 했다. 특히 비타민이 필요할 것 같았다. 나는 싸구려 식당이 있는 동쪽으로 걸어갔다. 돈을 아끼기 위해서였다.

한쪽 거리에서 남자 둘이 트럭에 실려 있는 커다란 크리스마스 트리를 내리고 있었다.

"야, 들어올려! 들어올리라니까, 제길!"

한 사내가 다른 사내에게 소리를 지르고 있었다. 크리스마스 트리를 만지면서 욕을 하다니, 정말 대단한 사람이었다. 나는 그 상황이 우스워 쿡 웃었다. 그런데 그것이 바로 실수였다. 웃는 순간 속의 것이 다 넘어오려고 했기 때문이었다. 나는 숨을 멈추고 입을 꾹 다물었다. 속에서는 무엇인가 자꾸 넘어오려고 했다. 먹은 것도 없는데, 나는 이를 악물고 참았다.

왜 그랬는지 모르겠다. 비위생적인 음식을 먹은 것도 아니고, 평소 위장이 나쁜 것도 아니었다. 그런데 갑자기 왜 구역질이 났을까. 위기를 넘기고 나서 나는 곰곰이 생각해 보았다. 그러나 도무지 이유를 알 수 없었다.

어쨌든 토하지는 않았다. 무엇인가 먹으면 좀 나아질 것도 같았다.

나는 싸구려 식당으로 들어가 도너츠와 커피를 주문했다. 그런데 또 문제가 발생하고 말았다. 도너츠를 도저히 목구멍으로 넘길 수 없을 것 같았다. 너무 우울해서 그런 것 같았다. 종업원이 돈을 받지 않고 도로 가져갔기에망정이지 아니면 아까운 돈만 버릴 뻔했다.

식당에서 나와 나는 5번가를 걷기 시작했다. 거리의 가게는 모두 열려있었다. 월요일이었지만 크리스마스가 가까웠기 때문이었다. 그래서 그런지 산책하는 것이 썩 나쁘지는 않았다. 우선 외로움이 많이 덜어졌다.

길 모퉁이에서는 털복숭이의 산타클로스가 서서 종을 치고 있었다. 구세군 여자들도 종을 치고 있었다. 화장기 하나 없는 여자들이 참 보기 좋았다. 나는 다시 전날 아침에 만났던 수녀들을 생각했다. 혹시 그들이 있을까 둘러보았다. 그러나 있을 리 없었다. 학교 선생으로 부임해 오는 길이라고 했으니 당연한 일이었다.

거리는 온통 축제 분위기였다. 수백만 명이나 되는 어린아이들이 어머니들과 함께 거리로 쏟아져 나와 있었다. 그들은 버스를 타고 내리거나 가게를 드나들고 있었다.

나는 피비가 곁에 있으면 좋겠다고 생각했다. 이미 피비는 장난감 가게에 들어가 환호성치는 시기는 지났지만 시내를 돌아다니면서 이것저것 구경하는 것은 좋아했다. 재작년까지만 해도 선물을 사러 시내에 나오면 그렇게 좋아할 수가 없었는데……. 블루밍데일 상점에서 있었던 일이라 생각된다. 그때 우리는 구두 판매대에 있었다. 피비는 운동화를 사는 척했다. 끈을 꿰는 구멍이 백만 개나 있는 그런 운동화였다.

피비는 점원을 성가시게 하다 못해 아주 고문을 했다. 점원으로 하여금 운동화 끈을 몽땅 꿰게 하였던 것이다. 조금 심한 장난이었지만 피비는 무척 즐거워했다. 그런데도 점원은 얼굴 한

번 찡그리지 않았다. 물론 그도 피비가 장난을 치는 것인지 알고 있었다. 피비가 줄곧 킥킥거렸으니 아무리 멍청이라 해도 그 정도 눈치는 있었을 것이다.

5번가를 향해 걸어가는데 이상한 현상이 자꾸 벌어졌다. 길모퉁이에 이르러 차도에 발을 내디딜 때마나 움찔하는 것이었다. 도저히 건너갈 수 없으리란 생각이 들면서 말이다. 그대로 밑으로 밑으로 꺼져들어가 다시는 돌아오지 못하리란 생각도 들었다. 나는 겁이 났다. 이미 온몸은 땀으로 흠뻑 젖어 있었다. 그러다 어이없는 짓을 하기도 했다. 동생 앨리가 옆에 있다고 느낀 것이다.

"앨리, 날 잡아 줘! 날 좀 잡아 줘! 제발!"

건널목을 건널 때마다 나는 그렇게 중얼거렸다. 그리곤 건넌 다음에는 앨리에게 감사하다고 했다. 건널목을 건널 때마다 어김없이 그랬다. 그럼에도 불구하고 나는 계속 걸었다. 겁이 나서 도저히 걸음을 멈출 수가 없었다.

아니, 사실은 잘 기억이 나지 않는다. 동물원을 지나 60번가를 따라 쭉 올라갔을 때 멈춰 섰던가. 아무튼 그곳에 도착했을 때 나는 거의 숨도 못 쉴 정도였다. 거의 쓰러지다시피하여 나는 긴 의자에 앉았다. 땀이 비오듯 쏟아지고 있었다.

그곳에 한 시간 가량 앉아 있었으리라. 그러다 문득 한 생각이 떠올랐다. 어디론가 멀리 가 버리자는 것이었다. 어차피 집에 돌아가거나 다른 학교에 갈 생각은 전혀 없었다. 그러나 피비는 한

번 만나야 했다. 잘 있으라고 인사도 해야 하고 돈도 돌려주어야 했다. 그런 다음 서부로 떠나면 된다.

서부로 가는 방법은 얼마든지 있었다. 가장 쉬운 방법은 홀랜드 터널에서 무임승차하고 다음 역에서 갈아타는 방법입니다. 그리하면 며칠 안에 서부의 어디엔가 도착하게 될 것이다.

서부는 아름답고 따뜻할 것이다. 나를 알아보는 사람도 없을 것이다. 나는 그곳에서 일자리를 구할 것이다. 주유소에서 휘발유를 넣어 주거나 페인트 칠을 하거나 아무거나 상관하지 않을 것이다. 어떤 일이든 닥치는 대로 할 것이다. 오직 아무도 모르는 곳이기만 하면 된다.

그곳에 가서 나는 귀머거리 행세를 할 것이다. 그렇게 하면 누구와도 쓸데없는 말을 하지 않아도 된다. 내게 하고 싶은 말이 있으면 쪽지에 써서 보일 테고, 그것도 귀찮으면 아예 말을 하지 않을 테니.

그렇게만 되면 얼마나 편할까. 아마 사람들은 나를 불쌍하게 여기고 혼자 있게끔 해 줄 것이다. 그들은 오직 휘발유를 넣거나 페인트 칠을 하는 내 노력에 돈을 지불하면 되고, 나는 그 돈으로 생활하다 죽으면 그뿐이다.

돈을 벌면 우선 오두막을 지을 것이다. 숲 가까이에 작은 오두막을 짓고 그곳에서 평생 살 것이다. 그러나 숲속 깊이는 들어가지 않을 것이다. 햇빛이 잘 비치지 않을 것이기 때문이다. 나는 어디든 햇빛이 비치는 곳이 좋다.

요리는 내가 직접 할 것이고 결혼도 할 것이다. 결혼은 나와 똑같은 귀머거리와 할 것이다. 여자는 내 오두막에서 함께 살면서 하고 싶은 말이 있으면 쪽지를 주고 받게 할 것이다. 만일 아이가 생기면 아무도 모르는 곳에 감춰 둘 것이다. 대신 책을 많이 사 주고 직접 읽기와 쓰기를 가르쳐 줄 것이다. 그런 생각을 하면서 나는 서서히 흥분하기 시작했다. 귀머거리 흉내내는 것이 어려우리라 생각했지만 일단 상상만으로도 퍽 즐거웠다. 그러나 서부로 가는 것만은 확실했다. 그러자면 우선 피비에게 가서 작별 인사를 해야 했다. 돈도 돌려주어야 했다.

나는 피비에게 가기 위해서 길을 건너기 시작했다. 그러다 갑자기 달려 오는 차에 치어 죽을 뻔하기도 했다. 도중에 문방구에 가서 편지지와 연필을 샀다. 피비에게 만날 장소를 알리는 편지를 써야 했던 것이다. 편지는 학교 교장실에 근무하는 사람을 통해 전하면 되었다.

편지지를 산 후 나는 피비의 학교로 쉬지 않고 달려갔다. 너무 흥분한 상태였기 때문에 문방구에서는 도저히 편지를 쓸 수가 없었다. 피비가 점심을 먹으러 집에 가기 전에 편지를 전해 주고 싶어서 더욱 서둘렀다. 학교는 눈을 감고도 찾을 수 있었다. 나 역시 그 학교를 다녔기 때문이었다.

마침내 학교에 당도했다. 그런데 기분이 좀 묘했다. 다 잊었으리라 생각했던 학교 모습이 그대로 눈앞에 펼쳐졌기 때문이었다. 학교는 조금도 변한 것이 없었다. 내가 다녔을 때 그대로였다. 운동장이고 체육관이고 모든 것이 그대로였다.

체육관은 여전히 어두웠다. 전구마다 그물을 씌워 놓았기 때문이었다. 그렇게 하면 공이 날아가 부딪혀도 깨지지 않았다. 마룻바닥에 그려진 흰 원도 그대로였다. 그물 바구니가 없는 농구틀도 예전과 다르지 않았다. 주위에는 아무도 없었다. 쉬는 시간이 아니었기 때문이었다. 물론 점심 시간도 아니었다.

그때 어린 학생이 하나 지나갔다. 흑인 학생인데 화장실에 가는 모양이었다. 예전에 우리가 그랬듯이 그애는 수업 시간에 화장실에 가도 좋다는 표시인 나무 판대기를 엉덩이 쪽 주머니에 찔러 넣고 있었다.

나는 여전히 땀을 흘리고 있었다. 그래도 훨씬 나아진 편이었다. 나는 계단으로 가서 편지지와 연필을 꺼냈다. 그리곤 편지를 쓰기 시작했다. 계단에서 나는 냄새도 예전과 똑같았다. 누구인가 함부로 오줌을 깔긴 그런 냄새 말이다.

사랑하는 피비에게

수요일까지 기다릴 수가 없어서 오늘 서부로 떠나기로 했다. 그 전에 너를 만나고 싶구나. 12시 15분까지 미술박물관으로 나오너라. 돈 돌려 줄게. 아직 많이 남았단다.

사랑하는 오빠 홀든

박물관은 학교 옆에 있었다. 집에 가려면 그곳을 지나지 않을 수가 없다. 그곳에서 기다리고 있으면 틀림없이 피비를 만날 수 있었다.

나는 편지를 전하기 위해 계단을 올라 교장실로 갔다. 편지는 아무도 보지 못하도록 열 번이나 접었다. 원래 학교에는 믿을 놈이 하나도 없지 않은가. 그러나 내가 피비 오빠라고 하면 편지는 전해 줄 것이다.

계단을 올라가던 중 갑자기 구역질이 났다. 나는 얼른 그 자리에 주저앉았다. 그 상태에서 속을 가라앉혔다. 다행히 아무것도 넘어오지 않았다. 그런데 계단에 주저앉아 있는 동안 나는 보지 않았으면 싶을 낙서를 보고 말았다. 누군가 벽에 "X하자" 하고 써 놓은 것이었다.

나는 돌아 버릴 것 같았다. 피비나 다른 아이들이 그 낙서를 보고 어떻게 생각할 것인가. 무슨 뜻인지는 알까. 혹시 어떤 못된 자식이 엉뚱하게 설명하면 어쩌나. 고민거리가 또 하나 생긴 셈이었다.

그런 곳에 그따위 낙서를 하는 놈은 대체 누구일까. 나는 어느 변태성욕자가 밤에 몰래 들어와 낙서하는 것을 상상해 보았다. 그리곤 그놈을 잡아 피투성이가 되도록 놈의 머리를 계단에 짓찧는 나를 상상해 보았다.

그러나 솔직히 내게 그러한 용기는 없다. 그것은 누구보다도 내가 잘 알고 있다. 그래서 나는 더욱 기분이 나빠졌다. 사실 나는 그것을 지울 용기조차 없었다. 지우다가 누군가에게 들키기라도 하면 내가 쓴 것으로 오해받을까 싶기 때문이었다.

그래도 나는 크게 용기를 내어 그것을 지워 버렸다. 그리곤 교장실을 향해 올라갔다.

교장은 보이지 않았다. 대신 백 살 정도 되어 보이는 여자가 있었다. 그녀는 타자를 치고 있었다. 나는 그녀에게 4B-1에 다니는 피비 코울필드 오빠라고 말하고 편지를 전해 달라고 했다.

편지를 건네주면서 아주 중요한 것이라고 했다. 어머니가 아파서 피비의 점심을 준비하지 못했기 때문에 나와 함께 먹고 들어가야 한다는 내용이라고 했다.

늙은 여자는 아주 친절했다. 그녀는 옆방에서 또 다른 부인을 불러 내 편지를 전하도록 했다. 그리곤 자신은 나와 잠깐 이야기를 했다. 늙은 여자가 워낙 친절했기 때문에 나는 이것저것 말하기 시작했다. 나도 그 학교에 다녔다는 것도 말했다. 그러자 부인은 지금은 어디에 다니냐고 물었다. 나는 펜시에 다닌다고 했다. 부인은 아주 좋은 학교라고 했다.

나는 부인의 잘못된 생각을 고쳐 주고 싶었다. 그러나 내게는 그럴 만한 능력이 없었다. 아니, 그보다는 애써 부인의 인식을 바꿀 필요가 없다는 생각이 들었다. 이미 백 살 정도 된 사람에게 기존의 인식을 바꾸게 한다는 것이 어쩐지 내키지 않았던 것이다.

나는 그만 나가고자 했다.

"행운을 빌어요."

부인은 따라 일어서며 말했다. 우스운 일이었다. 펜시를 떠날 때 스펜서선생과 똑같이 말하는 것이 아닌가. 어디를 떠날 때 '행운을 빌어!'라는 말만큼 사람을 우울하게 하는 것을 없을 것이다.

내려갈 때는 다른 계단으로 내려갔다. 그런데 그쪽 벽에도 똑같이 "X하자"는 낙서가 있었다. 나는 다시 손으로 문질러 버리려고 했다. 그러나 이번에는 그럴 수가 없었다. 칼 끝으로 새긴 것이기 때문이었다. 아마 백만 년 동안 지우고 다닌다고 해도 온 세상의 "X하자"는 낙서는 반도 못 지울 것이다.

아직 12시가 되려면 20분 남았다. 피비와 만나려면 아직 더 많은 시간을 기다려야 했다. 나는 천천히 박물관으로 걸어갔다. 달리 갈 곳이 없었기 때문이었다. 도중에 공중전화를 보고 제인 겔러허에게 전화나 할까 싶었지만 곧 포기하고 말았다. 아직 그녀가 돌아왔다는 확신이 없었기 때문이었다.

나는 박물관 근처에서 서성댔다. 그때 아주 작은 아이 둘이 내게로 오더니 미라가 있는 곳이 어디냐고 물었다. 그 중 한 아이는 바지 지퍼가 열려 있었다. 내가 말해 주자 그 아이는 부끄러운 줄도 모르고 그대로 지퍼를 올렸다. 여느 때 같으면 박장대소할 일이었지만 나는 또 토할까 싶어 억지로 웃음을 참았다.

"미라 어딨는지 알아요?"

아이가 다시 물었다. 나는 아이들과 잠깐 놀고 싶어졌다.

"미라가 뭔데?"

나는 시치미를 떼고 물었다.

"미라도 모르세요? 죽은 거 말예요. 광 속에 있는 거요."

아이가 답답하다는 듯이 말했다. 그런데 광이라니, 나는 그만 허 웃고 말았다. 그 아이는 관을 말한 것이었다.

"왜 학교엔 가지 않았니?"

내가 다시 물었다.

"오늘은 수업이 없어요."

처음부터 혼자 말하는 녀석이 또 대답했다. 물론 거짓말이었다.

어쨌든 피비를 기다리는 동안 나는 아이들을 미라 있는 곳까지 데려다 주기로 했다. 몇 해 전에 한 번 가 본 적이 있는 곳이었다. 그러나 그대로 있는지는 확실하지 않았다.

"너희들 미라가 그렇게 재밌니?"

"그럼요."

"근데 친구는 말할 줄 모르니?"

"얜 친구가 아니라 내 동생이에요."

"말을 못 하니?"

나는 처음부터 한 마디도 하지 않는 아이에게 물었다.

"말 못 해?"

"아뇨."

드디어 동생이라는 아이가 입을 열었다.

"말할 줄 알아요. 하지만 하기 싫어요."

말을 하는 사이에 우리는 드디어 미라가 있는 곳에 도착했다. 나는 아이들을 이끌고 그곳으로 들어갔다.

"너희들, 이집트에서는 죽은 사람을 어떻게 묻는지 알아?"

내가 아이들에게 물었다.

"몰라요."

"그렇다면 잘 들어. 참 재미있단다. 먼저 신비한 약을 바른 헝겊으로 죽은 사람 얼굴을 감싸는 거야. 그렇게 하면 몇천 년이 지나도 얼굴이 썩지 않는다. 그런데 그 약이 뭔지는 아무도 몰

라. 이집트 사람밖에는 말야. 현대 과학으로도 아직 못 밝혔어."

우리는 미라가 있는 곳으로 가기 위해서 좁은 통로를 지나야만 했다. 통로 양쪽에는 파라오의 무덤에서 가져온 돌들이 쌓여 있었다. 마치 유령이 나올 것처럼 기분 나쁜 곳이었다. 그런데 아이들이 퍽 흥미 있어 하는 눈치가 아니었다.

"형, 얼른 가자. 난 벌써 다 봤어."

내 옆에 찰싹 달라붙어 있던 아이 중 동생이 말했다. 그러더니 얼른 오던 길을 되돌아 나가는 것이었다.

"저앤 겁이 많거든요."

형이 동생을 보며 말했다. 그러면서 자기도 돌아서 나갔다.

"그럼 아저씨, 안녕."

아이가 나가면서 인사를 했다. 그렇게 해서 무덤 속에는 나 혼자 남게 되었다. 그런데 이상한 것은, 무덤 속에 혼자 남겨지자 기분이 훨씬 좋아졌다는 것이다. 무덤 속이 아늑하게 느껴질 정도였다. 그때 내가 벽에서 무엇을 보았는지 상상할 수 있겠는가. 돌이 쌓여 있는 바로 밑, 그러니까 유리벽에 빨간 크레용으로 "X하자"라고 쓰여 있는 것이었다. 문제였다. 그런 곳에 그 따위 낙서를 해 놓다니, 그렇다면 우리 코 밑에도 그런 낙서를 해 놓을 수 있지 않을까.

독자들이여, 한번들 생각해 보시라, 당신들이 죽어서 무덤에 묻히고 그 위에 비석이 세워진다고. 이름이 새겨진 바로 그 비석 밑에 누군가 "X하자" 따위의 낙서를 해 놓는다고. 상상만 해도 끔찍한 일이 아닌가.

미라실에서 나와 나는 화장실에 갔다. 아랫배가 아픈 것이 설사를 할 것 같았기 때문이었다. 다행히 심하지는 않았다. 그런데 화장실에서 나오다가 나는 잠깐 졸도를 했다. 그래도 천만다행으로 옆으로 쓰러졌다. 아마도 앞으로 쓰러졌다면 분명히 죽었을 것이다. 더욱 다행인 것은 그 일로 인해 기분이 훨씬 좋아졌다는 것이다. 쓰러지는 바람에 팔은 좀 아팠지만 더 이상 어지럽거나 그러지는 않았다.

그때가 12시 10분경이었다. 나는 바로 밖으로 나가 피비를 기다렸다. 피비를 보는 마지막 기회일지 모른다는 생각이 들었다. 영원히는 아니더라도 당분간은 말이다. 서른다섯 살쯤에나 다시 만나게 될까. 그것도 누군가 병에 걸려 죽기 전에는 어려울 것이다. 그렇지 않고는 나는 절대 오두막에서 나오지 않을 것이다.

나는 먼훗날 집에 돌아가는 내 모습을 그려 보았다. 어머니는 틀림없이 우실 것이다. 더 이상 오두막에 머무르지 말라고 사정할지도 모르겠다. 그러나 나는 기필코 돌아갈 것이다. 아주 차갑게 어머니의 손길을 뿌리치고 말이다. 그런 다음 거실로 나가 담배를 꺼내 불을 붙일 것이다. 지극히 냉담한 심정으로 말이다. 대신 어머니가 오고 싶다면 언제든지 오두막에 오라고 할 것이다. 꼭 오라는 것은 아니지만.

그러나 피비에게는 여름방학이나 크리스마스 휴가 때나 언제든지 찾아오도록 할 것이다. D. B.도 아늑하고 조용한 집필실이 필요하다면 오게 할 것이다. 그러나 그곳에서는 소설을 써도 절대로 시나리오는 쓰지 못하도록 할 것이다. 나를 찾아온 이상 멍청이 짓은 절대로 하지 못하게 할 것이다. 누구든 그런 짓을 하면 당장 내쫓을 것이다.

어느 새 시계는 12시 25분을 가리키고 있었다. 나는 그 늙은 여자가 편지를 전하라고 지시했는지 의심스러웠다. 전하지 말고 태워 버리라고 했을지도 모르겠다. 떠나기 전에 꼭 피비를 만나야 하는데…… 어쨌든 돈을 돌려주어야 할 것이다.

그때 저쪽에서 피비가 오고 있었다. 나는 피비를 맞으러 계단으로 내려갔다. 그런데 이상하게도 피비가 여행용 가방을 들고 있는 것이었다. 5번가를 횡단하여 오고 있었는데 여행용 가방을 질질 끌다시피하며 오는 것이었다. 가까이 가 보니 그것은 내 낡은 여행용 가방이었다. 후튼에 다닐 때 쓰던 것이었다. 나는 도무지 피비의 속셈을 알 수가 없었다.

"피비!"

나는 피비에게 뛰어가며 소리쳤다. 피비는 숨을 헐떡이고 있었다.

"안 오는 줄 알고 있었어."

내가 가방을 보며 말했다.

"가방 속에 뭐가 든 거니? 난 아무것도 필요없는데. 역에 맡겨 둔 가방도 안 가져 갈 거야."

"이건 내 옷이야."

피비가 가방을 내려놓으며 말했다.

"나도 오빠랑 같이 갈 거야. 괜찮지?"

"뭐!"

나는 기절할 뻔하였다. 안 그래도 조금 어지러웠는데 피비가 너무 충격을 준 것이었다. 나는 내 상태가 걱정스러웠다.

"찰린한테 들키지 않게 뒤쪽 엘리베이터로 내려왔어. 무겁지 않아. 겨우 드레스 두 벌과 모카신과 양말 정도야. 들어 봐. 정말 하나도 무겁지 않아. 같이 가도 되지?"

"닥쳐!"

그때 나는 내 정신이 아니었다. 피비에게 그런 말을 하다니! 스스로 말해 놓고도 나는 정신이 멍했다.

"왜 안 돼? 부탁이야, 오빠. 성가시게 안 할 테니 따라가게만 해 줘. 옷도 가져가지 말라면 안 가져 갈게. 난 그냥……."

"닥쳐! 절대로 안 돼!"

"부탁이야, 오빠. 난 꼭 가야 돼. 난 조금도 오빠한테……."

"안 돼! 제발 가만 좀 있어. 그 가방은 이리 내놔."

나는 피비에게 가방을 뺏다시피 했다. 안 그랬으면 한 대 갈기기라도 했을 것이다. 피비가 울기 시작했다.

"넌 학교 연극에도 나가야 하잖아. 연극에서 베네딕트 아놀드 역을 맡기로 했다며?"

나는 단호한 말투로 말했다.

"어떻게 할래? 연극에 안 나갈래? 나가고 싶지 않아?"

내가 다그치자 피비는 더욱 심하게 울었다. 나는 기분이 좋았다. 가슴이 아프기는커녕 눈이 퉁퉁 붓도록 울게 내버려두고 싶었다. 피비가 몹시 미웠던 것이다. 만일 피비가 나와 함께 간다면 연극에도 참가하지 못할 것이 아닌가. 나는 그것이 미웠다.

"이제 가자."

나는 앞장서서 박물관 계단을 올라가기 시작했다. 피비가 가져온 가방을 휴대품 보관소에 맡기기 위해서였다. 피비는 수업이 완전히 끝나는 3시간 후에 그것을 찾을 수 있을 것이다. 가방을 든 채 학교에는 갈 수 없기 때문이었다.

"가자."

나는 다시 한 번 재촉했다. 피비는 따라오지 않았다. 할 수 없이 나는 혼자 보관소에 가서 가방을 맡겼다.

피비는 그때까지 길가에 서 있었다. 그러다 내가 다가가자 홱 돌아서 버렸다. 피비는 그 정도로 분명한 성격이었다. 마음만 먹는다면 사람에게도 얼마든지 등을 돌릴 수 있는 아이였다.

"난 아무 데도 가지 않아. 마음이 변했어. 그러니까 울지 마."

나는 피비가 가여워 달래기 시작했다. 물론 거짓이었다. 그런데 우스운 것은 내 말에 피비가 울음을 그쳤다는 것이다.

"학교까지 데려다 줄게. 자, 가자."

나는 피비의 손을 잡으며 말했다. 그러자 피비는 내 손을 뿌리쳤다. 여전히 등을 돌린 채였다.

"점심은 먹었니? 아직 안 먹었지?"

부드럽게 물었지만 피비는 아무 대답도 하지 않았다. 그러더니 갑자기 내가 주었던 그 빨간 사냥 모자를 내 얼굴에 던지는 것이었다. 그리곤 다시 등을 돌렸다. 나는 정말 미칠 지경이었다.

나는 모자를 집어 들었다. 그리곤 아무 말도 하지 않고 주머니에 쑤셔 넣었다.

"가자, 학교까지 데려다 줄게."

내가 말했다.

"학교엔 안 갈 거야."

피비가 고집을 부렸다. 어떻게 해야 할지 나는 정말 난감했다.

"학교에 왜 안 가? 연극에 나가고 싶지 않아? 베네딕트 아놀드 포기할거야?"

"그래!"

"안 돼. 너 그거 하고 싶어했잖아. 자, 얼른 가자."

나는 계속 타일렀다.

"난 아무 데도 안 갈 거야. 아까도 말했잖아. 네가 학교에 가면 바로 집으로 갈 거야. 우선 역에 가서 짐을 찾은 다음 말야."

"학교엔 안 갈 거라고 했잖아. 오빤 오빠하고 싶은 대로 해. 나한테 상관하지 말고 잠자코 있으란 말야."

피비가 말했다. 그애한테 잠자코 있으란 말을 듣다니, 나는 어이가 없었다. 욕을 먹은 것보다 훨씬 충격적이었다.

피비는 여전히 나를 쳐다보지도 않았다. 어쩌다 어깨에 손을 얹으려 하면 홱, 뿌리치곤 돌아섰다.

"우리 산책이나 할까?"

나는 피비의 눈치를 살피며 조심스레 물었다.

"동물원까지만 가자. 이제 학교에 데려다 준다고 하지 않을게. 어때, 괜찮지?"

나는 거의 애원하다시피 했다. 그러나 피비는 대꾸조차 하지 않았다.

"오후 수업은 땡땡이치고 산책하자는 거야. 내일은 다시 착한 학생으로 학교에 가고."

"내일도 안 갈지 몰라."

피비가 볼멘 소리를 했다. 그리고는 쏜살같이 길 건너로 달아나는 것이었다. 자동차들이 속도를 내며 달렸지만 상관하지 않고 마구 달려갔다. 그러나 나는 뒤쫓아 가지 않았다. 어차피 피비는 다시 내게로 올 것이었다. 나는 그것을 잘 알고 있었다.

나는 공원의 동물원을 향해 가기 시작했다. 피비도 건너편에서 동물원을 향해 걷기 시작했다. 이쪽을 보지는 않았지만 곁눈으로 살피는 것이 틀림없었다. 그런 식으로 우리는 동물원까지 갔다. 2층 버스가 지나갈 때마다 피비가 보이지 않아 안타까웠지만 그애는 잘도 따라왔다.

"피비, 나 동물원에 들어간다. 너도 들어 와!"

동물원에 도착하여 나는 큰 소리로 외쳤다.

피비는 나를 쳐다보지도 않았다. 그러나 내 소리를 들은 것이 분명했다. 동물원으로 들어가면서 슬쩍 돌아보니 과연 피비는 길을 건너고 있었다.

우중충한 날씨였다. 그 때문인지 동물원은 한가했다. 나는 물개가 있는 연못으로 갔다. 몇몇 사람들이 물개들이 벌이는 묘기를 구경하고 있었다. 나는 그곳을 그냥 지나치려 했다. 그러나 피비는 발을 멈추고 구경하기 시작했다.

나는 얼른 발길을 돌려 피비에게로 다가갔다. 다시 피비와 합류할 기회라고 생각했던 것이다.

한 남자가 물개에게 먹이를 던져 주고 있었다. 피비는 그것을 보면서 서 있었다. 나는 몰래 피비의 뒤로 가 어깨에 손을 얹으려고 했다. 그 순간 피비는 얼른 무릎을 굽히더니 내 손에서 빠져나가는 것이었다.

남자는 계속 물개에게 먹이를 던졌다. 그러는 동안 피비는 꼼짝 않고 서서 구경을 했다. 나는 피비 뒤에 가만히 서 있었다. 이제 어깨에 손을 얹을 생각은 하지 않았다. 잘못했다가는 피비가 아주 도망쳐 버릴지도 모르기 때문이었다. 어린애들이란 워낙 단순하여 어른들의 조그만 실수에도 영 잘못 나가는 수가 있다.

구경을 끝내고도 피비는 나와 함께 걸으려고 하지 않았다. 그렇다고 아주 떨어져서 가는 것도 아니었다. 그러니까 피비는 저쪽 인도에서, 나는 이쪽 인도에서 걸어가는 셈이었다. 그다지 기분 좋은 일은 아니었으되 그래도 안심은 되었다.

우리는 낮은 둔덕 위에 있는 곰우리 앞에 섰다. 볼 것이 있어서 그런 것은 아니었다. 어차피 우리는 무엇을 보러 간 것이 아니었다.

곰은 한 마리밖에 보이지 않았다. 북극 곰이었다. 굴 속에 한 마리가 더 보였지만 놈은 좀체로 밖으로 나오려 하지 않았다. 그저 엉덩이를 조금 보여줄 뿐이었다.

“저 곰도 나오라고 해! 아빠, 저 곰!”

내 옆에는 카우보이 모자를 쓴 어린애가 자기 아빠를 조르고 있었다. 아이의 천진함에 나는 피식 웃고 말았다. 그러나 피비는 결코 웃지 않았다. 화가 나 있다는 뜻이었다.

곰을 구경한 뒤 우리는 바로 동물원에서 나왔다. 그리곤 공원의 오솔길을 걸었다. 그곳에는 작은 터널이 있었는데 지린내가 몹시 났다. 그곳을 지나 우리는 회전목마가 있는 곳으로 갔다. 그때까지도 피비는 말을 하지 않았지만 멀리 떨어져서 걷거나 하지는 않았다. 나는 무심코 피비의 외투 뒤에 있는 벨트에 손을 대었다. 그러자 피비가 다시 홱, 뿌리쳤다.

"손 대지 마!"

여전히 화가 풀리지 않은 상태였다. 그러나 처음보다는 많이 누그러져 있었다.

우리는 회전목마가 있는 곳으로 갔다. 언제나 그랬듯이 회전목마가 있는 곳에서 멋진 음악소리가 들려 왔다. '오, 메어리!'라는 곡이었다. 내가 어렸을 때부터 연주되던 곡이었다.

"겨울이라서 없을 줄 알았는데……."

피비가 말했다. 아마 자신이 화내고 있다는 것을 잠깐 잊은 모양이었다.

"아마 크리스마스 때라서 그럴 거야."

내가 얼른 대답했다. 동시에 피비는 입을 다물었다. 다시 화내던 것을 기억한 모양이었다.

"목마 타고 싶니?"

나는 피비가 목마를 타고 싶어한다는 것을 알았다. 그애는 목마를 무척 좋아했다. 더 어렸을 때는 D. B.가 우리를, 그러니까 나와 앨리와 피비를 데리고 와서 태워 주곤 했다. 그때부터 피비는 목마라면 정신을 못 차렸다. 한번 타면 아예 내려올 생각을 하지 않았다.

"난 이제 너무 컸어."

피비가 말했다. 기대하지 않은 대답이었다.

"아냐, 그렇지 않아. 한번 타 봐. 여기서 기다리고 있을 테니."

나는 회전목마 앞으로 가며 말했다.

회전목마에는 대여섯 명의 아이들이 있었다. 대부분 아주 어린애들이었다. 그 옆의 긴 의자에는 그 부모들이 앉아 기다리고 있었다.

나는 표를 사서 피비에게 주었다.

"잠깐, 나머지 돈도……."

나는 피비가 빌려 준 돈을 표와 함께 내밀었다.

"그건 오빠가 가지고 있어."

피비가 얼른 말했다.

"제발!"

그리곤 뒤에 그 말을 덧붙였다. 나는 '제발'이라는 말에 우울해졌다. 상대가 피비가 아니라도 마찬가지였을 것이다. 나는 아무 말없이 돈을 다시 받아 넣었다.

"오빤 안 타?"

피비가 물었다. 완전히 화가 풀린 얼굴이었다.

"다음에. 우선 너 타는 거 구경하고."

내가 대답했다.

"표 가지고 있지?"

"응."

"그럼 얼른 타. 난 저 의자에 앉아 있을게."

나는 긴 의자에 가서 앉았고 피비는 회전목마가 있는 곳에 올라섰다. 목마를 타기 전에 한 바퀴 돌아보려는 것이었다.

잠시 후 피비는 갈색의 낡은 목마를 골라 올라탔다. 그러자 목마는 회전하기 시작했고 나는 피비를 지켜보았다. 목마에는 피비 외에 대여섯 명의 아이들이 있었다. '오, 메어리!'가 끝나고 '연기가 눈에 들어가'라는 곡이 울려 퍼지기 시작했다. 재즈 식으로 연주되어 특별한 느낌이 났다.

목마가 회전되는 동안 아이들은 모두 황금 링을 잡으려고 애를 썼다. 공짜로 한 번 더 타기 위해서였다. 피비도 그 틈에서 안간힘을 썼다. 저러다 떨어지지 않을까 싶어 나는 몹시 초조했다. 그러나 그런 때 그만두라고 소리치는 짓 따위는 절대로 해서는 안 된다. 자칫 아이들이 돌아보다 떨어질 수 있기 때문이다. 그런 때는 그저 지켜보는 것이 상책이다.

목마가 멈추자 피비는 내게로 왔다.

"이번엔 오빠도 타."

"아냐, 난 그냥 보기만 할 거야."

나는 피비에게 돈을 더 주었다.

"몇 장 더 사."

"알았어. 이젠 오빠한테 화 안 낼게."

피비는 돈을 받으며 말했다.

"얼른 가. 또 움직이기 시작하잖아."

나는 회전목마를 가리키며 말했다. 그때 피비가 느닷없이 입을 맞추는 것이었다.

"어, 비가 오네!"

피비가 손바닥으로 비를 받으며 말했다. 그러더니 내 외투 주머니에서 빨간 사냥 모자를 꺼내 내 머리에 씌워 주었다.

"넌?"

내가 물었다.

"오빠가 먼저 쓰고 있어."

"알았어. 얼른 가 봐. 이러다 놓치겠다."

내가 재촉했다. 그러나 피비는 여전히 꾸물대기만 했다.

"아까 말한 거 정말이야? 아무 데도 안 가고 집에 가겠다는 거 말야."

한참 망설이다 그렇게 물었다.

"그럼."

나는 선뜻 대답했다. 이번에는 거짓이 아니었다.

"어서."

나는 다시 재촉했다.

피비는 매표소로 달려가 표를 샀다. 그리곤 목마로 뛰어왔다. 회전목마가 다시 움직이기 시작했다. 피비는 얼른 목마에 올라타더니 내게 손을 흔들었다. 나도 같이 손을 흔들었다.

그때 비가 억수같이 쏟아지기 시작했다. 마치 물통에서 퍼붓는 것 같았다. 의자에 앉아 있던 아이들 부모들이 회전목마 지붕 밑으로 뛰어들어갔다.

그러나 나는 그냥 앉아 있었다. 아무리 퍼부어도 그대로 앉아 있었다. 그리하여 순식간에 온몸이 젖고 말았다. 외투뿐 아니라 팬티까지 젖었다. 그러나 나는 아무렇지도 않았다. 피비가 목마를 타는 것을 보고 있으니 오히려 행복하기까지 했다.

나는 기분이 좋아 마구 소리치고 싶었다. 왜 그랬는지는 모르겠다. 그저 파란 외투를 입은 채 빙글빙글 돌고 있는 피비의 모습이 그렇게 좋아보일 수가 없었다.

26

이제 하고 싶은 말은 다 하였다.

어떻게 집에 돌아왔고 어떻게 병이 생겼고 다음 학기에 어느 학교로 가게 되었는지는 말하고 싶지 않다. 그런 것에는 관심이 없으니 말할 기분이 나지 않는 것이다.

지금 이곳 병원에 있는 정신분석학자들은 9월에 학교로 돌아가면 열심히 공부할 것인가 자꾸 묻는다. 참으로 어리석은 질문이 아닐 수 없다. 실제로 해 보기 전에 무엇이 어떻게 될지는 알 수 없지 않은가.

지금이야 열심히 해 볼 생각이지만 막상 여러 상황에 부딪히게 되면 어떻게 변할지 누가 아는가. 정말 멍청한 사람들이다. D. B. 역시 그런 질문을 많이 한다. 그래도 그는 조금 나은 편이기는 하다.

지난 토요일이었다. 그는 지금 쓰고 있는 시나리오에 출연할 영국 여자와 함께 왔다. 굉장히 화려한 여자였다. 그만큼 미인이기도 했지만.

그 여자가 다른 병동에 있는 화장실에 간 사이에 D. B.는 내게 앞으로 어쩔 셈이냐고 했다. 나는 무어라 대답할 말이 없었다. 사실 나는 내가 어떤 생각을 하고 있는지도 모른다. 이제껏 한 말에 대해서도 후회스럽다. 나는 다시는 만날 수 없는 그들이 그리웠을 뿐이다. 그들은 지금 내 곁에 한 명도 남아 있지 않다. 그래서 더욱 보고 싶다. 스트라드레이터와 애클리마저도 그립다. 모리스도 마찬가지다. 웃기지 않은가.

아무튼 이제부터는 아무 말도 하지 않을 셈이다. 말을 하면 모든 이들이 그리워지니 어쩌겠는가.

반항심과 순수성이 공존하는 성장소설

_권순긍(세명대 교수, 문학평론가)

《호밀밭의 파수꾼》은 퇴학 처분을 받은 열여섯 살의 고등학생 홀든 코울필드가 학교를 뛰쳐나와 집으로 돌아가기까지 2박 3일 동안 겪은 일을 그린 소설이다.

이미 여러 학교에서 퇴학당한 적이 있는 홀든은 명문학교인 펜시 사립 고등학교에서도 공부에 전념하라는 수 차례의 경고를 무시하고, 중간고사에서 네 과목을 낙제하였다. 학교에서는 그의 성적이나 태도가 더 나아질 기미가 전혀 안 보인다고 판단하여, 홀든에게 크리스마스 휴가를 마치고도 학교에 돌아올 필요가 없다고 통보하였다.

자신의 퇴학 소식을 들은 토요일 아침부터 홀든은 모든 일이 꼬이기만 했다. 펜싱팀 주장으로 뉴욕에 원정 경기를 하러 갔는데, 지하철 안에 펜싱 칼과 장비들을 두고 내리는 바람에 경기에는 참석도 못 하고 동료 선수들에게 욕만 잔뜩 얻어먹고 되돌아왔다.

12월의 찬바람이 몰아치는 학교 운동장에서는 연말 결산 미식 축구경기가 진행 중이었고, 전교생이 다 나와서 열렬한 응원전을 펼치고 있었다. 홀든은 운동장의 맨 구석 꼭대기에 자리잡고 이방인처럼 경기를 지켜보면서, 자신이 펜시 고등학교를 떠나야 되는 현실을 실감해 보려고 노력한다.

경기장을 빠져나온 홀든은 역사를 가르치는 스펜서 선생님께 작별 인사를 하고 기숙사로 돌아왔다. 지겨운 옆방 동료인 애클리와 쓸데없는 말다툼을 하고, 같은 방을 쓰는 스트라드레이터와는 결국 주먹다짐까지 하게 된다. 피투성이가 된 홀든은, 수요일에 집으로 돌아가려던 애초의 결심과 달리, 그날 밤으로 짐을 챙겨 미련없이 기숙사를 떠나버린다.

그렇지만 집으로 돌아가고 싶은 생각은 꿈에도 없었다. 자신의 퇴학 사실을 알게 된 부모님들이 노발대발할 것이 염려되었기 때문이다. 부모님들의 흥분을 가라앉힐 얼마간의 냉각기가 필요했다. 그래서 일단 집이 있는 뉴욕으로 간 뒤 호텔 방을 잡고 며칠 머물기로 작정했다.

그러나 열여섯 살의 홀든이 부딪힌 세상은 그렇게 만만하지 않았다. 택시 운전사들과의 입씨름, 술집에서의 잦은 소동, 결국 엘리베이터 보이에게 매를 맞고 돈까지 빼앗기게 된 홀든은 호텔에서도 쫓겨나오다시피 하게 된다. 여자 친구를 만나도, 학교 선배를 만나도, 공원을 걸어보고, 모르는 사람에게 말을 걸어보아도 그의 허무감과 고독감은 사라지지 않았다.

총명하고 사랑스러운 열 살짜리 여동생 피비만이 그를 위로해 줄 수 있을 것 같았다. 일요일 밤에 몰래 집으로 숨어 들어가서 잠자고 있는 피비를 깨웠다. 놀란 피비에게 자신의 처지를 설명한 뒤, 아무도 알지 못하는 서부로 떠날 계획이라며 흥분된 목소리로 말한다.

과연 홀든은 서부로 떠날 수 있을까?

결국 홀든은 피비의 간절한 만류에도 갑작스럽게 닥친 폐병으로 집에 돌아왔다가 병원에서 요양하는 신세가 된다. 그리고 퇴원한 뒤에는 아마 좀더 규율이 엄격한 육군 사관학교 같은 곳에 보내질 것이다.

《호밀밭의 파수꾼》은 작자 자신의 성장 소설에 해당한다. 실제로 이 소설을 쓴 J. D. 샐린저(Jerome David Salinger)도 학교생활에 적응하지 못했다. 그는 맨해튼에 있는 공립학교를 졸업한 뒤, 명문학교 맥버니에 다니다가 일 년 만에 퇴학당하였다. 그리고 펜실베니아에 있는 '밸리 포지'라는 주립 육군사관학교에서 더욱 엄격한 규율 아래 고등학교 시절을 보내야 했다. 대학 시절에도 뉴욕 대학과 우르시누스 대학, 콜롬비아 대학 등을 옮겨 다녔으나 결국 졸업을 하지 못했다.

샐린저의 청소년 시절과 당시의 그의 생각을 잘 알게 된다면 《호밀밭의 파수꾼》을 이해하는 데 많은 도움이 될 것이다.

그러나 샐린저는 개인의 사생활을 매우 중요시한 작가였다. 그는 외부 세계와 완전히 담을 쌓은 채 자신이 발표한 작품을 통해서만 사람들에게 알려지고 인정받기를 원했다. 《호밀밭의 파수꾼》으로 세계적인 베스트 셀러 작가가 된 뒤에도 그의 이러한 은둔 생활은 계속 되었다. 그래서 샐린저에 대해서는 불확실한 추측과 소문만 무성할 뿐이며, 몇 가지의 전기적 사실 외에는 정확히 알려진 것이 많지 않다.

1. 작가에 대하여

J. D. 샐린저는 1919년 7월 6일 뉴욕에서 태어났다. 아버지는 햄과 치즈 같은 식료품을 수입 하는 유대인 사업가 였으며, 어머니는 기독교 신자였다. 이것은《호밀밭의 파수꾼》의 주인공 홀든이 부모들의 종교가 달라서 자신은 무신론자라고 밝히면서, 종교에 대해 비판하고 있는 부분과 일치한다. 외아들인 샐린저는 물질적으로 유복한 어린 시절을 보냈다.

그러나 학교 생활에 적응하지 못하고 여러 고등학교와 대학교를 전전했던 사실로 미루어 보아, 정신적으로는 다소 불안정한 환경 속에 있었던 듯하다.

샐린저가 문학에 관심을 갖게 된 것은 사관학교에 다닐 때부터이다. 이 학교에서 발행되는 연감의 문학 담당 편집자로 일하면서 시와 단편 소설을 발표하였다. 그 뒤 콜롬비아 대학에 다닐 때 위트 버네트 교수를 만나면서 본격적인 소설가의 길에 들어서게 되었다. 당시 버네트 교수는 부인과 함께 단편 소설을 주로 싣는 「스토리(Story)」라는 문예지를 편집 하고 있었다. 미국의 유명한 테네시 윌리엄스, 노먼 메일러, 트루먼 커포우티 같은 작가들이 「스토리」지를 통해 등단하였다.

샐린저도 스물한 살이던 1940년에 《젊은이들》이라는 단편 소설을 이 잡지에 발표하였다. 그 뒤 여러 문예지에 단편 소설들을 발표하면서 작가로서의 경력을 쌓았다.

샐린저는 2차 세계대전이 일어났던 중인 1942년부터 1946년까지 미국 육군에 지원하여 복무했다. 당시 노르망디 상륙작전을 직접 참전했다고도 한다.

제대한 뒤에는 「뉴요커(The New Yorker)」지와 밀접한 관련을 맺으면서 단편 소설을 발표하였다. 이 당시 발표한 작품 중에는 몸소 겪었던 전쟁의 체험을 담은 작품들이 많았다. 1948년에 발표한 《버내너피시 최고의 날(A Perfect Day for Bananafish)》은 감수성이 예민하고 절망에 빠진 제대 군인이 결국 자살을 하게 된다는 내용이며, 1950년에 《에즈미를 위하여(For Esme- With Love and Squalor)》는 한 미국인 병사와 두명의 영국 어린이의 매우 감동적인 만남을 그리고 있다.

이후 샐린저는 1951년에 발표한 《호밀밭의 파수꾼》으로 일약 미국 문단의 일급 작가로 떠올랐다.

그의 유일한 장편 소설인 《호밀밭의 파수꾼》은 예민하고 반항적인 사춘기의 주인공이 허위와 위선으로 가득찬 어른들의 세계에 반항하며 순수와 진실을 찾아 헤매는 이야기를 십대의 생생한 언어로 들려 주고 있다. 샐린저는 이 작품을 발표한 뒤 「타임」지에 표지로 소개될 만큼 유명해졌으며, 상업적으로도 큰 성공을 거두었다.

이 소설이 예술적인 성공과 상업적인 성공을 동시에 거둘 수 있었던 데는 당시 미국의 시대적인 상황도 일정하게 작용하였다. 전쟁이 끝난 후 미국 사회는 정신적인 파괴와 혼돈의 경험하였다. 가치관의 혼란, 전쟁에 대한 공포와 인간의 비인간화 현상이 미국인들의 삶을 지배했다. 이러한 정신적인 방황은 특히 젊은 세대들에게 더욱 심각하게 나타났다.

샐린저는 《호밀밭의 파수꾼》에서 기성 세대에 반항하는 청소년들의 의식과 생활과 문화를, 그들의 언어로 정직하게 표현하는 데에 성공하였다. 이 소설에서 샐린저는 1950년대 미국의 십대들이 사용하는 속어와 비어, 심지어는 욕설까지도 거침없이 사용하였다. 당시 미국의 젊은이들이 이 소설에 열광했던 이유가 여기에 있었다. 그러나 일부 학부형들은 이 작품이 부도덕한 내용을 담고 있다고 하여, 학교 도서관에 소장 되는 것을 금지하라고 강력히 요구하기도 하였다.

한편 자의식이 강하고 반항적인 주인공 홀든이 현실 속에서 여러 가지 방황과 모험을 겪으면서 결국 그 자신만에 어떤 가치관과 주체의식을 확립하게 되는 과정을 진솔하게 그려냄으로써, 샐린저는 미국 문학이 나아갈 새로운 방향으로 '자아의 문학'을 일으키는 데 전위적인 역할을 담당하게 되었다.

《호밀밭의 파수꾼》은 베스트셀러 목록에 오른 후 10여년 만에 150만 부 이상 팔릴 정도로 많은 독자들의 사랑을 받았다. 그리고 지금까지도 세계 각국어로 번역되어 읽히고 있다.

이 한 권의 소설로써 샐린저는 《톰 소여의 모험》을 쓴 마크 트웨인과 《위대한 개츠비》의 스콧 피츠제럴드에 버금가는 미국의 대표적인 소설가로 높이 평가받게 되었다.

샐린저는 1953년에 감수성이 강한 소년들과 통속적인 어른의 세계를 간결한 회화체 문장으로 묘사한《아홉 편의 이야기(Nine Stories)》를 발표하여 더욱 유명해졌다. 그 후에는 유태계의 한 가족인 '글래스 가(家)'를 허구적으로 상정하여 여러 작품을 쓰는 데 몰두했다. 1961년의《프래니와 주이(Franny and Zooey)》, 1963년의《목수들이여, 서까래를 높이 올려라》같은 작품이 그것이다.

샐린저는 '글래스 가'를 다룬 소설을 계속해서 써 나갈 구상을 갖고 있었으나 1965년 6월 19일자 「뉴요커」지에 발표한《해프워쓰 16. 1924》라는 작품을 마지막으로 40여 년이 넘게 긴 침묵을 지키며 은둔 생활을 했다. 샐린저가 발표한 작품은 단편과 중 · 장편을 합해 약 40여 편 정도이다.

2. 작품에 대하여

자의식이 강한 소년, 홀든

홀든은 고등학교를 네 번이나 퇴학당했고, 공부는 지지리도 못하며, 흡연광에다, 어설픈 어른 흉내를 내며 호텔과 술집을 드나들고, 여자나 꼬셔보려는 돈많은 집의 문제아다. 그는 보통의 순진하고 성실한 고등학생과는 거리가 멀다. 그에게는 부모님의 걱정도, 선생님의 충고도 관심 밖의 일이다. 다섯 과목 중에서 네 과목이나 낙제하는 바람에 네 번째로 다니던 학교에서도 퇴학당할 판인데, 홀든은 조금도 아쉬워하거나 반성하는 빛이 없다. 오히려 속이 시원하다는 투다.

그런데 이해할 수 없는 것은, 홀든에게는 일반적으로 말하는 문제아가 될 만한 여건이 전혀 없다는 점이다. 어떤 회사의 고문 변호사인 아버지와 신경이 조금 예민한 어머니, 헐리우드에서 시나리오 작가로 활동하는 형, 총명하고 귀여운 여동생, 일년에 네 번씩 풍족하게 용돈을 보내 주시는 할머니. 부유하고 안락한 중산층 가정의 전형적인 모습이다.

끔찍하게 사랑했던 남동생 앨리가 백혈병으로 일찍 죽었다는 사실말고는 홀든이 정신적으로 방황해야 할 어떤 이유도 없다. 그리고 학교란 규율과 질서를 강조하게 마련이고 선생님들이 우등생과 모범생을 특별 대우하는 것도 예전부터 늘 있어왔던 일 아닌가. 그러니 새삼스레 견디지 못할 까닭도 없다. 홀든이 정신적으로 방황하는 이유를 굳이 찾자면, 그것은 그가 열여섯 살이라는 데 있을 것이다.

열여섯은 애매한 나이다. 아이도 아니고 어른도 아니다. 몸은 어른만큼 컸지만, 얼굴에는 아직도 여드름 자국이 남아 있다. 변성기를 막 지난 목소리는 아이처럼 들렸다가 어른처럼 들리기도 한다. 어른 흉내를 내고 싶은 충동에 사로잡힐 때도 있다. 아무도 자신이 미성년인 사실을 알아차리지 못할 것 같아, 술집에도 들어가고 금지된 일들을 해 본다.

그의 의식도 혼란스럽기는 마찬가지다. 대수롭지 않은 일에도 아이처럼 상처받다가 금세 '인생'이니 '죽음'이니 하는 거창한 문제를 붙들고 씨름하기도 한다. 진심과 충동이 뒤섞인 말과 행동을 함부로 뱉어 낸다.

열여섯을 하나로 묶는 공통항이 있다면 그것은 '나'를 둘러싼 모든 사람들과 현실이 '나'를 이해하지 못한다는 의식(또는 자의식)이다. 그들(모든 사람들과 현실)은 이미 아이의 틀을 깨고 어른이 되어 가고 있는 '나'를 여전히 아이의 세계에 발목잡아 두려는 장애물이자 벽이다. '나'는 거침없이 세상과 맞설 준비가 되어 있는데, 그들은 나의 길을 가로막고 내 말에 귀 기울이지 않는다. 아무 것도 할 수 없고, 아무도 이해해 주지 않는 삶, 그래서 열여섯의 삶은 지루하고 외롭다.

나는 대답하지 않았다. 대신 몸을 일으켜 창가로 갔다. 갑자기 외로움이 밀려 왔다. 죽어 버렸으면 좋겠다는 생각이 들었다.
"왜 싸웠는데?"
그는 집요하게 물어댔다. 참으로 지겨운 종자였다.
"형 때문이었어요."
"나 때문에? 왜?"
"스트라드레이터 형이 형보고 지저분한 놈이라고 하기에 내가 좀 편을 들었어요. 그러다 싸우게 된 거죠."
"그 자식이 정말 그랬어? 농담 아니지?"
애클리는 대번에 흥분했다.
나는 농담이라고 말했다. 그리곤 얼른 엘리의 침대에 가서 누워 버렸다. 빌어먹을, 모든 게 싫고 지겨웠다.(이 책 75~76쪽)

매일 아침 저녁으로 얼굴을 맞대고 지내는 기숙사 동료조차 홀든의 외로움과 절망을 이해하지 못한다. 아니 학교의 동급생이야말로 홀든을 외롭고 절망하게 만드는 주범이었다.

학교는 온통 엉터리 사이비들과 비열한 녀석들로 가득 차 있었다. 비밀 우애회 따위를 만들어 가난하고 멍청한 동료들을 소외시키는 학생들, 수업시간마다 교실 뒷자리에 들어와서 참관이란 걸 하는 교장선생님의 억압적인 분위기, 거기에 꼼짝하지 못하고 아부하는 선생님들, 홀든은 이 모든 것들이 구역질난다고 말한다. 그는 어른들의 위선과 속물성에 일찌감치 물들어 버린 동료들을 경멸의 눈으로 바라본다. 아직 소년기를 벗어나지 못한 덜 떨어진 동료들도 말이 통하지 않기는 마찬가지다. 같은 방을 쓰는 스트라드레이터는 전자의, 옆방 동료 애클리는 후자의 대표적인 모습니다.

언제나 남자다운 매력을 과시하는 스트라드레이터는 온통 자만심과 허세에 빠져 있다. 그렇지만 속을 들여다 보면 지저분한 세면 도구와 빌린 옷, 빌린 차에다 복잡한 여자 관계가 그의 전부다. 데이트하는 여자애가 비참한 어린 시절을 보냈건, 어떤 성격을 가졌건 알 바가 아니다. 그가 관심있는 것은 오직 색정적인 얘기뿐이다. 스트라드레이터의 이런 모습은 홀든을 화나게 한다.

애클리도 예외는 아니다. 두 사람 모두 다른 사람에 대한 배려나 관심이라곤 눈꼽만큼도 없는 이기주의자들에다가, 머릿속은 텅 비어 있는 멍청이라는 점에서 똑같다.

학교에서 홀든과 대화가 통하는 사람은 아무도 없다. 비록 열등생에다 문제아였지만, 홀든은 자의식이 강한 소년이었다. 그는 자신이 부딪힌 사건과 사람들에 대해 나름대로 이해하고 평가하는 기준을 갖고 있었다. 특히 사람들의 겉모습이 아니라 내면(본모습)을 보려고 노력했다.

홀든의 자의식을 잘 보여 주는 일화가 있다.

여자 친구 샐리와 크리스마스 공연을 보러갔을 때였다. 수천 명은 족히 될 것 같은 배우들이 십자가를 나르고 열광적으로 찬송가를 부르는 광경을 보며 홀든은 역겨움을 느낀다. 공연을 마치고 무대에서 퇴장한 즉시 그들은 담배를 피우고 뭐하느라고 정신이 없었을 게 뻔하기 때문이다. 그러나 배우들의 화려한 의상에 푹 빠진 샐리는 그를 신성모독적 무신론자라고 몰아댄다.

홀든은 예수가 살아서 이 크리스마스 공연을 본다면 정말로 좋아했을 것은 '오케스트라에서 반구형의 큰북을 울리고 있는 사람'일 거라고 장담한다. 여덟 살 때부터 이 남자를 쭉 보아 왔는데, 한 곡이 다 연주되도록 그에게 북을 칠 기회가 두 번 정도밖에 주어지지 않았지만 북을 치지 않을 때도 지루한 표정을 전혀 짓지 않고, 북을 칠 때가 되면 진지한 표정으로 정말 멋지고 감미롭게 북을 울렸기 때문이다. 홀든은 자신이 본 사람 중에서 그가 최고로 북을 잘 친다고 생각했다. 그것은 홀든이 그의 북치는 기술 뿐만 아니라 그 사람의 진심어린 내면까지 꿰뚫어 볼 수 있는 눈을 가졌기 때문이다.

홀든은 책도 많이 읽었다. 한때 좋은 단편 소설을 쓰던 형이 헐리우드에서 시나리오 작가로 변신한 것에 대해 '글을 팔아먹는 창녀 노릇'이라고 비난할 정도로, 문학에 대해서도 분명한 가치 기준을 세우고 있었다.

문학작품에 대한 홀든의 평가 기준은 매우 솔직하고 재미있다. '책을 다 읽고 난 후에 작가가 아주 친한 친구처럼 느껴져서 전화라도 걸고 싶은 마음이 들게 하는 그런 책'. 서머셋 몸의 단편집은 그럭저럭 괜찮은 편이었지만 그에게 전화를 걸고 싶은 마음은 없었다. 차라리 토머스 하디라면 전화를 걸어볼 만하다는 것이 홀든의 평가다. 그런 홀든의 눈에 소위 명문이라는 펜시 사립고등학교의 학생들은 모두 돌대가리들에다 멍청이로 보였다.

학교 기숙사를 떠나던 밤, 그는 복도에 서서 이렇게 외친다.

> 떠날 준비가 다 되었다. 나는 가방을 한 손에 들고 저쪽 복도를 다시 한번 쳐다보았다. 왠지 울고 싶었다. 나는 사냥 모자를 뒤로 쓱 돌렸다. 그리곤 힘차게 외쳤다.
>
> "이 저능아들아, 잘들 자거라!" (이 책 81쪽)

열여섯 살이 참을 수 없는 것

자의식이 강한 열여섯 살의 소년 홀든이 정말 참을 수 없는 것 세 가지가 있다. 그것은 '위선'과 '속물'과 '사이비'다. 그런데 어른들이 만들어 놓은 세상은 온통 이런 '위선'과 '속물'과 '사이비'로 가득 차 있다.

홀든은 '만나서 반갑다'라거나 '행운을 빈다' 또는 '어머니는 어떠시니?'와 같은 의례적인 말을 하거나 악수와 포옹을 나누는 따위의 일을 정말 싫어한다. 진심을 담지 않은 어떤 말과 행동도 그에게는 위선으로 비칠 뿐이기 때문이다. 더욱이 고등학교를 네 번씩이나 옮겨다닐 정도로 문제아인 자신에게 '행운이 있기를!'이라고 말하는 것은 정말 끔찍하게 느껴진다.

> 나는 해군 장교와 만나게 되어서 반가웠다는 인사를 했다. 빌어먹을, 나는 처참한 심정이었다. 조금도 반가울 것이 없는 사람에게 그런 말을 늘어놓아야 하다니! 그러나 내가 살아 있는 한 그런 말은 계속 해야 할 것이다. (이 책 136쪽)

홀든은 종교적인 위선도 참아내기 힘들다. 목사들이 설교를 시작할 때면 모두가 하나같이 경건한 척하는 목소리를 내는 것이 정말 역겹다고 홀든은 말한다. 왜 타고난 목소리로 설교하지 못하는 건지 딱할 지경이다. 신자들도 마찬가지다. 이들은 너무 맹목적이다. 조금만 종교 교리에 위배되는 말을 해도 그 모든 것이 교회에 다니지 않기 때문이라고 몰아세운다. 종교 문제와 맞닥뜨리면 개인의 자유로운 생각이란 설 자리가 없어진다. 게다가 이들은 틈만 나면 신자와 비신자를 편 가르기하는 데 열을 올린다.

홀든이 가장 경멸하는 부류의 사람은 소위 '속물'이다. 이들 '속물'은 돈이 많고 잘난 사람들에게는 어쩔 줄 모르게 굽신거리면서 가난하고 힘없는 사람들은 상대조차 않는다. 그리고 자기가 대단히 잘난 사람인 척 허세와 거만을 떨기도 한다. 홀든은 이렇게 겉다르고 속다르게 행동하는 사람들, 부와 명예라면 사족을 못 쓰는 사람들을 끔찍이도 경멸한다. 기숙사를 뛰쳐나와 뉴욕의 허름한 호텔 방을 잡고 밤 늦도록 뒷골목의 술집을 전전하는 그의 눈에는 모든 사람들이 위선자와 속물로 보였다.

> 그렇게 말한 후 그녀는 곡의 반은 영어로, 반은 프랑스 어로 불렀다. 그러면 객석의 속물들은 열광하며 날뛰었다. 그러한 광경을 한참 보고 있노라면 나는 세상의 모든 인간들이 싫어진다.
>
> 더구나 그곳의 바텐더는 얼마나 더러운 놈인지 모른다. 그는 속물 중에서도 속물이었다. 아무리 손님이라도 거물급 인사나 명사가 아니면 아예 말도 하지 않는다. 그러나 거물급 인사가 나타나면 얼마나 굽신거리는지 구역질이 날 정도이다. (이 책 224쪽)

홀든의 부모님은 그가 예일 대학이나 프린스턴 대학 같은 일류 대학에 가기를 바란다. 그러나 플란넬 양복에 산뜻한 바둑 무늬 조끼를 입고 여자 같은 목소리를 내는 전형적인 일류 대학의 학생들도 속물이기는 매 한가지다. 속셈은 따로 있으면서 겉으로는 심각하고 지적인 이야기를 늘어놓는 밥맛없는 부류이기 때문이다.

홀든의 눈에는 여자도 속물이다. 여자들은 진지한 것을 싫어하고, 예쁘고 매력적으로 보이는 데만 관심을 갖는다. 큰맘먹고 만난 여자 친구 샐리도 달콤하게 속삭이는 말 이외에는, 그의 외로움이나 절망을 조금도 진지하게 듣지 않는다.

"넌 괜히 짜증스럽다던가 한 적 없니?"

나는 샐리에게 여전히 몸을 디민 채 물었다.

"무슨 말인가 하면, 모든 것이 엉망진창으로 될지 모른다는 그런 생각 말야. 넌 학교 생활이 마음에 드냔 말야?"

"아니, 지겨워."

"내가 말하는 건 그게 아냐. 학교가 싫지 않느냐는 거지. 물론 지겨운 거야 누구나 같지. 그러나 내 말은 싫지 않느냐는 거야."

"싫지는 않아. 넌?"

"난 싫어해. 아니, 증오해."

나는 얼른 말했다.

"학교뿐만 아냐. 난 모든 게 다 싫어. 뉴욕에서 사는 것도 싫어, 택시도 싫고, 매디슨 가 버스들도 싫어. 또 뒷문으로 내리라고 고함치는 운전 기사들도 싫어. 또 런트 부부를 최고라고 하는 멍청이한테 소개받는 것도 싫고. 잠깐 밖에 나가려 해도 꼭 엘리베이터를 타야 하는 것도 싫고, 항상 '부룩스'라는 고급 옷가게에 가서 바지를 맞춰 입는 자식들도 싫어."

"좀 조용히 말해."

샐리가 주위를 살피며 주의를 주었다. (이 책 206~207쪽)

너무나 외롭고, 지치고, 모든 것이 엉망이 되어 버릴 것 같은 불길한 예감에 사로잡힌 홀든은 누구라도 붙들고 자신의 진심을 말하고 싶다. 부모님, 선생님, 학교 선배, 동급생, 여자 친구, 택시 운전수, 구세군 수녀들, 술집 웨이터, 심지어 콜걸에게까지 말을 걸어 보지만 그 누구와도 진정한 대화가 이루어지지 않는다. 이 세상이 온통 '위선'과 '속물'과 '사이비'로 가득 차 있음을 확인하게 될 뿐이다. 홀든은 거대한 벽을 마주 대한 것 같은 절망적인 심정이 된다.

열여섯 살이 원하는 것

위선적인 어른들의 세계에 맞서 때로 홀든도 위악적인 말과 행동을 거침없이 뱉어 보기도 한다. 하지만 그럴수록 절망과 외로움만 커졌다. 열여섯 살의 그가 이해하고 받아들이기에는 세상 사람들의 위선과 비열함이 너무 깊었기 때문이다. 게다가 홀든은 자신이 겁쟁이라는 사실을 누구보다도 잘 알고 있었다. 스트라드레이터가 자신이 좋아하는 여자 친구를 빼앗아 가고, 호텔의 엘리베이터 보이에게 얻어맞고 돈까지 빼앗겼지만 겁이 나서 변변하게 싸움 한판 벌이지 못했다.

대신 홀든은 참을 수 없이 분하거나 외로울 때면 백혈병으로 일찍 죽은 남동생 앨리를 떠올렸다. 앨리의 빨간 머리와 총명한 얼굴, 웃는 모습, 그애와 같이 했던 일……

허공을 향해 큰 소리로 앨리에게 말을 걸다 보면 마음이 어느 정도 가라앉았다.

홀든은 초등학교에 다니는 열 살짜리 여동생 피비도 너무너무 사랑한다.

피비는 참으로 귀엽고 똑똑한 아이이다. 나는 피비처럼 똑똑한 아이는 본 적이 없다. 학교 성적도 줄곧 A이다. 사실 우리 식구 중 바보는 나밖에 없다. 형 D. B.는 작가이고, 전에 말했던 죽은 동생 앨리는 천재였다. 그러니까 나만 바보인 셈이다.

피비는 앨리처럼 빨간 머리인데 여름에는 짧게 깎아 버리곤 한다. 그 짧은 머리를 귀에 딱 붙이면 얼마나 귀여운지 모른다. 특히 앙증맞게 나온 귀는 얼마나 사랑스러운지 언제인가 독자들에게 꼭 한번 보여 주고 싶다. ……(중략)…… 또 피비는 누구와도 마음이 잘 통한다. 이쪽에서 무슨 말을 하기도 전에 그애는 이미 그것을 알고 있다. (이 책 105쪽)

피비는 영리하고 귀여운 여자 아이이다. 홀든이 피비를 사랑하는 것은 무엇보다도 그 애와는 말이 통하기 때문이다. 어른들의 세계(술, 담배, 여자 등)를 넘나들며 금지된 행동과 위악적인 몸짓을 서슴치 않던 홀든을 진정으로 이해하고 위로해 줄 수 있는 사람이 어린 여동생 피비라는 사실.

이것은 쉽게 납득하기 어려운 일이다. 그러나 실제로 피비는 홀든의 처지와 심정을 충분히 이해하고 공감한다. 마음이 순수하기 때문이다.

홀든은 어린아이들을 모두 좋아한다. 전쟁 같은 밤을 보내고 난 일요일 아침, 교회에서 예배를 마치고 집으로 돌아가는 가난한 부모들과 여섯 살짜리 어린애를 보았다. 그 아이가 콧노래로

'호밀밭을 걸어가는 누군가를 만난다면'을 흥얼거리는 것을 지켜보는 동안, 홀든의 울적했던 마음은 씻은 듯이 가라앉고 덩달아 신바람이 났다.

이처럼 아이와 어른의 경계를 위태롭게 넘나드는 열여섯 살의 자의식 강한 소년 홀든이 진정으로 원하는 것은, 바로 어린아이들의 순수함이었다. 그리고 그는 아이들의 순수함이 어른들의 위선과 비열함에 의해 상처받지 않을까, 훼손당하지 않을까 걱정한다. 홀든이 사람들을 향해 끈질기게 질문하는 '중앙 공원에 있는 연못의 오리 이야기'는 바로 그러한 걱정을 담고 있다.

"혹시 중앙 공원에 있는 연못에 가 보신 적 있어요?"

나는 먼젓번의 택시 기사에게 물었던 것을 그에게 똑같이 물어보았다.

"어디요?"

"중앙 공원에 있는 조그만 연못 말예요. 오리가 있는."

"그런데요? 그게 뭐 어떻게 됐답니까?"

"오리가 있잖아요. 그 오리들이 봄에는 거기에서 헤엄을 치며 지내지만 겨울이 되면 어디로 가나 해서요."

"누가 어디로 간다구요?"

"오리 말예요. 누가 트럭 같은 것에 싣고 어디로 데려 가는지, 아니면 저희들끼리 어디로 날아가는지 해서요. 남쪽이나 그 비슷한 데로요."

내 말에 호위쯔는 몸을 돌려 보았다. 나쁜 사람은 아니었으나 성질이 급한 것 같았다.

"그런 바보 같은 것을 내가 어찌 안답니까?" (이 책 127쪽)

어른들은 겨울이 와서 오리가 얼어죽든, 다른 곳으로 날아가든 아무런 관심이 없다. 도대체 그런 것이 왜 궁금하냐는 투다. 그들은 자신의 아이들이 다니는 초등학교의 계단 벽과 화장실마다 'X하자' 같은 욕이 씌어있건 말건 상관하지 않을만큼 무신경한 사람들이다.

그러나 홀든은 학교의 계단 벽에 적힌 그걸 보는 순간, 여동생 피비와 다른 아이들이 그것이 무슨 뜻인지 궁금해하고 결국엔 웬 거지 같은 녀석이 그 뜻을 설명해 줄거고 그러면 아이들이 며칠 동안 그걸 생각하며 몹시 걱정할 일을 생각하고, 그걸 쓴 미친놈을 정말 죽여버리고 싶은 심정이 된다. 아마 홀든 자신의 순수함이 그렇게 끝장나 버린 걸 경험했기 때문에 그의 분노가 더욱 컸으리라.

그래서 홀든은 자신의 퇴학 사실을 알게 된 피비가 '오빠가 정말 되고 싶은 것이 무엇이냐'고 따져 물을 때 어린아이들을 지키는 '호밀밭의 파수꾼'이 되고 싶다고 대답한다.

"그러니까 '잡는다면'이 아니라 '만난다면'이겠구나. 아무튼 난 그 노랠 들으면 넓은 호밀밭 같은 데서 어린아이들이 노는 것이 떠올라. 어린아이들만 잔뜩 있고 어른은 아무도 없는 거지. 그러니까 어린아이들과 나만 있는 그런 풍경. 그런데 나는 까마득한 낭떠러지 옆에 서 있는 거야. 어린아이들을 지키기 위해서 말야. 어린아이들은 놀다 보면 자신이 어디로 가는지도 모르잖아. 그럴 때 내가 있다가 얼른 붙잡아 주는 거지. 하루 종일 그 일만 하면 돼. 그러니까 나는 호밀밭의 파수꾼인 셈이지. 내가 정말 하고 싶은 건 그런 거야. 물론 바보 같은 생각인 줄은 알아." (이 책 270~271쪽)

어른들은 아무도 없고 어린아이들만이 자유롭게 뛰어노는 널따란 호밀밭. 그것은 위선과 속물과 비열함과 엉터리 사이비가 침범할 수 없는, 어린아이 같은 순수한 자유로움으로 가득 찬 세상이다.

강제적인 규율과 억압이 없는 학교, 부와 성적만으로 학생들을 평가하지 않는 선생님, 일류 대학만을 고집하지 않고 자식들의 개성을 인정해 주는 부모, 학교와 가정에서 뛰어나온 청소년들을 안전하게 보호해 주는 사회…….

이 모든 것은 1950년대 미국의 청소년들이 꿈꾸었던 세상일 뿐 아니라, 오늘날에도 전 세계의 청소년들이 꿈꾸는 세상이다. 그런 세상을 만들 때까지 《호밀밭의 파수꾼》은 방황하는 십대들의 꿈과 언어를 대변해 주고, 어른들의 위선과 속물성을 고발하는 아픈 각성의 나침반이 될 것이다.

옮긴이 봉현선

상명여자대학교 영어교육과를 졸업하고 한국섬유신문 외신부에 근무했으며, 현재는 영어강사로 재직 중이다. 번역서로는《백경》,《위대한 개츠비》,《테스》,《제인 에어》등이 있다.

호밀밭의 파수꾼

초판 발행 1994년 3월 1일
개정판 발행 2021년 3월 31일

지 은 이 제롬 데이비드 샐린저
옮 긴 이 봉현선
발 행 인 전채호
발 행 처 혜원출판사
등록번호 제2012-000276
주 소 서울시 마포구 동교로 194 혜원빌딩 1층
전 화 02-325-1984
팩 스 0303-3445-1984
창립일자 1977년 9월 20일
창업등록 1977년 9월 24일(제8-16호)

홈페이지 www.hyewon.co.kr
이메일 master@re1984.com